orange 렌지
하모니카
Harmonica

오렌지 하모니카

1판 1쇄 찍음 2018년 2월 21일
1판 1쇄 펴냄 2018년 2월 28일

지은이 | 김지운
펴낸이 | 고운숙
펴낸곳 | 봄 미디어

기획 · 편집 | 김민지, 김자우, 홍주희, 김현주
표지 디자인 | 우물

출판등록 | 2014년 08월 25일 (제387-2014-000040호)
주소 | 경기도 부천시 원미구 길주로64, 1303(굿모닝 오피스텔)
영업부 | 070-5015-0818 편집부 | 070-5015-0817 팩스 | 032-712-2815
E-mail | bommedia@naver.com
소식창 | http://blog.naver.com/bommedia

값 9,000원

ISBN 979-11-5810-460-3 03810

orange 렌지 하모니카 Harmonica

김지운 장편 소설

contents!

두근두근, 봄

1

방파제를 따라 줄지어 선 꼬마 기차가 보였다.

걸어서 들어가는 섬이라더니, 걷기엔 제법 먼 거리를 배 대신 장난감 같은 트램으로 이동하는 모양이었다. 기차 안은 단체 관광객들 덕분에 시끌벅적했다. 빈자리도 눈에 띄지 않았다.

니은은 그냥 걷기로 했다. 눈앞에 빤히 보이는 섬인데 멀어 봐야 얼마나 걸리랴 싶었다. 섬까지 걸어서 들어가 보는 것도 나쁘지 않을 테다.

꼬마 기차도 출발했다. 느릿느릿 움직이기로는 기차도 니은과 별다르지 않았다.

후드 집업 주머니에 손을 넣고 타박타박 걸었다. 바다를 병풍처럼 두르고 앉은 섬 쪽으로 세 칸짜리 꼬마 기차가 돌돌돌

달려 나갔다.

다들 바다와 섬 전경을 둘러보기 바쁜데, 기차 꽁무니에 앉은 아이 하나가 니은을 향해 열심히 손을 흔들어 댔다. 방글거리는 웃음이 귀여웠다. 니은은 마주 손을 흔들어 주었다.

"안녕."

미소 지으며 가만히 속삭여도 주었다. 이 도시에 다정한 첫 인사를 건네듯이.

엇비슷하게 느리다지만 걷기와 달리기는 속도 차이가 나는 법. 꼬마 기차가 차츰 멀어졌다. 천진난만한 아이 얼굴도 콩알만 해졌다.

주변엔 니은처럼 걸어가는 사람들도 간간이 보였다. 대체로 둘이거나 셋. 혼자인 건 니은뿐이었다. 외롭지는 않았지만 남들 눈에 그렇게 보이는 건 싫었다. 그래서 더욱 게으르게 걸었다.

섬 입구에 이르렀을 땐 바다 저편으로 해가 설핏 기울어 가는 중이었다. 나무가 우거진 섬은 그림 속의 숲 같았다. 섬과 이어진 출렁다리 위에 '오룡도 공원'이라는 팻말이 휘장처럼 큼지막하게 붙어 있었다.

니은은 매표소에서 입장권을 샀다. 폐장까지는 앞으로 한시간 남짓. 그 정도면 충분했다.

다리를 건너 섬에 들어섰다. 울창한 나무들이 깊게 드리운 그늘마저 아늑했다. 나무 냄새와 바다 냄새가 한데 어우러져 공기도 싱그러웠다.

니은은 심호흡을 한 뒤 안으로 천천히 걸어 들어갔다. 꼬마 기차를 가득 채웠던 관광객들은 그새 산 정상으로 올라가 버린 걸까. 완만히 비탈진 산책로가 한적했다.

새들이 지저귀는 소리도 파도치는 소리랑 함께 어울렸다. 눈 가는 곳마다 동백꽃들이 짙었다. 붉은 꽃송이들이 툭툭 떨어져 땅에 누워 있기도 했다. 나무에 매달려 있든, 땅바닥에 누워 있든 꽃들은 제각기 아름다웠다.

저만치 앞서가던 사람 두엇이 산책로를 벗어나 옆길로 샜다. 호기심이 동해 따라가 보니 파도 소리가 와락 가까워졌다. 아래쪽은 급경사진 철제 계단이었다. 계단 초입에 바위 동굴의 유래가 적힌 안내판이 서 있었다.

니은은 난간을 잡고 조심조심 발을 디뎠다. 바다가 훅 다가들었다. 바위에 마음껏 부딪는 파도가 시원스러웠다. 파도가 만든 포말이 얼굴까지 튀어 올랐다. 수직의 바위 너머로 동굴도 엿보였다.

안내판에서 본 대로 니은은 두 손을 가슴팍에 가지런히 모았다. 눈을 감으니 살짝 어지러웠다. 파도 소리도 훨씬 소란하게 파고들었다.

소원을 비는 자의 경건한 자세는 포기하고 다시 눈을 떴다. 어차피 재미 삼아 하는 거니까 상관없었다. 정작 문제는 다른 데 있었다. 간절히 빌어야 할 소원이 떠오르지 않았다. 당장 간절한 것이 없다는 건 좋은 현상일까, 그 반대일까. 마구 좋지도 않지만 썩 나쁘지도 않다고 결론 냈다. 지금, 그럭저럭 괜찮은 거란 의미니까 말이다.

그렇지만 이대로 돌아서기엔 역시 뭔가 허전했다. 먼 옛날 푸른 용이 살았다는 동굴에게 뭐라도 빌어야겠다. 스물세 살 먹은 여자가 흔히 바랄 법한 것들 가운데 아무거라도 하나쯤.

좀 멀리 오긴 했지만 숙식이 해결되는 알바도 정해졌고, 약간 특이한 면이 보였지만 주인 할머니도 그만하면 고용주로선 상급이고, 열악하기 그지없는 최저 임금을 감안하면 월급도 생각보다 괜찮고. 이제부터 1년 동안 차곡차곡 모아서 복학, 그리고 졸업. 그다음은?

니은은 고개를 저었다.

2년 뒤까지 생각하는 건 특기도 취미도 아니었다. 그다음에 대해서는 그 시점에 당도했을 때 걱정해도 된다. 그러면 오늘은 무엇을 간절히 바라볼까나. 평범한 스물셋 여자에게 필요한 것. 아마도 그건……

"남자 친구."

웃음이 났다. 솜사탕, 하고 말한 것 같았다. 달콤하지만 금세 녹아 사라질. 풍선, 하고 말한 것도 같았다. 부풀 때까진 두근거리지만 팡 터지고 나면 쓸쓸해질.

있으면 오히려 거추장스러울지도 모를 존재를 바라다니. 시간도, 돈도, 마음의 여유도 없는데 은파라서 그랬나 보다. 사람들이 즐겁게 여행을 떠나오는 바닷가 도시여서. 그 도시에 부록처럼 속한 작고 예쁜 섬이라서.

잠깐 눈을 감았다 떴다. 신기루처럼 스쳐 간 소원을 취소까지 한 것은 아니었다. 마음자리 어디에 혹시라도 깃들지 모를 달콤함을 떨쳐 버리기 위해서라는 게 옳았다. 아는 이 없는 낯선 도시에서 시작될 나날들에 이롭지 못할 요소는 떼어 내 버리는 편이 좋다.

니은은 씩씩하게 계단을 되짚어 올라갔다. 철썩대는 파도 소리가 거센 바람과 힘을 합쳐 등을 떠밀었다.

산책로는 한결 어두워져 있었다. 군데군데 불을 밝힌 가로등이 은은했다. 섬 꼭대기에 등대가 있다고 들었다. 예전에 등대였던 것을 이제는 전망대로 쓴다고 했다. 곧 고즈넉한 밤바다와 도시의 밤 풍경을 볼 수 있겠다.

기대를 품고 바삐 몇 걸음을 뗐는데, 희미한 음악이 귀를 잡아챘다.

빅뱅의 '루저'. 니은의 휴대폰 벨소리랑 똑같았다. 무심코 주머니에 손을 넣던 니은은 깜짝 놀랐다. 주머니 속에 들어 있어야 할 휴대폰이 없었다.

가만 귀를 기울였다. 노래는 바위 동굴로 내려가는 계단 쪽에서 흐르고 있었다. 아무래도 올라오다 계단참에 떨어뜨렸나 보다.

해가 이미 넘어가 계단은 방금 전보다 확연히 어둑어둑했다. 게다가 방향을 알려 주던 벨소리도 멈춰 버려 난감했다.

"누군지 모르지만 한 번 더 걸어 주면 좋겠는데."

중얼거려 보았으나 휴대폰은 잠잠했다. 어쩔 수 없이 니은은 가파른 계단을 내려가기 시작했다. 소리의 크기로 보아 아주 아래쪽은 아닐 것이었다. 산책로처럼 은은하게나마 등이라도 있으면 좋으련만, 어둠은 먹물이 번지듯 시야를 덮쳐 왔다.

아래위로 사람 기척 하나 없는 데다 물기 머금은 계단이 미끄럽기까지 했다. 그냥 올라갈까, 갈등이 일었다.

게스트 하우스의 주인 할머니가 바다를 가로지르는 케이블카를 꼭 타 보라고 했었지만 가지 않고 이리로 바로 온 터였다. 고소 공포증까지는 아니지만 허공에 둥둥 떠가는 건 무섭다. 겁이 많은 편은 아닌데 놀이기구 따위는 못 탄다. 그런데 지금이야말로 어지간한 놀이기구 저리 가라다.

4년째 쓰고 있는 휴대폰. 이참에 근사한 걸로 새로 장만하지, 뭐. 호기라도 부려 보고 싶었지만 장난 아닌 기기 값이 현실을 일깨웠다.

니은은 두 발에 힘을 주고 난간도 힘껏 잡았다. 하나, 둘, 셋, 넷, 다섯 번째로 발을 내디딤과 동시에 다시 노래가 시작됐다. 분명 지척이었다. 계단 옆 풀숲으로 팔을 최대한 길게 뻗었다. 휴대폰이 손끝에 닿을락 말락 했다.

휴대폰을 움켜쥐려 난간을 잡고 있던 손을 놓자마자 중심을 잃었다. 주르륵 아래로 미끄러지면서 계단 몇 개를 연달아 찧었다. 엉덩이가 몹시 아팠다. 휴대폰도 놓쳐 버렸다.

난간을 간신히 부여잡고 몸을 일으키려다 니은은 다시 주저앉았다. 왼쪽 발목이 날카롭게 시큰거렸다. 설상가상이란 이럴 때 딱 맞는 말이었다.

노래가 멎었다. 들리는 것이라곤 어둠을 함부로 할퀴는 파도 소리뿐이었다. 충분하다고 생각했던 한 시간이 이토록 짧았다니. 공원을 폐장한 이후에는 섬 안이 텅 비어 버리는 걸까?

비로소 실질적인 두려움이 몰려왔다. 니은은 계단 위쪽을 향해 소리쳤다.

"누구 없어요?"

⋙⋙⋙

다른 날들과 다를 바 없는 하루였다.

의례적으로 도는 밤 순찰만 마치면 오늘 일과도 끝.

유번은 플래시를 챙겨 들고 사택을 나섰다. 전망대 앞에 쪼그리고 앉아 담배를 물고 있던 김 군이 벌떡 일어났다. 제 딴엔 허둥지둥 담뱃불을 끈다는 게 불티만 더 흩날리는 꼴이 됐다.

그러다 일낸다, 한소리 하려다 말았다. 이미 알고 쩔쩔매는데 말을 보태 봐야 잔소리에 불과할 터. 담뱃불을 빈틈없이 수습한 김 군이 익살스럽게 거수경례까지 해 보이며 낮게 외쳤다.

"금연!"

싱글거리는 김 군에게 나직하게 짚었다.

"조심해라. 소장님한테 들키지 말고."

"넵."

대답이야 명랑하다. 섬에 불을 내는 일보다 더 두려운 게 관리소장의 질타일 텐데도 늘 허술한 걸 보면 천성인가 싶다.

"순찰 나가세요? 제가 돌까요?"

"뭘 믿고."

김 군이 머리를 긁적이며 헤헤, 웃었다.

"들어가라."

"다녀오세요."

꾸벅, 허리를 접는 김 군을 등지고 유번은 1번 산책로로 접어들었다. 소장이나 다른 직원들은 귀찮아들 하지만, 사실 유번은 하루 중 이 시간을 제일 좋아했다.

울창한 나무들로 한낮에도 깊은 숲 속 같은 섬. 밤이 되면 더욱 정밀해지는 고요며, 세상과 완전히 격리된 듯한 느낌 때문이었다. 관광객들이 모두 빠져나간 밤이야말로 섬이 섬답게 가장 평화로워지는 시간이었다.

가로등 곁 벤치에 앉아 아련한 파도 소리를 반주 삼아 하모니카를 부는 순간……

"거기 누구 있어요?"

여자 목소리였다. 유번은 하모니카에서 입을 뗐다.

"도와주세요."

도와 달라는 것치고는 비교적 또록또록한 목소리가 벤치 근처, 바위 동굴로 내려가는 계단 쪽에서 올라오고 있었다.

언젠가 시내의 고등학생 아이들 몇이 밤이 되도록 섬에 숨어 있다 술 파티를 벌인 적이 있었다. 그중 한 녀석은 인사불

성으로 뻗어 한밤에 앰뷸런스에 실려 가는 둥 난리도 아니었다.

공원 관리를 어떻게 하기에 그런 일이 벌어지도록 두었느냐고, 나중엔 아이들 부모가 고발 소동까지 일으켰다. 노발대발한 소장 앞에 직원들 모두가 시말서를 제출해야 했다.

또 그런 녀석들의 뒤치다꺼리는 아니기를.

유번은 벤치에서 일어났다.

›››››››››

머리 위가 순식간에 환해졌다. 플래시 빛이었다. 눈이 부셔 니은은 이마에 손차양을 만들어 댔다. 플래시 빛 뒤의 형체는 뚜렷이 보이지 않았다.

"거기 뭡니까?"

남자 목소리였다. 사납지도 상냥하지도 않은, 무덤덤한 음색. 서두름 없는 담백한 어투에 어쩐지 기가 죽었다. 니은은 변명하듯 대답했다.

"사람인데요."

하아, 낮은 한숨 소리 같은 게 들렸다. 이내 남자의 물음이 건너왔다.

"다쳤습니까?"

"발목을 조금 삔 것 같아요."

"부축하면 걸을 수 있겠어요?"

"아마도요."

"그럼 내가 내려갈 테니 거기 그대로 있어요."

플래시 빛을 데리고 남자가 천천히 계단을 내려왔다. 웬만큼 빛에 눈이 익자 남자의 모습이 들어왔다. 앉은 자리에서 고개를 뒤로 잔뜩 꺾어야 얼굴이 보일 만큼 높다란 키에 날렵한 몸매의 젊은 남자였다. 자세한 얼굴 생김새는 아직 흐릿했다.

"언제부터 여기 있었어요?"

"두 시간쯤? 폐장 무렵부터였나 봐요."

"춥겠군요."

남자가 점퍼를 벗어 건넸다. 이런 일이 익숙한 듯 깔끔한 동작이긴 한데, 역시 친절하진 않았다. 받아 들고 보니 제복이었다. 공원 마크가 부착된 명찰이 얼핏 눈에 스쳤다.

"입어요."

그렇잖아도 추워서 후드를 덮어 쓰고 웅크려 있었다. 니은은 남자의 점퍼를 걸쳐 입었다. 옷에 함께 묻어온 체온이 따뜻했다.

"고맙습니다."

남자가 상체를 숙이고 팔을 내밀었다. 잡고 일어나 보라는 뜻인가 보았다. 남자의 팔을 지탱한 채 일어서던 니은은 외마디 소리를 삼켰다. 이마가 절로 찌푸려졌다.

"아파요?"

"괜찮아요."

"괜찮지 않은 것 같은데."

"119 부를 정도는 아니니까 괜찮은 거죠."

하, 낮게 내쉬는 숨소리. 아까랑 같다.

"그래서 누가 나타날 때까지 기다리고만 있었던 겁니까? 119에 신고 전화도 안 하고?"

책망의 기미가 섞인 말에 니은은 살짝 부루퉁하게 대꾸했다.

"휴대폰을 떨어뜨렸어요. 주우려다 미끄러졌고요. 움직일 수가 없어서 마냥 기다릴 수밖에 없었네요."

남자가 니은을 빤히 내려다보았다. 남자의 팔을 두 손으로 꽉 붙든 채 니은도 남자를 빤히 쳐다보았다. 이제야 들여다보는 남자의 얼굴은 지독히도 단정했다. 누구에게 곁을 쉽게 주지 않을 것만 같은, 그러나 서늘하다기보다는 잔잔한 먼 바다 같은 얼굴.

"고등학생?"

문득 남자가 물었다. 니은은 조금 웃었다.

"고맙지만 아닌데요."

잠시 틈을 두었다가 남자가 말했다.

"다행이군요."

"어째서요?"

남자는 대답 없이 플래시를 니은에게 건넸다. 어쩌라고요, 하는 눈으로 멀뚱히 쳐다보자 남자가 설명했다.

"업어야겠어요."

"아."

니은도 남자의 판단에는 동의했다. 그렇지만 처음 보는 남자의 등에 선뜻 업히기가 쑥스러웠다. 니은의 심중을 헤아렸는지 남자가 말했다.

"119 불렀다고 생각해요."

바닷바람도 찬데 점퍼까지 내어 준 채로 시간을 지체하게 하는 것도 아니다 싶어 쑥스러움을 지우기로 마음먹었다.

"네, 그럼 신세 좀 질게요."

남자에게서 플래시를 받아 쥐었다. 남자가 자세를 낮추고 등을 돌렸다. 니은은 남자의 등에 살그머니 몸을 실었다. 니은을 업고 남자가 몸을 일으켜 세웠다.

"무겁죠."

"네."

1초의 틈도 없는 즉답. 니은은 머쓱해졌다. 평균치를 웃도는 몸무게도 아니고 미안해서 해 본 말인데, 예의상으로라도 아니라고 괜찮다고 해야 하는 거 아닌가? 속으로 투덜거리고 있는데 남자가 불쑥 물었다.

"같이 죽고 싶어요?"

"네?"

"한 덩어리로 굴러 떨어지기 전에 꽉 잡아요."

"아."

니은은 남자의 어깨에 느슨하게 걸쳐 두고 있던 두 팔을 냉큼 목에다 감았다. 손에 쥔 플래시로 남자의 발밑을 비추는 것도 잊지 않았다.

남자가 움직이기 시작했다. 조금 전 니은에게로 내려오던 때처럼 신중한 걸음이었다.

>>>>>>>>,

무겁지는 않았다. 정확히 따지자면 생각보다 가벼운 쪽에 속했다. 보드라운 쪽, 부서질까 봐 안쓰러운 쪽에 가까웠다. 마치 버림받은 어린아이처럼. 여자를 업자마자 드는 느낌이 당혹스러워 내치듯 대답해 버렸던 거였다.

유번은 가로등 곁 벤치에다 여자를 내려놓았다.

"고맙습니다."

가지런한 인사였다. 그 자리에서 누군가를 오래 기다려 온 사람처럼 멍하니 앉은 모습이 마음에 맺혔다. 돌아갈 길이 걱정되어 그러는 건가.

"발 좀 봅시다."

유번은 여자 앞에 한쪽 무릎을 굽히고 앉았다. 청바지와 슬립온 사이 말갛게 드러난 발목이 애잔했다.

"붓진 않았네."

"그렇죠? 괜찮다니까요."

"양말은 왜 안 신고 다녀요?"

"어, 그게…… 안 신어야 더 예쁘니까?"

여자가 꼼지락대듯 두 발을 안쪽으로 끌어당겼다. 벤치 아래 어둠이 여자의 발목을 감추었다.

유번은 몸을 일으켰다. 좀 성가시더라도 이 여자에 대해 말끔히 마침표를 찍어야겠다. 여행 온 모양인데, 저녁까지 이곳에 머물렀으니 시내에 숙소는 정해 두었을 테지. 이 여자를 숙소까지 데려다주면 오늘의 일과는 진짜로 끝.

"여기서 잠깐 기다려요."

여자가 유번을 쳐다보았다. 눈매가 총명했다. 머리를 덮고 있는 후드 안에서 삐져나온 짧은 머리카락 몇 올이 여자의 두 뺨에 머물렀다. 깨끗한 뺨이었다.

민낯이라서 고등학생일지도 모른다고 생각했을까. 하긴 중학생들도 화장을 하고 다니는 판국이니 그것 때문만은 아닐 것이다.

"10분쯤 걸릴 겁니다."

"어디 가는데요?"

"사택에 다녀와야겠어요."

"사택이요? 여기 그런 게 있었어요? 신기하다."

"신기할 것까지야."

전망대 옆에 나란한 두 채의 집. 파스텔 톤에 디자인이 예쁘장해서 펜션인 줄 알고 문의하려 들어오려는 관광객들이 이따금 있긴 했다.

"그럼 여기서 아주 사는 거네요? 좋겠다."

두 시간여를 막막한 어둠 속에서 혼자 견뎌 내고도 겁에 질려 있다거나 눈물바람의 기색조차 없던 좀 전 모습이 떠올랐다. 여려 보이진 않고 어리광도 일찌감치 졸업해 버린 듯한데,

빈틈이 느껴진다.

"무섭지 않겠어요?"

빈틈을 채우듯 묻자 여자가 가로등을 일별하며 말했다.

"이렇게 환한데요?"

여자가 조금 웃었다. 이제야 알겠다. 환히 웃지 않는다, 이 여자. 이를테면 '스마일'에서 '스마'까지만. 그래서 못다 웃은 부분들이 빈틈으로 남는 거였다.

"하모니카였죠?"

여자의 뜬금없는 물음에도 웃음이 조금 어려 있었다. 묵묵한 유번에게 여자가 다시 물었다.

"아까 아저씨가 하모니카 불지 않았어요?"

"아닌데요."

"들렸는데? 분명 들었는데."

갸웃거리는 여자를 두고 유번은 돌아섰다. 섬 정상의 사택으로 향하는 오르막길을 빠르게 걸었다. 숨이 찼다.

〉⫸⫸⫸⫸⫸、

사택엔 왜 가느냐고 묻지 않은 것은 일종의 믿음 때문이었다. 밤, 한적한 데서 둘만 있는데도 시시껄렁한 수작을 걸지 않는 남자에 대한. 아마도 남자는 섬을 찾은 고객에게 책임을 다하려는 것이다. 공원 관리 직원으로서 자신이 해야 될 일을 마무리 지으려는 것일 테다.

니은은 땅에다 왼발을 지그시 눌러 보았다. 찌르는 듯한 통증은 여전했다. 힘이 가해지지만 않으면 괜찮은 게 그나마 다행이었다.

남자는 금세 돌아왔다. 니은에게 건넨 것과 같은 점퍼를 입고 있었다. 추워서 옷부터 입고 왔나 보다. 새삼 미안해졌다. 명찰에 쓰인 남자의 이름 세 글자가 눈에 들어왔다.

"와, 이름이 되게 멋지세요. 유빈."

"번입니다."

"네?"

어리둥절해져 되묻자 남자가 한 글자씩 끊어 대답했다.

"유, 번."

"아, 번. 번도 멋있……지는 않나."

한 톨의 변화도 없는 남자의 표정에 니은은 말을 얼버무렸다. 미안함이 겹치는 와중에 이름까지 잘못 읽어 버리다니. 죄송하다고 깍듯이 사과해야 하나 어쩌나.

장유번이라는 드문 이름의 남자가 니은 옆에 앉았다. 니은 쪽으로 손만 쓱 뻗어 뭔가를 건넸다. 물이 담긴 투명한 보틀이었다. 니은은 보틀을 손바닥으로 감쌌다. 따뜻했다.

"마셔요. 이상한 거 안 탔으니까."

"아, 네. 고맙습니다."

의심해서 그런 것은 아니었는데. 보틀의 온기가 다정한 위로 같아서였는데. 일껏 가져다준 걸 손에 쥐고만 있었으니 의심한 꼴이 됐나 보다.

왜 의심하지 않았는지 스스로에게 물었다. 유번이 입고 있는 유니폼 때문에? 그래서 신원이 확실하니까? 잘 모르겠다. 꼭 그 점 때문인지는.

"알바 녀석이 튀어서. 불렀으니까 조금만 더 기다려야겠어요."

니은은 끄덕였다. 튀었다는 그 알바를 왜 기다려야 하는지는 모르겠지만 유번이 그렇다니 그런가 보다 했다. 다시금 쓱 건너온 유번의 손에 초코파이 한 봉지가 들려 있었다.

"배고플 텐데, 이거라도 먹어요."

"고맙습니다."

한 손엔 보틀을, 다른 손엔 초코파이를 들고 니은은 유번에게 꾸벅 고개를 숙였다. 침착하게 자기 일을 하고 있다고만 여겼는데 의외로 섬세한 면이 있는 사람인가 보다.

좁고 어두운 계단에 웅크려 있을 땐 배고픈지도 몰랐다. 유번의 말에 새삼 허기를 자각하면서도 봉지를 뜯지 못했다. 혼자 오물오물 먹는 게 어쩐지 민망할 것 같았다. 먹지 않고 가만있으면 또 의심한다고 생각할까 봐 니은은 주절주절 말을 꺼냈다.

"그런 적 많으시겠어요. 이름이요. 저도 자주 그러거든요. 얼핏 보곤 나은이라고들 읽는 거. 니은인데. 제 이름이요."

아무런 대꾸가 없어 유번을 돌아보았다. 네 이름 따위엔 손톱만큼도 관심 없다는 듯 단정한 얼굴과 마주쳤다. 또 머쓱해진 니은은 웃음을 머금고 혼잣말처럼 중얼거렸다.

"안물안궁이구나."

그렇지만 어김없이 기역과 디근을 들먹여 마음을 헝클어 놓지 않는 건 좋았다. 아니, 편안했다.

"아까요. 꼭 하모니카 소리 같았어요. 무지 정다운. 왜 그렇게 들렸지?"

대꾸는 없는데 뺨에 시선이 느껴졌다. 스르르 고개를 돌렸다. 니은에게 향해 있던 유번의 시선이 제자리로 돌아갔다. 대신 휴대폰이 건너왔다.

"전화할 데 있거든 이걸로 해요."

니은은 보틀과 초코파이를 무릎에다 내려 두고 두 손으로 유번의 휴대폰을 받았다.

"고맙습니다."

"그쪽 휴대폰은 내일 낮에 찾아볼게요."

"아, 그건 제가 다시 와서 찾으면 되는……."

"그 발로?"

"참, 그럼 또 신세를 져야겠네요. 죄송해요. 바쁘실 텐데."

"전화나 해요."

"네."

선선히 대답은 했지만 막막했다. 누구에게 알려야 할까. 늦은 귀가나 이 상황을 걱정할 사람은 없었다. 데리러 와 줄 사람도, 오늘 이 도시로 내려온 것을 아는 사람도 없으니까.

"가출했어요?"

"네?"

"전화기 들고 멍 때리고 있어서."

"아."

웃음이 나왔다.

유번이 벤치에서 일어섰다. 성큼성큼 걸어가 나무 그림자 아래로 들어갔다. 기다란 실루엣이 되었다.

>}}}}}}>.

산책로만 응시하던 유번은 슬쩍 벤치 쪽을 보았다. 니은이라는 희귀한 이름의 여자가 휴대폰을 감싸 쥐고 앉아 있었다. 편하게 통화하라고 멀찍이 비켜나 주었더니만 누가 보면 휴대폰에다 대고 기도라도 하는 줄 알겠다.

설마 진짜 가출이라도 한 건가. 가출이라기엔 차림이 너무 단출한데. 크지 않은 크로스백 하나만 달랑. 미성년자도 아니니, 그랬거나 말거나 신경 쓸 일도 아니다. 하지만 갈 데가 없다고 매달리면? 도와주세요, 아까처럼 또록또록한 목소리로 말하면? 영민한 눈빛으로 빤히 올려다보면?

유번은 고개를 저어 불안한 가정들을 떨쳐 냈다. 마침 산책로 아래편에서 기다리던 엔진 소리가 들려왔다. 김 군이 유번의 스쿠터를 몰고 와 앞에 섰다. 스쿠터에서 내려서는 김 군에게 인상부터 써 보였다. 헬멧을 벗은 김 군이 멋쩍게 웃었다.

"다신 안 그럴게요."

"키 내놔."

유번의 손 위에 키를 올리고는 김 군이 벤치를 흘끗거리며 물었다.

"누구예요?"

유번은 김 군 앞을 막아섰다. 호기심 어린 시선 앞에다 여자를 구경거리로 놓아두고 싶지 않았다.

"알 거 없어. 올라가서 자."

김 군에게서 헬멧도 받아 들었다. 발돋움을 해 유번의 어깨 너머로 기웃기웃하던 김 군이 의미심장하게 웃었다.

"뭐."

"장유번 여친 등장."

"그런 거 아니다."

"근데 왜 못 보게 가려요?"

"올라가랬지."

"앞을 딱 막고 섰는데 어떻게 올라가요?"

"여기만 길이야?"

김 군이 입을 떡 벌렸다.

"직선 코스 놔두고 산길을 돌고 돌아가라고요?"

"그러게 남의 걸 멋대로 몰고 나가래?"

"다신 안 그런다니까요?"

"그 소리만 벌써 여러 번이지."

"진짜로 여친 아니에요?"

여자에게 이쪽의 대화가 들릴 것 같아 신경이 쓰였다. 유번은 짐짓 미간을 좁혀 보였다.

"알았어요. 가요, 가면 되잖아요."

"잠깐만."

돌아서려던 김 군을 세우고 바짝 다가섰다.

"너 혹시 안물안궁이 뭔 줄 알아?"

김 군이 과장되게 놀라는 시늉을 했다. 듣도 보도 못한 사자성어인가도 싶었지만 이 녀석 반응을 보니 꽤나 알려진 유행어쯤 되나 보다.

"아, 진짜. 형, 그러니까 밤낮 여기서만 지내지 말고 시내 나가서 젊은 애들도 만나고 놀러도 좀 다녀요."

"그래서 그게 뭐냐고."

"안 물어봤고 안 궁금하거든? 이걸 네 자로 딱 줄여서, 안물 안궁."

그런 표정으로 보였던가. 유번은 쓴웃음을 지었다.

"저분이 형한테 안물안궁이랬어요? 형 까였네."

크크, 웃어 대는 김 군에게 어서 가 보라 손짓했다.

"참 이상하다니까요, 형은. 고지식한 샌님 스타일도 아닌데, 왜 이 섬에만 틀어박혀 지내는지 모르겠어. TV도 잘 안봐, 인터넷도 안 해. 도대체 무슨 사연인 거예요? 소장님이 그러던데, 형 미대 다녔……."

김 군이 입을 다물었다. 장난스런 웃음기도 지우고 벌 받는 학생처럼 선 김 군에게 유번은 딱딱하게 한마디만 했다.

"가라."

벤치로 돌아온 유번의 손에 헬멧이 들려 있었다.

"갑시다."

저만치 나무 그늘 아래 세워진 스쿠터가 보였다.

"데려다줄게요. 숙소가 어딥니까?"

니은은 헬멧을 물끄러미 바라보다가 힘주어 고개 저었다.

"데려다주신다니 정말 감사한데요. 저는 그냥 갈게요."

"그냥 어떻게?"

"어, 그러니까……."

"무서워요?"

"아니요. 싫어해요, 오토바이."

"오토바이가 아니라 헬멧을 싫어하는 것 같은데."

말문이 막혔다. 퉁, 오랫동안 조율 안 된 현이 내는 소리가 니은의 가슴 저 밑바닥을 긁고 지나갔다.

"엄밀히 말해서 저 녀석은 스쿠터예요. 오토바이 아니고."

"그렇죠. 스쿠터죠."

억지로 웃으며 대답했지만 몸도 마음도 벤치에 붙박인 듯 움직이지 않았다. 이마에 꽂히는 유번의 눈길이 따가웠다. 표현은 안 해도 내심 짜증스러울 터. 얼른 마무리 짓고 들어가 쉬고 싶을 것이다.

마음의 버팀이 때때로 얼마나 고집스러운지 이 사람은 알까? 꺾기 싫어서가 아니라는 걸, 그리고 싶어도 그래지지 않아서라는 걸. 휘몰아치는 폭풍 속에서도 단정한 자세로 걸어갈 것만 같은 이 남자는 알까?

"같이 자고 싶어요?"

"네?"

화들짝 놀라 유번을 쳐다보았다.

"남자들만 드글드글한 사택에서."

"아니요."

야무지게 대답하자 유번의 입가가 허물어졌다. 엷은 미소라도 스치는 줄 알았는데 후우, 낮은 숨이었다.

"산책로 봐서 알겠지만 섬 안으론 차가 못 들어와요. 입구까지 업고 내려가 달라고 떼쓸 거 아니면 타요. 지금으로선 저 스쿠터가 최선의 방법이니까."

니은은 헬멧을 노려보았다. 까만 헬멧이 빛을 받아 반들거렸다.

"그럼 헬멧은 아저씨가 쓰세요."

"아니라니까."

끊어뜨리듯 내뱉고서 유번이 말을 이었다.

"저기 하나 더 있어요. 나 쓰던 게 찜찜해서 그러는 거면 다른 걸로 주고."

"아니, 그런 건 아니에요."

니은은 숨을 깊이 들이마셨다.

유번이 다가섰다. 헬멧이 후드 위를 스치기만 했다. 톡톡한 후드의 부피 탓이거나, 유번의 조심스러운 손길 탓이거나.

"머리가 큰가."

툭 내던진 유번의 말에 니은은 웃어 버렸다. 웃음 끝에 항의 어린 대꾸도 했다.

"아닌데."

"벗어야겠네."

후드 얘길 하고 있다는 걸 알면서도 부끄러웠다. 니은은 후드를 뒤로 젖혔다. 얼굴에 잠시 유번의 시선이 멈췄다. 맥락 없이 두근거렸다.

"고등학생 아닌 거 맞아요?"

대답할 새도 없이 머리로 헬멧이 내려와 덮였다. 어려 보여서 그러는구나. 돌아선 유번의 등을 보며 생각했다.

스쿠터를 가까이로 끌고 온 유번이 숙소를 물었다. 니은은 게스트 하우스 이름을 일러 주었다.

"오렌지 하모니카요."

콘솔 박스에서 헬멧을 꺼내던 유번이 멈칫했다.

"어디쯤이냐면요⋯⋯."

"알아요."

"입소문 난 곳이라더니, 아시는구나."

대꾸 없이 유번이 헬멧을 썼다. 니은은 보틀과 초코파이를 크로스백에 넣었다. 유번의 휴대폰은 도로 돌려주었다. 아직 번호를 외우지 못해 주인 할머니에게 전화는 걸지 못했다. 오늘은 여기저기 구경도 하고 실컷 놀다 늦게 들어오라고 등을 떠미셨는데, 정말 그렇게 됐다.

유번의 부축을 받아 뒷자리에 올랐다. 뒤이어 스쿠터에 오른 유번이 말했다.

"잡아요."

"같이 죽고 싶지 않으니까 꼭, 잡을게요."

애써 산뜻하게 받았지만 대꾸는 없었다. 니은은 유번의 허리춤을 두 손으로 붙들었다. 남자의 등이 바람을 다 막아 줄 듯 넓었다.

스쿠터가 서서히 산책로를 내려갔다. 섬을 나와 길고 긴 방파제를 지나 곧 도심으로 접어들었다. 바닷가 작은 도시의 밤은 한가로웠다. 거리 양쪽 가로수들엔 벚꽃이 흐드러졌다.

유번은 속도를 내지 않았다. 알맞은 속력으로만 달렸다. 거리 풍경이 슬로비디오처럼 흘러갔다. 옅은 바람결에 꽃잎들이 흩날렸다. 봄밤에 고요히 내리는 눈처럼 아름다웠다.

~⟩⟩⟩⟩⟩⟩⟩⟩⟩⟩、

스쿠터가 골목 어귀에 도착했다. 1층 카페에서 흘러나왔을 불빛이 맞은편 정원으로 은은히 번졌다. 게스트 하우스 현관 문까지는 골목을 돌아 들어가 열 걸음쯤. 그러나 외면했다.

여자가 점퍼를 벗어 유번에게 돌려주었다.

"덕분에 따뜻했어요. 고맙습니다."

유번은 휴대폰을 꺼내 여자에게 건넸다.

"번호 찍어요."

여자의 눈에 의문이 담겼다.

"오해는 말고. 내일 휴대폰 찾을 때 필요해서 묻는 거니까."

"아, 주세요."

여자가 휴대폰을 받았다. 제 번호를 찍고는 유번을 쳐다보더니, 다시 톡톡 자판을 눌렀다. 물 한 모금 먹고 하늘 한 번 쳐다보는 병아리 같았다. 휴대폰을 되돌려 주며 여자가 말했다.

"좋아하지 마요."

뭐라는 거야, 퉁명스레 쥐어박을 뻔했다. 어처구니없어서 보고만 있는데, 여자가 담담히 덧붙였다.

"오토바이요."

유번에게 허리를 깊숙이 숙이고 나서 여자가 골목 안으로 걸어갔다. 살짝 절뚝거리는 뒷모습에 마음이 불편했다. 문 앞까지 데려다줄 것을 그랬나. 그래도 괜찮았을까.

꺾인 골목 저편으로 여자가 사라졌다. 유번은 휴대폰 화면을 열었다. 여자가 누른 번호 위에 이름 세 글자가 저장되어 있었다.

"서니은."

입술이 여자의 이름을 읽어 냈다.

다른 날들과 조금, 아주 조금 다른 밤이었다.

2

밤새 뒤척이다 맞이한 아침, 창 너머 하늘이 맑았다.

니은은 침대에 걸터앉아 왼발부터 움직여 보았다. 어제보
다는 거뜬했다. 방바닥에 발을 꾹 눌러도 보았다. 날카롭던 통
증이 한결 무뎌져 있었다. 어젯밤에 주인 할머니가 해 준 찜질
덕분인가 보다.

거실은 조용했다. 할머니의 방문도 닫혀 있었다. 아침잠이
많다던 할머니가 깰까 봐 살금살금 욕실로 갔다. 욕실 문에 메
모가 붙어 있었다.

모닝커피 파트너 급구

안 씻어도 댐

붓펜으로 쓴 앙증맞은 글씨에 웃음이 흘렀다. '댐' 마저 원래 그렇게 써야 하는 것처럼 자연스러웠다. 게다가 종이를 고정시킨 테이프는 아기자기한 꽃무늬였다. 면접 때는 약간 특이하다고만 느꼈는데, 귀여운 데가 있는 할머니다.

니은은 세수만 하고 복도로 나섰다. 원두 향이 코끝에 고소하게 감겼다. 복도를 지나면 곧장 카페였다.

정원을 바라보는 격자 유리 창가에 할머니가 앉아 있었다. 연분홍 꽃들이 자잘하게 뿌려진 블라우스에 곱게 화장까지 한 얼굴이 니은을 보며 우아한 웃음을 지었다.

"반칙이에요, 할머니."

"왜에?"

"저한텐 씻지도 말고 급히 오라 하셔 놓고, 이렇게 예쁘게 하고 있기 있어요?"

"세수했네, 뭘."

"세수만 했죠."

"그거면 됐지. 노인네 앞에서 뭘 얼마나 더 예쁘고 싶어서? 내가 세상 잘생긴 할아버지도 아닌데."

니은은 웃었다.

"일이 쌓였는데 얼굴 만지고 머리 꾸미느라 세월 보내는 것들 여럿 돌려보냈어. 니은이 넌 생김새에서 일단 합격이야. 이름도 이상하고."

"이름도 이상……"

말끝은 웃음으로 맺었다. 뭔가 앞뒤 연결이 안 되는, 그렇지만 왠지 거슬리지는 않는 어법이다. 어제 처음 만난 순간에도 할머니는 그랬다.

"살다 보니 이상한 이름 덕을 다 보네요."

"아무튼 오래 살고 볼 일이야. 그렇지?"

"네."

흔쾌한 대답에 웃음도 더했다. 연거푸 웃을 수 있고, 웃음을 함께 나눌 수 있고, 거기다 향기 그윽한 커피까지. 낯선 도시에서 시작하는 첫 아침, 이 정도면 아주 훌륭하다고 생각했다.

니은은 두 개의 머그잔에 커피를 담아 할머니 앞에 마주 앉았다.

"내일부턴 제가 내릴게요."

"다룰 줄은 알고?"

"그럼요. 이래 봬도 알바 인생 4년차인 걸요?"

"걸어오는 거 보니까 발이 아직 시원찮던데?"

"많이 괜찮아졌어요. 내일은 더 괜찮을 거예요."

"보자. 오늘이 수요일이니까 내일까지는 맘껏 놀아."

평일이라 내일까진 여유가 있다는 걸까. 어제의 '실컷'에 이어 '맘껏'까지. 습관적으로 쓰는 말일 텐데도 맘이 푸근해진다. 친할머니한테서는 들어 본 적 없는 말들이라 더 그럴지도 모른다.

머그잔을 감싸 쥐고 커피를 마시며 니은은 소담한 카페 안을 둘러보았다. 정사각형 나무 탁자가 다섯. 작업대처럼 기름한 직사각 탁자가 하나. 마찬가지로 나무 의자들도 하나같이 소박했다. 벽에는 꽃이나 과일을 담은 그림들이 몇 점 걸려 있었다.

카페는 이곳에 묵는 손님들만 사용할 수 있다고 했다. 어젯밤에는 노트북을 하거나 책을 읽는 여자 손님이 두엇 있었더랬다. 현관으로 들어서는 니은을 보곤 조용히 묵례들을 했고, 니은도 미소를 띠며 머리만 조금 숙여 보였다. 온화한 불빛 아래 자기만의 시간을 누리고 있는 모습이 평화로워 보였다.

어제 할머니에게 들었다. 여길 찾아든 게스트에게 필요 이상 과하게 개입하지 않는 것을 기본 법칙으로 삼는다고. 할머니가 지내는 내실을 제외하면 게스트를 위한 공간 어디에도 TV가 없다. 술은 카페에서만, 취해서 소란을 피우면 퇴실 조치된다고도 했다.

적절한 가격으로 온전한 휴식을 제공하는 곳. 자부심 가득한 할머니의 말이 아니더라도 니은은 조용한 이곳이 맘에 들었다.

간이 주방에서 커피를 비롯해 토스트와 샐러드 등의 간단한 아침 식사를 준비해 두면, 투숙객들이 내려와 챙겨 먹고 설거지까지 해 놓는 시스템이라고 했다. 이른 아침이라 카페 안은 니은과 할머니 둘뿐이었다.

"참, 할머니 아침잠 많으시다더니 왜 이렇게 일찍 일어나셨어요?"

"어젯밤엔 잠을 설쳤어."

"왜요?"

"이제부터 너 마구 부려 먹을 생각하니까 신나서."

"할머니, 진심은 아니시죠?"

울먹이는 표정을 지었더니 할머니가 으흐흐흐, 옛이야기 속 마귀할멈 흉내를 내며 웃었다. 니은도 따라 웃다가 비장하게 말했다.

"그럼 오늘은 체력 비축 차원에서 쉬고요. 내일부터는 정말 열심히 부려 먹힐게요."

"니은이 너, 밥은 잘 먹지?"

"밥이요?"

난데없는 질문이 의아해서 되물었다.

"다이어트니 뭐니 한다고 수시로 굶고 그러면 매우 곤란한데."

다이어트는 안 해 봤지만 알바 시간 맞추려다 굶은 적은 종종 있었다. 여기에서 저기로 정신없이 뛰어다니다 보면 밥때를 놓치기 다반사였다. 늦은 밤 편의점 구석에서 컵라면과 삼각 김밥 따위로 간신히 끼니를 때울 때도 많았다.

혹 연약해 보여 맘 놓고 일 시키기 곤란할까 봐 그러시는 걸까?

"저 다이어트 안 해요, 할머니. 밥도 잘 먹고요. 안 줘서 못 먹죠."

"내 그럴 줄 알았지. 어제 너 보는데 허기가 졌더라고. 밥 달라고 엄마만 쳐다보는 어린애, 딱 그런 얼굴이잖아."

그런 얼굴이었던가. 그래서⋯⋯. 고등학생인지 두 번씩이나 확인하던 그 남자, 유번이 떠올랐다. 밤길에 섬까지 잘 돌아갔 겠지?

"1년 가야 코빼기도 안 보여 주는 손자 놈들. 날마다 혼밥도 지겨워 죽을 것 같아. 그래서 너 들였어. 밥 친구로."

"아……."

무어라 할 말을 찾지 못해 니은은 머그잔만 들여다보았다. 어떤 마음인지 알아서.

엄마 얼굴을 못 본 지 만 3년. 새삼스레 지난 세월이 멀다. 같이 살 때도 열세 살 이후론 엄마가 차려 둔 밥을 거의 혼자 먹었으니, 아득하기로는 별다를 리 없지만.

가슴이 꽉 막히듯 먹먹해져 있는데, 할머니가 말했다.

"늙은이 밥 친구 하기 싫음 지금이라도 그만두고."

니은은 황급히 고개를 저었다.

"아니요! 안 싫어요, 할머니. 좋아요. 진짜로요. 그리고 할 머니 하나도 안 늙으셨어요. 완전 동안이세요."

"내가 한 동안 하지. 다들 예순 어름으로만 본다니까?"

"예순 아니셨어요?"

놀라며 묻자 할머니가 뿌듯한 미소를 곁들이며 대답했다.

"자그마치 일흔하고도 셋이다."

니은은 입을 헤벌렸다. 진심 놀랐다. 할머니가 즐겁게 외쳤 다.

"오늘 아침은 오렌지 머핀!"

다른 날보다 일찍 깼다. 밤새 깊은 잠에 들지 못해 머리가 무지근했다. 의자에 걸쳐 둔 점퍼가 눈에 들어왔다. 소매가 두 번 접혀 있다. 어제 그 여자, 니은이 입었던 점퍼였다.

발목은 좀 나아졌을까.

유번은 사택을 나와 산책로로 접어들었다. 공기는 투명하고 새소리는 청랑했다. 부지런한 다람쥐 한 마리가 키 낮은 나무를 타고 조르르 올라갔다. 가지에 꼼짝 않고 앉은 모양이 마치 유번이 뭘 하는지 지켜보려는 것만 같았다.

"일한다."

툭 뱉어 놓고는 스스로도 어이가 없어 헛웃음이 흘렀다. 듣지도 못할 다람쥐한테 공연한 변명을 해 버린 셈이었으니 말이다.

바위 동굴로 내려가는 계단참에서 니은의 휴대폰에 전화를 걸었다. 전주도 없이 대뜸 '루저'를 외치는 노랫소리가 울리기 시작했다. 노래를 들으며 방향을 가늠한 유번은 난간을 훌쩍 뛰어넘었다. 잡풀이 우거진 비탈에서 이슬에 젖은 휴대폰을 찾았다.

부재중 전화 세 건. 그중 하나는 방금 유번의 전화였으니, 엊저녁부터 오늘 아침까지 니은을 찾은 전화가 겨우 두 건. 그렇다면 확실히 가출은 아니겠다. 마음이 놓이는 순간 불편해졌다. 여행이건, 가출이건 왜 신경을 쓴단 말인가.

사택으로 돌아오자 현관 앞뜰에서 김 군이 양손으로 아령을 하고 있었다. 누가 깨워 줘야만 간신히 일어나는 녀석이 아침부터 신나 있는 걸 보니 내일 휴무다. 김 군은 휴무 전날 저녁엔 어김없이 섬을 나갔다.

"어디 갔다 오세요?"

"퇴근할 때 나 좀 보고 나가라."

"심부름 있어요?"

"그래."

"뭔데요?"

"배달."

"어제 그 안물안궁 여자분한테요?"

호시탐탐 게으름 피울 궁리만 하는 녀석이 이럴 땐 눈치 한 번 빠르다. 거기다 은근슬쩍 엄살도 얹어 주신다.

"저녁에 바쁜데. 간만에 친구들이랑 뭉치기로 했거든요."

"스쿠터 갖고 가."

"오예!"

속내를 금세 들키고도 환호하는 녀석에게 핀잔조차 못 주겠다. 녀석 손아귀에서 7백만 원짜리 스쿠터가 무사하기를 바랄 뿐이다.

방으로 들어온 유번은 '루저'를 검색했다. 자동 완성어로 '빅뱅 루저', '루저 가사', '루저 외톨이 가사' 등이 떴다. 차례로 클릭해 보니 니은이 벨소리로 설정해 둔 그 노래가 맞았다.

가사를 찬찬히 살피며 노래를 듣다가 중얼거렸다.

"도대체 어느 대목에 대입해야 되는 거야?"

땅 파고 들어가게 우울한 멜로디도 아니고, 곡 자체는 귀에 착착 감겼다. 하지만 여러 번 들어도 가사 중 어느 부분을 서니은이란 여자의 정서에 접목해야 하는지 모르겠다.

벨소리로 지정해 둘 정도면 노래 자체를 무척 좋아해서거나 가사가 제 얘기 같아서 심금을 깊이 건드리거나. 어젯밤 니은에게서 풍기던 분위기로 보건대 아무래도 전자 같진 않았다.

돌연 골치가 아팠다. 유번은 한 손으로 이마를 짚었다.

"오올, 빅뱅을 다 듣고. 꽂혔어요?"

등 뒤로 날아든 김 군의 말 중 마지막 부분이 귓속에서 반복 재생됐다. 이젠 물러갔다고 믿었던 이명(耳鳴)처럼. 그러나 이명의 무의미한 소음과는 조금 다른, 어떤 간절한 부름처럼.

\>}}}}}}}}.

나른한 한낮.

3층에서 이틀을 묵었다는 여자 손님 둘이 카페로 내려왔다. 오랜 친구 사이라는 두 사람은 다른 도시로 떠난다고 했다.

긴 나무 탁자 앞에 자리 잡고 앉은 할머니가 여자들에게 이름을 물었다. 미리 준비한 듯 탁자 위엔 여러 종류의 종이와 붓펜이 놓여 있었다.

"이름은 왜요, 할머니?"

손님들이 물었다. 니은 역시 궁금했다.

"예쁜 선물 주려고."

할머니의 대답에 두 여자가 반색하며 탁자로 다가갔다. 니은도 할머니 곁으로 가 섰다. 할머니가 붓펜으로 그들의 이름을 썼다. 각각 다른 느낌으로 구성한 캘리그래피 책갈피였다. 각자의 이름이 쓰인 책갈피를 받아 들고는 둘 다 감탄하며 고마워했다.

할머니는 둘을 정원 벤치에 앉히고는 폴라로이드 카메라로 사진도 찍어 주었다. 게스트 하우스 건물을 배경으로 둘의 모습이 담긴 사진이 그들 손에 안겼다.

니은도 사진을 넘겨다보았다. 두 사람은 조그만 사진 속에서도 행복해 보였다.

언젠가 꼭 다시 오겠다는 인사말을 남기고 배낭을 멘 두 친구들이 손을 흔들며 떠났다. 니은도 할머니 옆에 서서 미소로 배웅했다.

"솜씨가 대단하세요, 할머니. 캘리는 언제 배우셨어요?"

"옛날에 우리 딸한테 배웠지."

니은은 고개를 주억거렸다. 옛날에, 라는 데서 발이 걸린다. 오지 않는 손자들을 그리워하며 타박하더니 딸에 대해선 왜 별말이 없을까.

"너무 멀어서 못 와."

툭 던지는 할머니의 말에 니은은 아아, 하며 끄덕였다. 입 밖에 꺼내지 않았는데도 심중을 정확히 짚어 내는 걸 보면 겉

보기보다 훨씬 더 섬세한 분인가 보다. 어제 그 남자도 그랬는데. '오토바이가 아니라 헬멧을 싫어하는 것 같은데'라고.

"너도 하나 써 줄까?"

"네."

반갑게 대답했다. 카페로 들어와 탁자를 사이에 두고 할머니와 마주 앉았다. 할머니가 턱을 괴고 잠깐 생각에 잠기는가 싶더니 붓펜을 집었다. 할머니의 손끝에서 탄생한 '서니은'이 무지 사랑스러웠다.

"글씨가 달콤한 사탕 같아요, 할머니."

"달콤한 오렌지를 상상하고 쓴 건데?"

"그럼 오렌지. 저 오렌지 되게 좋아하거든요."

"오렌지를 초콜릿보다 더 좋아하던 녀석이 있었지."

옛 추억이라도 더듬는지 할머니 눈빛이 아련해졌다. 할머니를 웃게 하고 싶어 장난스럽게 물었다.

"할머니, 첫사랑 생각하세요?"

"뭐? 첫사랑?"

까르르, 소녀처럼 웃어 대고서 할머니가 끄덕이며 말했다.

"첫사랑은 첫사랑이지."

이번엔 니은이 붓펜을 잡았다.

"저도 할머니 이름 써 볼래요."

그러자 할머니가 기다렸다는 듯 자랑스럽게 말했다.

"내 이름은 고소정이야."

"와, 너무 예쁜 이름이에요."

"그렇지?"

흐뭇한 표정의 할머니를 보며 섬에 있을 유번이 다시금 떠올랐다. 자칫 상대가 무안해질 만큼 무표정하게 '번입니다'라고 정정하던 그 목소리가. 휴대폰은 찾았을까?

할머니가 그랬듯이 니은도 끊어 쓰기로 '고소정'을 썼다. 이름에다 다정하고 포근한 느낌을 담으려고 해 봤는데 잘 안 됐다. 캘리그래피로 이름 쓰기는 역시 어렵다.

"제법 쓰네?"

니은은 미소 지었다.

"예전에 조금 배운 거라 잘은 못 써요."

"그럼 나한테 더 배워."

"캘리 친구도 해 주시게요?"

'고마워 죽겠지?'라고 당당하게 대꾸할 줄 알았는데 할머니 입가에는 엷은 미소만 머물렀다. 가만히 건너오는 눈길에 어쩐지 몸 둘 바를 모르겠다. 니은은 할머니 이름이 쓰인 책갈피로 시선을 내렸다.

"할머니 어머님은 참 멋진 분이셨을 것 같아요."

"엄마가 지었어? 니은."

"네."

"자식 이름 함부로 짓는 부모 없다."

모르진 않는다. 하지만…… 순서가 있는 한글 자모 이름이 아니었으면 좋았을걸. 그랬으면 '기역'이 소환되는 매 순간 기억이 되새겨지지 않아도 되었을걸. 후회를 곱씹게 되는 시간이 줄어들 수도 있었을걸.

"너희 엄마도 멋진 분이겠네."

니은은 고개를 들었다. 할머니가 한쪽 눈을 찡긋하며 덧붙였다.

"이름도 잘 지었잖아. 이상하게."

"할머니!"

심통 부리듯 입술을 부루퉁하게 만들었다. 어른에게 이런 어리광, 까마득한 먼 옛날 일이었는데. 그다지 어색하지 않다. 편안하다. 햇살 부신 초여름 어느 날, 찰랑대는 맑은 시냇가에 발을 담그고 있는 것처럼.

"이번 주말엔 옥상 대청소를 해야겠다."

"제가 할게요. 저한테 다 시키세요."

"혼자 못 해. 해먹도 걷어다 빨아야 하고, 화분들 분갈이도 해 줘야 하고. 셋이서 같이 하자."

"셋이서요?"

"주말마다 손자 녀석이 오걸랑."

주말마다? 니은은 의아해졌다.

"어. 아까는 1년 가야 코빼기도 안 보여 준다고 하시고선."

"그건 첫째 놈."

할머니의 천연덕스런 대답에 니은은 아아, 하고 끄덕이면서도 웃고 말았다. 주말마다 들르는 둘째 손자가 있어서 할머니께 다행스러운 일이라고 생각했다. 그럼에도 밥 친구로 삼아 주신 게 참 고마웠다.

손님들이 떠난 방 청소를 하러 할머니가 3층으로 올라갔다. 같이 올라가려던 니은한테는 발목이 다 나을 때까지 위층엔 출입 금지라는 엄포를 놓았다. 얼른 말끔해지는 편이 할머니 마음 덜 쓰게 하는 일일 것 같아 받아들였다.

대신 간이 주방을 정돈했다. 손님들이 씻어 놓은 접시와 머그잔들을 정리해서 넣고, 바닥과 조리대 위도 물기 없이 닦았다. 카페 탁자들도 다시 훔쳤다. 마른걸레로 현관 유리를 닦다가 정원 끝자락, 골목이 꺾이는 지점을 바라보았다.

정원 안으로 들어섰던 어젯밤, 니은은 골목 바깥쪽으로 얼굴을 쏙 내밀어 보고 싶어졌다. 장유번이란 남자가 어쩐지 거기에 그대로 서 있을 것만 같아서. 그랬으면 조심히 돌아가라고 다정한 추신처럼 당부를 덧붙였을지도 모르겠다.

하지만 니은은 그러지 않았다. 미련에 사로잡혀 발을 못 떼고 서 있거나, 가다가 뒤돌아보는 건 특별한 사이에서나 오가는 장면일 테니까. 그 남자는 그저 뒤탈이 없도록 본인의 일에 충실했을 뿐일 테니까.

간이 주방과 실내를 구분 짓는 조리대 가장자리에 데스크톱 컴퓨터와 전화기가 있었다.

지금쯤은 휴대폰을 찾았겠지?

니은은 제 휴대폰에다 전화를 걸었다. 초조한 탓인지 신호음이 들리는 그 몇 초가 몹시 길었다.

—여보세요.

받았다! 사무적이라 할 만치 단정한 목소리. 유번의 얼굴이 눈앞에 보이는 듯했다.

"저, 서니은인데요. 휴대폰 찾으셨나 봐요."

—찾았습니다.

"찾느라 고생하셨죠? 고맙습니다. 일단 보관해 주시면 시간
될 때 제가 가지러 갈……."

—발은 어때요?

니은의 말을 끊고 유번이 물었다.

"괜찮아요. 어제보다 나아졌어요. 내일이면 말끔해질 거예
요. 그런데 제가 알바를 시작해서요. 정확히 언제 가지러 갈
수 있을지는 아직 모르겠……."

—저녁에 갖다 줄 겁니다.

"저녁……. 오늘 저녁에요?"

—네.

"아."

니은은 일순 멍해졌다. 후드를 젖혔을 때 잠시 니은의 얼굴
에 붙박여 있던 시선, 그 순간을 스치던 두근거림이 되살아났
다. 아니라고, 번거로우실 텐데 그러지 않으셔도 된다고, 곧
제가 가지러 가겠다고 사양해야 마땅했다.

그러기 싫었다. 벚꽃 여린 꽃잎들이 하늘거리듯 설레어서.
겨우 한마디를 했다.

"그럼, 기다릴게요."

유번은 손목시계를 들여다보았다. 오후에 니은과 통화한 이후 벌써 다섯 번째였다. 마땅치가 않았다. 딱 집어 무엇이 마땅치 않은지는 알 수 없었다.

"그럼, 기다릴게요."

기다릴게요. 기다릴게요. 기다릴…….

귓가에서 메아리치는 목소리를 떨쳐 내려 머리를 거칠게 흔들었다.

공원 폐장 시간이 되자마자 달려온 김 군이 유번 앞에 두 손을 공손히 받들었다. 기대에 찬 얼굴이다. 유번은 김 군의 손바닥에다 스쿠터 키를 올렸다. 잽싸게 튀어 나가던 김 군이 아차차, 하며 되돌아왔다. 그러고는 무슨 비밀 거래라도 하듯 속삭였다.

"물건은요?"

유번은 갈등했다. 주머니 속에 니은의 휴대폰을 움켜쥔 채였다.

"에헤이. 저 못 믿어요, 형?"

"그래, 못 믿겠다."

핑계거리라도 하나 낚아채는 기분이다. 이 또한 마땅찮다.

"내가 좀 멋지긴 하지. 불안한 형 마음 이해해요. 하지만! 형 여친한테 침 바를 만큼 형편없는 놈은 아니니까 걱정 말고 주세요. 물건만 배달하고 끝. 오케이?"

이 자식이 지금 뭔 소릴 지껄이고 있는 거야?

여친 아니랬지, 타박하려던 유번은 김 군에게 손을 내밀었다. 유번의 손과 얼굴을 차례로 보는 김 군에게 짧게 말했다.

"키."

"에이."

잔뜩 실망한 얼굴로 김 군이 키를 건넸다. 되돌려 받는 순간 묘하게도 가슴이 뛰었다. 당연히 키 때문은 아니었다. 뜻밖의 지점에서 갈등을 접어 버린 자신을 발견했기 때문이었다.

본인 말마따나 김 군은 그런대로 봐 줄 만한 얼굴이다. 스물두 살. 아마 니은도 그쯤 되었을 것이다. 또래끼리 쉽게 오갈 수 있는 정서들이 있을 터. 김 군이 시답잖은 너스레라도 떨면 니은이 웃을지도 모른다.

일말의 가능성. 그것이 싫었다. 왜 싫은지에 대해서는 지금 따지지 않기로 했다. 기다리고 있을 테니까.

투덜대는 김 군을 두고 유번은 즉시 출발했다.

〰〰〰

벽시계를 자꾸만 올려다보게 됐다. 유번과 통화한 뒤로 다섯 번쯤. 더디게 흐르는 시간이 답답했다.

오늘 저녁에 당장, 그것도 군이 가져다주겠다는 것은 분명 좋은 쪽일 테다. 무엇에 대해 좋은지는 구체적으로 헤아리고 싶지 않았다. 순간을 급습했던 두근거림이나 예상치 못한 설렘. 둘 다 나쁜 쪽은 아니라 믿고 싶었다.

'좋다'와 '나쁘다'. 어떤 상황을 놓고 지레 판가름 내면 못쓴다고, 언젠가 은실이 그랬었다. 나쁘다고 결론부터 내리면 희망이 없잖아, 희망이'라며 은실은 맏언니처럼 니은을 나무랐었다.

희망이 오히려 고문이 되기도 한다는 걸 모르고 하는 소리지. '나쁘다'로 정하면 헛된 희망 따위 일찌감치 포기할 수 있으니까. 그저 그 상황을 견디면 되니까. 바라보지 말고, 기대하지 말고, 기다리지 말고 그저 덤덤히 주어진 대로만 살아 내면 되는 거니까.

마음속에 차오르는 그 말들을 니은은 친구에게 하지 않았다. 속에만 담아 두었다. 조금 서먹했지만 내색하지도 않았다. 보통의 범주 안에서만 살아온 은실은 끝내 느끼지 못할 부분이 있는 것이므로. 이해받기 어려운 일에 대해선 입을 다무는 편이 나았다.

상황이 아니라 사람에 대해서라면 어떨까. 만약 '좋다'와 '나쁘다'를 알려 줄 수 있는 저울이 있다면. 장유번이란 사람에 대해서는 '좋다' 쪽이 무거워질 것 같다. '남자 장유번'에 대해서는 아직 잘 모르겠지만.

"니은아! 밥 먹자!"

어느새 저녁. 카페에서 유번을 기다리고 싶지만 고마운 밥친구를 저버릴 순 없다.

"네!"

니은은 씩씩하게 대답했다.

거실에 전화벨이 울린 건 할머니와 같이 저녁을 먹고 난 다음 설거지를 하고 있을 때였다. 이따금 할머니 휴대폰으로 숙박 관련 문의나 예약 확인 전화가 걸려 오곤 했지만, 유선 전화가 울리는 건 처음이었다. 유번일 거라는 직감이 왔다.

"전화 좀 받을래?"

욕실에서 할머니 목소리가 들렸다. 그렇잖아도 행주에 손을 닦고 바삐 전화기 쪽으로 가던 참이었다.

"오렌지 하모니캅니다."

─장유번입니다.

입가에 웃음이 폈다. 대뜸 이름을 대는 걸 보면 목소리를 알아들은 거다, 이 사람.

"네."

'기다리고 있었어요' 라고는 차마 말하지 못했다. 낮에는 '기다릴게요' 라며 잘도 그래 놓고.

─지금 나올 수 있어요?

그럼요, 할 뻔했다.

"여기 오셨어요?"

─네. 어제 그 자리에.

"아, 그럼 거기 조금만 계실래요? 할머니한테 말씀드리고 금방 나갈게요."

─할머니한테 무슨 말을?

훅 들어오는 물음에서 미묘한 저항이 느껴졌다. 누구에게 뭐라 하건 딱히 관심 두지 않을 사람처럼 보였는데.

"제가 알바 시작한 곳이 여기거든요. 그래서 여기 할머니한테 잠깐 나갔다 오겠다는 얘기를 하……."

―그냥 나와요.

살짝 명령조다. 존대인데도 묘하게.

"알았어요."

그래 버렸다. 두근두근, 심장이 뛰는 것만 같아서.

\>}}}}}}.

하필이면.

어젯밤에도 그랬다. '오렌지 하모니카'라고 니은이 일러 주었을 때. 어쩔 수 없이 니은을 태워 밤을 가로질러 달려왔지만 건물 쪽으론 눈길도 주지 않았다. 정원에 은은히 번지던 빛마저도 눈에 담지 않으려 애썼다.

지금도 그랬다. 다른 곳도 아니고 하필이면 여기서 아르바이트를.

유번은 골목 안쪽으로 눈길을 던졌다. 니은은 보이지 않았다. 알았다더니 왜 여태 안 나오나. 갓 아르바이트를 시작한 곳 주인한테 나하고의 일들을 미주알고주알 늘어놓는 타입은 아닐 텐데.

만일 니은이 아니라 할머니가 나온다면. 들어가자고 팔을 끌면.

유번은 돌아섰다. 골목을 등지고 서서 도로를 바라보았다. 어둠이 깃드는 시각, 거리는 온갖 종류의 불빛들로 환해지고 있었다. 마음이 무거웠다.

휴대폰만 건네면, 아주 잠깐일 지금만 지나면 다시 만날 일은 없을 것이다. 여기로 찾아드는 일도 없을 것이다. 이젠 괜찮을지도 모른다는 거짓말, 자신에게 하지 않아도 될 것이다.

그렇지만 조금…… 아쉽다. 그래, 아주 조금. 서니은이란 이름의 여자한테 마침표를 찍는다는 것.

"저기요."

니은의 목소리였다. 유번은 뒤돌아섰다. 두 눈과 입술에 조금씩인 특유의 웃음을 묻히고서 니은이 서 있었다. 청바지에 후드 집업은 어제와 같고 안에 입은 티셔츠만 바뀌었다. 세룰리안블루 스트라이프.

"여기까지 직접 갖다 주실 줄 몰랐어요."

기다릴게요, 그랬잖아. 서니은 네가. 그런 말로 오후 내내 사람 정신 산만하게 만들어 놓고 이제 와서 뭔 소리야.

"김 군한테 시켰는데, 시간 내기 힘들다고 해서 직접 왔습니다."

"김 군이라면, 어제 그 알바요?"

"네."

간절히 오고 싶어 온 게 아니라고. 알겠어? 스스로에게 윽박지르듯 다짐했다.

"그랬구나."

가만 중얼거리는 니은을 보자 삐뚜름해지려던 마음이 길을 잃었다. 뭐야, 실망한 것 같은 저 표정. 의중을 캐묻고 싶어졌으나 유번은 그러지 않았다. 그저 휴대폰만 건넸다.

"아."

선뜻 받아 가지 않고 니은이 머뭇거렸다. 뒷짐이라도 쥔 듯 니은의 두 손이 허리 뒤로 가 있었다.

"저, 이거."

유번 앞에 나타난 니은의 손에 보틀이 들려 있었다. 어제 유번이 물을 담아 건넸던 그 보틀. 오늘은 다른 색깔이다.

"오렌지 주스예요. 빈 통만 드리기 그래서."

말하고서도 니은은 두 손에 감싸 쥐고만 있었다.

"방금 갈았어요. 이거 만들어 담느라 좀 걸렸나 봐요. 바쁘실 텐데 기다리시게 해서 죄송해요."

유번은 휴대폰을 든 오른손을 그대로 둔 채 니은에게 왼손을 내밀었다. 니은이 두 손으로 유번에게 보틀을 건넸다. 손끝이 스쳤다. 거두어들였던 두 손을 니은이 조심스레 다시 내밀었다. 빈손에다 휴대폰을 얹었다.

"고맙습니다."

니은이 머리 숙여 인사했다.

이제 뒤돌아 들어갈까. 오래 외면해 온 저곳으로 이 여자가 들어가 버릴까. 다시 못 볼까.

"저······."

"저녁……."

입을 뗀 니은과 거의 동시에 말이 얽혔다.

"말해요."

"아니, 아저씨가 먼저 말……."

"그렇게 나이 들어 보이나."

혼잣말처럼 내뱉었다. 니은이 눈을 크게 떴다.

"어, 그런 거 아닌데. 나이 들어 보여서 그런 거 아니고요. 경찰관이나 소방관을 부를 때 그러잖아요. 소방관 아저씨, 이렇게. 아주 젊다고 해서 소방관 오빠, 그러진 않잖아요. 그냥 공적인 호칭, 아니 지칭이었는데."

최선을 다해 해명하는 모습에서 앳된 소녀의 얼굴이 보였다. 야단맞지 않으려고 기를 쓰며 매달리는 어린아이의 모습이. 말간 발목을 들여다보던 때처럼 애잔해지려 했다.

"이제부터는 그렇게 안 부를게요."

"이제부터?"

"아, 그럼 다음에 행여 또 만나게 되면."

'행여'라고 말했다. 다음에 또 만나지기를 바란다는 듯이, 그랬으면 좋겠다는 듯이.

"난 소방관이 아닌데."

"어, 공무원 아니에요?"

"옛날엔 시에서 관리했다는데, 내가 들어가던 해에 공원 개발과 운영이 민간으로 넘어왔어요."

"그렇구나. 성실하게 절 구조해 주시고 바래다주기까지 하셔서 공무원이거나 준공무원쯤 되는 줄 알았어요."

"하려던 말이 뭡니까?"

"먼저 하세요."

"이상한 데서 고집을 부리네."

니은이 웃었다. 여전히 조금. 하지만 어젯밤보다는 맑아 보인다.

"아직 저녁 못 드셨죠?"

유번 역시 저녁은 먹었느냐 물으려 했다. 밥이야 할머니가 당연히 챙겨 먹일 테지만 기다리고만 있느라 안 먹었을 것 같아서였다.

"폐장하고 곧장 달려오신 것 같아서."

점심과 저녁은 직원들이 교대로 먹는다. 계절에 따라 폐장 시간이 유동적이라 폐장 뒤로 미루지 않고 6시를 전후해서 저녁 식사를 한다. 오늘은 폐장 직전에 먹었다.

"저 때문에 저녁 드실 시간도 없이 오신 것 같⋯⋯."

"같이 할래요?"

"네?"

"저녁."

잠시 유번을 빤히 쳐다보다가 니은이 끄덕였다. 그리고 산뜻하게 주장했다.

"감사의 뜻으로 제가 살게요."

가출 여부를 떠나서 하루 머물렀던 게스트 하우스에서 알바를 해야 될 정도면 주머니 사정이야 안 봐도 뻔할 터였다.

"됐습니다. 내가 사죠."

"저도 됐거든요?"

단단히 우기는 품이 물러서지 않을 태세다. 유번은 코앞에 보이는 편의점을 가리켰다.

"그럼 저기로 갑시다."

"편의점이요?"

"서로 시간도 조금밖에 없고, 헬멧도 싫어하니까."

그제야 니은이 스쿠터를 보았다. 비워 둔 콘솔 박스에 헬멧을 숨겨 놓길 잘했다. 울음이라도 품은 듯 막막해지던 그 눈빛을 안 봐도 되니까.

유번은 천천히 걸음을 옮겼다. 곁을 따르며 니은이 따지듯 물었다.

"그래서 헬멧 안 쓰고 왔어요?"

"그럴 리가."

"아, 그렇죠? 잘하셨어요."

그깟 헬멧 따위나 싫어하는 주제에 야무진 칭찬까지 덧붙인다. 좋아하지 마요, 그러던 목소리와 얼굴이 떠올랐다. 이 여자, 오토바이 사고로 누군가를 잃었을까? 누군가 소중한 이를.

유번은 느린 걸음을 멈추었다. 모른 채 걸어가던 니은이 문득 깨닫고 멈춰 서서 유번을 돌아보았다.

도로가 건너다보이는 창가에 유번과 나란히 앉았다.

밥때가 훌쩍 지나 버린 시간, 더구나 저녁, 편의점에서. 혼자였다면 쓸쓸했을 순간이 전혀 다른 빛깔로 다가드는 건 눈앞에 있는 사람 때문이다. 편의점 인기 품목들을 한가득 사다 올려놓은 이 남자, 장유번.

"이걸 누가 다 먹어요?"

"남으면 갖고 가요."

"일주일은 먹겠네."

"그러던가."

"또 보고 싶은가 봐요?"

유리 너머로 향해 있던 유번의 시선이 니은에게 꽂혔다. '뭔 소리야' 라고 쓰인 얼굴을 보자 웃음이 나려 했다.

"제가 산다고 했는데도 고집을 피우셨잖아요. 게다가 이렇게나 많이. 그러니까 저한테는 밥 살 기회를 다음으로 미룬 거 아닌가 해서요."

"보기보다 말이 많네."

나직이 뇌며 유번의 단단하던 입매가 슬쩍 느슨해졌다. 웃음은 아니었다. 눈에 띄는 미소도 아니었다. 아마도 잘 웃지 않는 사람. 그렇지만 긴장되지도, 주눅 들지도, 불안해지지도 않았다. 가족이 아니어서 그럴까.

"보기엔 어떻게 보이는데요?"

"……수묵화?"

"수묵화요? 음, 그건 좋은 건가 나쁜 건가."

"잘 그렸으면 좋은 거고, 엉망이면 나쁜 거겠지."

"전 어느 쪽인데요?"

"어서 먹기나 해요."

"같이 먹어요."

유번이 손에 쥔 보틀을 살짝 흔들더니 뚜껑을 열고 오렌지 주스를 한 모금 마셨다. 울대가 꿈틀했다. 다시 한 모금 더. 싫어하면 어쩌나 걱정했는데 다행이다. 마셔 주어서 고마웠다.

"고백 하나 할래요."

입에 주스를 머금은 채 유번이 니은을 돌아보았다. 눈썹 사이에 또렷한 선이 생겼다. 니은은 웃었다. 단정한 얼굴이 놀라 흐트러지는 게 재미있었다.

주스를 꿀꺽 삼키고는 유번이 물었다.

"또 뭘?"

"또, 라고요?"

"좋아하지 마요."

"아, 그거."

기억하고 있음에 왠지 안심이 됐다. 니은은 웃으며 중얼거렸다.

"그건 고백 아닌데."

유번이 보틀 뚜껑을 닫으며 덤덤하게 말했다.

"해 봐요."

"실은 저 저녁 먹었어요."

하아, 낮은 숨을 토하고서 유번이 대꾸했다.

"먹었어요, 나도."

"아, 그러셨구나."

웃음이 났다. 자꾸만, 자꾸만. 누가 옆구리를 간질이는 것처럼.

"그럼 우리 지금 뭐 하는 거죠?"

정답을 바란 물음은 아니었다. 그냥 같이 웃고 싶었다. 이 남자도 웃게 하고 싶었다. 오렌지 하모니카 할머니랑 웃음을 나누었듯이 이 사람과도. 둥실둥실 가볍게, 그저 그렇게.

유번이 다시 보틀을 열어 오렌지 주스를 마셨다. 꿀꺽꿀꺽 마지막 한 방울까지 남김없이.

"이상한 거 탔는데."

풉, 뿜는 모습을 상상했으나 유번은 그러지 않았다. 침착하게 창 너머만 바라보았다. 그럴 리가 없다는 듯이.

불현듯 니은은 궁금해졌다. 장유번이란 남자를 이루는 소소한 요소들이.

"나이 물어봐도 돼요?"

"안 되는데요."

무겁죠, 물었을 때처럼 틈 없는 대답. 하지만 그때처럼 머쓱하진 않았다. 들으라고 낙심한 듯 중얼거렸다.

"안 되는구나."

"스물아홉입니다."

"아, 스물아홉……."

가슴 아래 저 깊은 데서 파문이 일었다. 그 열아홉으로부터 올해로 10년. 누구보다도 찬란했을 오빠도 스물아홉. 그날이 없었다면, 살아만 있었다면.

뺨으로 건너오는 눈길이 느껴졌다. 보기보다는 섬세한 이 남자가 무언가를 짚어 내려는 눈길일 테다. 무거워지고 싶지 않았다. 무거워지게 하고 싶지 않았다.

니은은 유번을 돌아보곤 웃음 지었다.

"그쪽은요?"

유번이 물었다. 니은은 주위를 두리번거리며 시침을 뗐다.

"그쪽? 어느 쪽이요?"

"서니은 씨는 몇 살이냐고."

니은은 웃으며 대답해 주었다.

"전 스물셋이에요. 보기보다 나이도 많죠?"

하, 웃음에 가까운 유번의 낮은 숨소리가 반가웠다. 다음엔 이 사람의 웃음을 볼 수 있었으면 좋겠다. 언제가 될지는 모르겠지만.

할머니한테 요 앞에 잠깐 나갔다 온다 했기에 오래 있을 수 없어 편의점을 나섰다. 둘이서 스쿠터 앞까지 느릿느릿 걸어 왔다.

커다란 종이봉투가 니은의 품에 안겼다. 나누자고 했지만 유번은 듣지 않고 니은에게 몰아주었다.

"들어가요."

"네."

잠시 침묵이 오갔다. 어쩌면, 하고 니은은 생각했다.

어쩌면 이 남자는 지금 헤어지기 싫은 건지도 몰라. 어떤 미련이 남아 이 자리에 서 있을지도 몰라. 내가 들어가고 난 뒤에도 한참을. 그렇다면 오늘은 당부를 건네어도 괜찮겠지. 친밀한 사이처럼 다정하게는 아니더라도 마음을 다해.

"천천히, 조심해서 가세요."

유번이 희미하게 끄덕이고는 니은의 눈을 똑바로 내려다보며 말했다.

"좋은 것의 반대말은 싫은 겁니다. 나쁜 게 아니고."

"아."

"잘 그린 수묵 담채화라고 정정하죠."

"……네?"

"서니은 씨."

쿵. 가슴이 뛰었다. 서니은 씨, 하고 불러서. 아니, 엄밀히 말해 부른 것은 아니었지만 그럼에도 쿵, 쿵, 쿵.

더 있다가는 심장이 날뛰는 소리가 유번에게도 들릴 것만 같았다. 니은은 몸을 돌려 골목 안 오렌지 하모니카를 향해 걸었다. 골목에 내린 어둠이 아늑했다. 정원에 번져 있는 불빛이 따뜻했다.

3

문 밖에 사람이 서 있었다.

복도 끝, 건물 뒤편의 주차장으로 통하는 문이었다. 두 손으로 오렌지 상자를 든 채 문 밖의 남자가 턱을 까딱였다. 문을 열라는 신호일 터.

니은은 격자 유리 미닫이문을 옆으로 밀어 열었다. 안으로 들어선 남자가 걸레를 쥔 니은을 보더니 대뜸 물었다.

"알바?"

까만 가죽 재킷에 찢어진 청바지를 입은, 스물너덧쯤 돼 보이는 남자였다. 니은은 '네'라고만 대답했다.

"고딩 아냐?"

앞뒤 떼먹은 반말이 썩 유쾌하진 않았다.

"아닌데요."

"민증 검사하고 싶은 외몬데."

코웃음까지 치며 말하는 남자에게 니은은 정중히 확인했다.

"예약하셨습니까?"

"안 했는데, 왜?"

무턱대고 무례하게 구는 부류의 사람들을 알바하며 종종 겪어 봤다. 감정을 드러내면 물리는 거다. 니은은 미소를 머금고 말했다.

"주말이라 3층은 예약이 다 찼고, 2층에 2인실 하나만 남았어요. 보시겠어요?"

"그럴까요?"

빙글빙글 웃으며 대꾸하는 모습이 놀려 대는 느낌마저 들었다. 참아야 하느니. 니은은 미소를 지우지 않았다.

"이쪽으로 오세요."

니은은 걸레를 대야에 내려놓고 남자를 지나쳐 앞장섰다. 복도를 다 지나도록 따라오는 기척이 없어 뒤돌아보았다. 남자가 내실로 막 들어서는 중이었다.

"거기 아닌데요."

분명 들렸을 텐데도 남자는 안으로 들어가 버렸다. 니은은 총총걸음을 했다. 남자가 거실 소파에 기대 앉아 있었다. 탁자에다 두 발을 꼬아 올린 것이 마치 자기 집인 듯 대담한 자세였다. 문득 스치는 생각에 니은은 남자 앞으로 다가갔다.

"혹시, 할머니 둘째 손자 분……?"

"분은 무슨."

남자가 시니컬하게 내던졌다. 니은은 허리를 접어 인사했다.

"죄송합니다. 손님인 줄 알았어요."

들은 척도 않고 남자가 거실을 휘둘러보았다.

"아, 할머니는 두부 사러 잠깐 나가셨어요. 금방 들어오실 거예요."

"두부 심부름 같은 건 알바가 해야 하는 거 아닌가?"

"네, 저도 그러려고 했는데요. 할머니께서 꼭 나가야 한다고 우기셔서⋯⋯."

"쩔쩔매기는."

재미있어 죽겠다는 듯 남자가 낄낄 웃었다. 방금 전까지만 해도 계약직 사원 앞의 철없는 재벌 3세처럼 굴더니만. 불쾌할 정도는 아니지만 적응은 좀 안 된다. 특이한 면은 할머니보다 윗길인 듯싶었다.

"그럼 전 청소를 마저⋯⋯."

어색한 웃음과 함께 묵례하고 돌아서는데, 문이 벌컥 열리며 할머니가 들어섰다. 손자가 왔음을 알고 들어오는 듯 얼굴이 이미 환했다.

"걸아!"

할머니의 반가운 부름에 남자가 싱글거리며 소파에서 몸을 일으켰다.

"우리 달 여사, 그새 더 예뻐졌네?"

능청스런 말투가 오래된 친구 대하듯 했다. 받아치는 할머니도 엇비슷했다.

"야, 그거 하지 마."

"그거 뭐?"

"달."

"왜 이러실까. 달 여사님을 달 여사라고 하는데 대체 뭐가 문제?"

옆에서 두 사람의 상봉을 지켜보던 니은은 어리둥절해졌다. 달 여사? 애칭 같은 걸까?

"나 고소정이다."

"소정? 또 언제 바꿨어? 지난달엔 수지였잖아, 고수지. 그것도 나쁘진 않았는데."

"아무래도 애들 이름 같아서 고소정으로 바꿨다. 예쁘지?"

"개명 놀이 그만 좀 하셔. 헷갈려. 난 누가 뭐래도 달 여사가 제일 좋걸랑. 의지의 고달자 여사! 정감 있고 좋잖아?"

할머니가 니은을 돌아보고 말했다.

"니은아, 못 들은 척해 줄래?"

니은은 웃음을 참으며 끄덕였다.

"네, 저는 절대로 못 들었어요. 할머니는 고소정이니까요."

"그렇지."

추임새를 넣으며 할머니도 고개를 힘껏 끄덕였다. 크크, 웃던 남자가 갑자기 혀를 찼다.

"달 여사님, 머리에 그건 또 뭐야? 그러고 밖에 나갔어?"

남자의 손짓에 니은은 할머니 머리를 살펴보았다. 뒤통수에

분홍색 헤어롤 두 개가 매달려 있었다. 할머니가 자랑스럽게 말했다.

"현대 여성의 잇 아이템 아니겠어?"

니은은 웃고 말았다. 굳이 당신이 나가겠다고 우긴 이유가 바로 저 헤어롤이었다니.

"할머니 너무 귀여우세요."

"니은이 넌 밥 두 그릇 줄게."

할머니의 밥 선심에 남자가 끼어들었다.

"나는?"

"넌 반 그릇."

"한 달 만에 보는 손자보다 더 챙기신다? 서운한데."

"한 달 만인 건 아네?"

"우리 달 여사 삐졌구나?"

남자가 할머니의 어깨에 팔을 둘렀다. 그러고는 할머니 머리에 제 머리를 대며 혀 짧은 소리를 했다.

"걸이 많이 보고 싶었어요? 그랬어요?"

"하나도 안 보고 싶었다, 이놈아."

할머니가 당차게 튕겼다. 촉촉해진 할머니 눈을 보고 말로만 그런다는 것을 알았다. 니은은 가만히 복도로 나왔다. 핏줄끼리만 나누어야 할 시간들이 있는 거니까. 수다스레 말을 주고받지 않아도 같이 있는 것만으로 소중해지는 순간들이.

사실은 부러웠다. 고작 한 달 만의 공백으로 엮어 내는 두 사람의 마음이. 어떤 가족은 1년 만에 만나도 저렇지 않을 거라서. 3년이 되도록 얼굴을 못 봐도 애틋하게 그립지 않아서. 차라리 멀리에 존재하는 시간들이 점점 편해지고 있어서.

엄마도 그럴까.

니은은 주머니에서 휴대폰을 꺼내 엄마의 SNS로 들어갔다. 띄엄띄엄 올라와 있는 사진들은 지난 3년 동안 그래 왔듯이 이국의 풍경들. 어디에도 엄마 모습은 없다. 글도 없다. 단 한 줄도. 여전히, 멀리에서도.

멀고 먼 화면을 덮고 다시 걸레를 집어 들었다. 칸칸이 나뉜 유리를 하나씩 닦기 시작했다. 유리를 닦는 일은 언제나 좋았다. 닦을수록 맑아지니까. 유리가 맑아지면 시야도 환해지니까. 탁해진 마음은 닦을 방법이 없지만, 유리는 닦으면 금세 투명해지니까.

"보는 사람도 없는데 뭘 그리 열심히 하나?"

시비라도 거는 듯한 말투였다. 무시하려다가 돌아보지도 않고 심상하게 대꾸했다.

"깨끗해지니까요."

"결벽증인가."

니은은 걸을 쳐다보았다. 벽에 비스듬히 기대어 선 걸의 손가락에 불을 붙이지 않은 담배 한 개비가 꽂혀 있었다. 니은과 눈이 마주치자 걸이 말했다.

"자기소개 시간."

니은은 눈길을 유리문으로 돌렸다. 걸레질을 계속하며 물었다.

70

"주말마다 들른다는 할머니 둘째 손자와 신참 알바. 더 소개할 게 있을까요?"

"주말마다? 그건 달 여사 희망 사항이고."

이번만 한 달로 간격이 길어진 건 줄 알았더니. 할머니의 희망이 안쓰럽게 다가들었다.

"이름이 니은이랬나? 설마 기역, 니은, 디귿의 그 니은?"

예상을 한 치도 벗어나지 않는 질문에 니은은 헝클어지려는 마음을 가다듬었다.

"반말은 좀 삼가 주셨으면 하는데요."

숨소리를 닮은 걸의 웃음소리가 유번을 생각나게 했다. 잘 있을까, 그 사람. 숲과 동백꽃과 파도 소리에 둘러싸인 그 작은 섬에서 잘 지내고 있을까. 지난 사흘 동안 그 사람도 때때로 나를 생각했을까. 내가 그러했던 것처럼.

"맞춰 볼까요?"

반말을 접고 물어 왔으므로 대꾸를 해 주었다.

"뭘요?"

"오빠 이름이 기역이다."

니은은 손길을 뚝 멈췄다. 묵묵히 유리 너머만 응시하고 있을 때, 걸이 또 말했다.

"언니 이름으로 기역은 좀 아니잖아. 안 그래요?"

"그러네요."

"1단계는 클리어. 다음은 2단계. 부모님 중 한 사람이 작가다."

하아, 한숨이 나왔다. 악의가 아니라는 것은 알겠다. 하지만 불필요한 예리함이 거슬렸다.

"오답? 그렇다면 언어를 다루는 직업이다."

대꾸 없이 다시 걸레질을 시작했다.

"그것도 오답? 그럼 국어사전 편찬하는 사람?"

"쓸데없이 집요하시네요."

걸에게서 낮은 웃음이 흘렀다. 걸이 담배를 들고 있던 것을 떠올렸다. 니은은 걸이 나갈 수 있도록 문에서 뒤로 물러났다. 문을 열고 나가려던 걸이 문간에 서서 말했다.

"미리 경고하는데, 나한테 눈독 들이지 말아요."

"……네?"

"내 취향 아니거든, 그쪽."

어이없어서 잠시 할 말을 잊었다. 대답을 기다린다는 듯 보고 있는 걸에게 니은은 똑똑히 말해 주었다.

"다행이네요. 저도 완벽하게 취향 아니거든요, 그쪽."

내 취향은 더 단정한 쪽, 담백한 쪽, 깊이 있는 쪽. 말이 많진 않지만 섬세하게 정곡을 짚고, 잘 웃지 않는데도 이상하게 편안한. 나이보다 훨씬 더 어른 같은 사람. 그 남자, 장유번.

생각을 정돈해 두었던 것처럼 가슴 안에서 터져 올라오는 말들에 니은은 스스로에게 흠칫 놀랐다.

"오오, 나한테 이렇게 구는 여자는 처음이야. 뭐 이러면서 확 넘어올 거라 생각하면 심각하게 오산입니다만."

이젠 그냥 웃음만 났다. 스타일이구나, 생각했다. 진지한 의도를 가진 게 아니라 즉흥적으로 던져 보는.

"네, 네. 명심할게요."

말썽꾸러기 소년 달래듯 대답해 주었다. 걸이 씩 웃고는 문 밖으로 나갔다. 다행히 질척대는 버릇은 없는 모양이었다.

니은은 문을 닫았다. 주차장 가장자리 벽돌 담장에 걸터앉은 걸이 담배에 불을 붙였다. 바람이 없어 담배 연기가 이내 흩어지지 않고 걸에게 머물렀다. 맑게 닦인 유리 너머로 그 모습을 바라보다 무심코 중얼거렸다.

"오빠 같네."

열세 살 어느 날의 기억이 퉁 떠올랐다.

넓고 깊은 할머니네 집 정원. 무성한 나무 그늘 속에서 마술처럼 피어오르던 하얀 연기. 한 발짝씩 소리 죽여 걸어 들어가 마주친 사람. 놀라지도 않고 니은을 곁으로 불러들여서는 '비밀이다?' 나직이 속삭이던 오빠, 기역.

응, 하고 냉큼 대답하는 니은에게 환히 웃어 주던 열아홉 살의 그 얼굴. 이젠 다시 볼 수 없는.

취향 따위의 문제가 아니다. 오빠 같다, 라는 것은 끝내 아물지 않는 기억. 그리움과 후회와 죄책감. 그러므로 그런 남자를 좋아하게 될 확률은 0%.

니은은 돌아섰다.

아무것도 묻지 않았다.

왜 그곳에서 아르바이트를 하게 되었는지. 언제까지 머무를 예정인지. 휴대폰 벨소리는 왜 '루저'인지. 어딘가에서 기다리는 가족은 없는지. 이 도시로 오기 전에는 어떻게 살아왔는지. 그리고…… 오토바이와 헬멧에 얽힌 사연은 무엇인지.

이름과 나이와 휴대폰 번호, 거기까지가 전부였다.

다시 만날 수 있는지. 다시 만나고 싶은지. 그렇다면 언제일지. 모른다. 묻지 않았으므로 알 수 없다. 다만 마음이 놓이는 한 가지는 그 여자가 할머니 곁에 있다는 것이었다.

유번은 하모니카에서 입을 뗐다. 꼬리를 물고 이어지는 생각들 탓에 하모니카 소리가 멀었다.

이명을 덮으려고 시작했던 하모니카였다. 7년 전 그날로부터 끔찍하게 따라붙기 시작한 귓속의 소음들에 도무지 그림을 그릴 수 없어 붓을 놓았다.

청력에 이상은 없었다. 스트레스가 원인이라고 했다. 의사의 말을 유번은 치료 불가로 받아들였다. 돌아가신 부모님을 되살려 낼 수는 없으니까. 관리 가능한 스트레스가 아니었다. 돌이킬 수 없는 기억이니까.

기억을 차단하려 섬으로 들어왔다. 기억들이 숨 쉬는 모든 공간을 등졌다. 아름답던, 행복했던, 사랑했던 날들을. 부모님의 유작이 되어 버린 오렌지 하모니카를.

섬에서도 이명은 끈질겼다. 파도 소리로도 덮이지 않았다. 하모니카를 부는 동안만은 잊을 수 있었다. 하모니카의 음률이 미칠 듯한 이명을 지워 주었다.

그리고 어느 순간, 하모니카를 불지 않을 때에도 이명이 들리지 않았다. 머리를 쪼아 대듯 지독하던 쇳소리들이 사라져 있었다. 그날 유번은 조금 울었다.

그 후로도 붓을 다시 들진 않았다. 집은 여전히 비워 두었고, 오렌지 하모니카에도 걸음을 하진 않았다. 기억의 시공간들로 되돌아가면 이명이 다시 덮쳐 올까 봐 두려웠다. 섬을 떠날 수 없었다.

하모니카 불기는 그 뒤로도 계속됐다. 하모니카는 일종의 부적 같은 것일지도 몰랐다. 곁에 두고 날마다 불면 저만큼 물러난 이명이 되돌아오지 못하게 지켜 주는. 온전한 평화 속에 살게 하는.

그러나 이 밤, 하모니카 소리를 흐리게 하는 것은 서니은.

좋은 건가 나쁜 건가, 중얼거리던 니은의 목소리가 떠올랐다. 근거나 이유를 묻지 않고, 좋고 나쁨부터 헤아리던 여자.

나쁘다는 것은 가치 판단보다는 선악의 기준에 먼저 닿는다. 잘잘못을 가리거나 죄의식을 불러들인다. 그것이야말로 좋지 않다.

그래서 니은에게 말해 주었다. 좋은 것의 반대는 싫은 거라고. 좋거나 싫거나 둘 중 하나는 단순히 개인적인 취향이자 선택일 뿐, 좋은 것의 짝으로 나쁜 것을 먼저 떠올리지 말았으면 했다.

유번은 곁을 돌아보았다. 밤이면 혼자 앉아 하모니카를 불던 벤치가 비어 있다. 당연히 비어 있던 자리에서 비어 있음을 깨닫는 마음이라니.

어지러운 생각들을 깨뜨리며 휴대폰이 울었다. 발신자를 확인한 유번은 전화를 받았다.

—장 감독입니다.

어울리지 않게 중저음 흉내다.

"어디야?"

—지구. 나 안 보고 싶었지?

밉지 않은 시비부터 걸어왔다.

"잘 지내지?"

—나는 언제나. 형은?

"잘 지내."

—달 여사도 건강하셔.

"왔어?"

—아까 낮에. 우리 달 여사, 나날이 더 고와져서 걱정이야.

"고와지는데 걱정을 왜 해."

—애인이라도 생기면 어떡해?

과장된 말끝에 으흐흑, 억지 울음까지 붙였다. 유번은 웃었다. 숨을 아껴 내쉬듯 엷은 웃음이었다.

—요즘은 어때?

이명에 대해 묻고 있는 것이다. 둘 다 이명이란 두 글자를 입에 올리진 않는다. 천형처럼 낙인으로 찍힐까 봐. 사라졌으나, 사라졌다고도 대답하지 않는다. 생생한 기억의 공간으로 불러들일까 봐. 모르는 채로 할머니가 매일 기다리듯이.

"괜찮아."

그저 덤덤하게 대꾸했다. 괜찮지 않을 때에도 대답은 늘 그랬었다.

미쳐 버릴 것 같다고, 이대로는 도저히 살아 낼 수가 없다고 동생 앞에서 딱 한 번 절규했던 적이 있었다. 그날은 동생이 울었다. 눈물을 뚝뚝 흘리며 울었다. 부모님을 보내던 그 순간처럼. 생각하면 가슴이 찢겼다. 참았어야 했는데, 혼자 견뎠어야 했는데. 두고두고 유번은 후회했다.

다시는 동생에게 이명의 고통을 토로하지 않았다. 할머니에게는 절대 함구할 것을 명했다. 외동딸과 사위를 하루아침에 잃은 분이었다. 자식을 가슴에 묻은 분에게 새로운 슬픔을 떠안길 수 없었다. 무정한 놈이 되는 쪽을 택했다.

—좀 있다 갈게.

"그래."

—사랑합니다, 유번 씨.

마무리는 간드러진 여자 시늉이다. 옛날 같았으면 즐겁게 웃으며 미친 새끼, 내던졌을 테지만.

"알았다."

나지막이 웃으며 대답해 주었다. 전화 저편의 마음을 아니까. 낄낄낄, 동생의 익살스런 웃음소리가 들려왔다.

오렌지 하모니카 3층에서 계단을 더 올라가 모퉁이를 돌면 두 개의 문이 나타난다. 하나는 옥상으로 나가는 정면의 문. 또 하나는 몇 개의 좁은 계단 위에 자리한 측면의 문. 창고인 줄 알았던 계단 위의 정사각형 문 안에 뜻밖에도 두 평 남짓한 옥탑방이 있었다. 천장이 낮아서 오히려 아늑한 공간이었다.

어젯밤 니은은 그 조그만 옥탑방을 처음 발견했다. 무척 신기했다. 비밀이 숨어 있을 아지트 같았다.

마룻바닥에는 둥그런 러그가 깔렸고, 바닥과 닿은 책꽂이에는 책들이 몇 권 꽂혀 있었다. 책꽂이 위 선반엔 미니 오디오가, 앉은뱅이책상엔 유리컵에 담긴 향초가, 그리고 벽에는 그림 한 점이. 특별히 신경 써서 꾸민 것 같진 않았지만 마음을 끄는 데가 있었다.

오늘 밤에도 니은은 옥탑방에 올라왔다. 불을 켜자 방 안에 연한 오렌지 빛이 퍼졌다. 향초에도 불을 밝히고, 나무로 짜넣은 두 쪽짜리 여닫이창을 바깥쪽으로 살며시 밀어젖혔다.

창밖은 옥상 정원이었다. 할머니가 심어 놓은 꽃과 식물들이 크고 작은 화분에 가득했다. 옥상 여기저기에 알알이 박힌 조명등이 따스한 빛을 뿜어냈다. 환상적이었다.

알맞게 불어드는 바람도 상쾌했다. 니은은 낮은 창턱에 두 손을 겹쳐 올리고 느긋이 턱을 내려놓았다. 웅얼거리는 소리가 들려 고개를 창밖으로 살짝 내밀었다. 저만치 마루 평상에 사람의 형체가 보였다. 통화 중인 모양이었다.

니은은 몸을 방 안으로 들였다. 무릎걸음으로 다가가 벽에 걸린 그림을 가만 들여다보았다.

기다란 초승달처럼 생긴 오렌지 껍질을 입가에 착 붙여 들고 있는 소년. 대여섯 살쯤 되었을까. 그림 속 아이는 세상을 다 가진 듯 행복한 얼굴로 웃고 있었다. 아이의 웃음과 마주하니 절로 웃음이 번졌다.

"귀여워라."

웃으며 중얼거리다 반짝 놀랐다. 아이가 오렌지를 물고 있는 모습이 꼭 하모니카를 부는 것처럼 보였던 것이다.

"오렌지, 하모니카?"

"빙고."

불쑥 덤벼든 목소리에 니은은 소스라쳤다. 창턱에 두 팔을 걸쳐 기댄 걸이 방 안의 니은을 들여다보고 있었다.

"언제부터 거기 있었어요?"

"방금 전부터."

평상에서 통화하던 사람이 걸이었나 보다. 할머니가 그렸는지 물으려다 말았다. 할머니한테 물어보면 알게 될 터, 걸과 길게 말 섞고 싶지 않았다.

니은은 그림으로 눈을 돌렸다. 전체적인 톤이 맑아서 색을 절제해 그린 수채화인 줄 알았다. 자세히 보니 색 번짐이 고운 수묵 담채화였다. 수묵 담채화라고 정정하죠, 하던 유번의 목소리가 뇌리로 파고들었다.

"엄마 작품이에요."

걸이 말했다.

"아."

"엄마의 화양연화."

장난기가 빠져 건조한 어조가 여운처럼 남았다. 화양연화, 가장 아름다운 날들. 그림에서 눈을 뗄 수 없었다.

어쩔 수 없이 니은은 엄마를 생각했다. 엄마에게 화양연화는 고등학생 아들의 소설이 신춘문예에 당선됐던 순간이 아닐까. 피는 못 속인다는 말을 들으며 찬연히 웃던 나날들.

조용해서 돌아보니 창밖이 비었다. 니은은 창가로 가 바깥으로 고개를 내밀었다. 평상에서 흐린 연기가 피어올랐다. 그림 속 소년이 어린 날의 걸일까. 눈매며 콧날이며 좀 닮은 것도 같았다.

담배를 다 태운 걸이 니은에게 다가왔다.

"멋진 데 갈 건데, 같이 안 갈래요?"

난데없는 걸의 권유가 난감했다. 어디냐고 물으면 여지를 주는 게 될 것 같아 어설픈 미소만 지었다.

"거긴 밤이 진짠데."

클럽 같은 데겠지, 싶었다.

"전 여기가 더 멋진데요?"

니은은 책꽂이 쪽으로 내려와 앉아 책을 고르는 척했다.

"후회할 걸요? 밤의 전망대가 죽여주거든."

다시금 반짝 놀랐다. 전망대라면…… 유번이 있는 섬! 니은은 고개를 돌렸다. 창가에 걸이 안 보였다. 서둘러 방문을 열고, 계단을 내려서는 걸에게 말했다.

"저도 갈게요."

걸의 지프가 공원 입구에 도착했다. 걸을 기다리고 있던 유번은 차 가까이에 스쿠터를 세웠다. 차에서 내리는 걸에게 다가서다 멈칫했다. 조수석에서 내려선 여자는 서니은이었다.

걸이 유번 앞으로 성큼 걸어왔다. 두어 걸음 뒤에서 니은이 따라왔다. 한 달 만에 만나는 동생보다도 니은과 먼저 눈길이 마주쳤다.

걸이 유번과 살며시 웃는 니은을 번갈아 보더니 놀려 대듯 말했다.

"첫눈에 반한 것 같은 그 표정들, 뭐야?"

너야말로 뭐냐, 유번은 걸에게 시선을 던졌다. 네가 왜 이 여자와 같이? 물음 담긴 눈빛엔 아랑곳하지 않고 걸이 명랑하게 선언했다.

"자기소개 시간!"

니은이 당황하는 듯 보였다. 유번은 걸을 향해 인상을 썼다. 걸이 싱글거리며 말을 이었다.

"참, 둘 다 그런 거 별로 안 좋아하지? 그럼 내가 대신 해야 겠네. 이쪽은 달 여사님 밥 친구. 그리고 이쪽은 세상에서 제 일……."

"걸아."

나직이 부르자 걸이 유번의 기색을 살폈다. 유번은 눈으로 저어 보였다. 유번의 의중을 알아챈 걸이 부드럽게 말의 흐름을 바꾸었다.

"친한 형."

제지하지 않았다면 걸의 입에서 나왔을 법한 표현은 세상에서 제일 사랑하는 우리 형, 이었을 터였다. 깜짝 놀랄 니은에게 설명해야 할 말들이 너무도 많았다. 아마 니은은 이해하기 어려울 것이었다. 오렌지 하모니카 앞까지 두 번이나 왔으면서도 왜 할머니를 만나지 않고 돌아섰는지.

한마디로 뭉뚱그릴 수 있는 이야기가 아니었다. 그 하나를 설명하기 위해서 지난 7년의 시간들을 니은 앞에 다 끄집어내 보일 수는 없는 일이었다.

어떤 이야기는 털어놓는 사람보다 듣고 있는 사람에게 더 힘겹고 부담스럽다. 니은이 그 모든 이야기들을 다소곳이 듣고 앉아 있어 주어야 할 의무도 없다. 그녀에게든, 누구에게든 주절주절 말하고 싶지도 않지만.

깜짝까지는 아니어도 니은은 놀란 듯 보였다. 입술이 약간 벌어진 채로 유번을 쳐다보고 있었다. 얼이 빠진 것 같은 얼굴이었다. 니은이 보기에 전혀 다른 이미지의 두 사람이 세상에서 제일 친하다고 하니 믿기지 않을 만도 했다.

"소개 끝. 더 깊은 이야기는 본인들끼리 알아서 하시고. 이 몸께선 간만에 스쿠터나 좀 타 주실까?"

걸이 스쿠터에 척 올라타더니 유번에게 눈을 찡긋하고서 출발했다. 걸을 태운 스쿠터는 다리를 지나 아치 형태의 철문을 통과해서 섬 안으로 들어가 버렸다. 먼 엔진 소리 너머로 어둠이 걸을 삼키자 유번과 니은 둘만 남겨졌다.

다시 눈길이 부딪쳤다. 유번은 가까이로 걸어가 니은과의 거리를 좁혔다. 다가오기를 기다렸다는 듯 니은이 물었다.

"진짜예요?"

걸의 말에서 거짓말은 없었다. 하지 않은 말은 있어도. 유번도 궁금했던 것을 물었다.

"여긴 어떻게 왔어요?"

"혼내는 거 아니죠?"

"아니에요, 그런 거. 어떻게 저 녀석하고 같이 왔……."

"전망대요. 밤의 전망대가 죽여준다고 해서."

미묘하게 기분이 안 좋았다.

"그까짓 전망대가 뭐라고 이 밤에 낯선 남자 차를 타고 다닙니까?"

입을 꾹 붙이고서 멀뚱히 쳐다보던 니은이 다소 뾰족하게 대답했다.

"밤에 낯선 남자 등에 꼭 매달려 오토바이도 탔는데요, 뭐."

유번은 하, 숨을 내쉬었다. 웃음이 나려고 했다.

"그리고 낯선 남자도 아니잖아요."

니은이 야무지게 말을 보탰다.

"그럼 뭡니까?"

"세상에서 제일 친한 형이라면서요."

"그건 나고."

"엎치나 메치나."

혼내는 거 아니냐고 물어 올 땐 어쩔 줄 모르는 눈치더니 어느새 씩씩해져 있다. 싫지는 않았다. 오히려 마음이 놓였다.

"또박또박 할 말 다 하면서 자기소개는 왜 남한테 시키나."

"자기소개하기 싫어서 인상 팍 쓰는 거 다 봤거든요?"

"하기 싫어서가 아니라."

"아니라 뭐요?"

"그쪽이 불편해하……."

"그쪽 아니고 서니은인데요."

"알아요, 서니은인 거."

"기억하시는구나."

"누가 기억 못 하겠어, 그런 이름을."

니은이 웃었다. 여전히 조금, 아끼듯이. 그렇지만 또 맘이 놓였다.

"말끔히 잊어버린 줄 알았네요."

니은의 말에서 책망과 서운함이 읽혔다. 말해 놓고도 제풀에 놀라 바다 쪽으로 눈길을 돌리고는 입을 꼭 다물었다. 그런 모습이 유번의 마음 어딘가를 건드렸다. 톡, 톡, 톡. 닫힌 문을 두드리는 소리가 들린 것도 같았다.

"잘 지냈어요?"

비로소 건네는 안부에 니은의 눈길이 유번에게 되돌아왔다.

유번은 니은의 새까만 눈동자를 보며 덧붙였다.

"사흘 동안."

잊지 않았다는 뜻이었다. 기억하고 있었을 뿐 아니라 사흘 내내 생각하고 있었다는 뜻이었다. 가만히 웃던 니은이 똑같이 물어 왔다.

"잘 지냈어요?"

유번은 턱을 끄덕이는 걸로 답을 대신했다.

"발목은 어때요?"

"다 나았어요. 이제 말짱해요. 봐요."

니은이 두 발을 땅에 탕탕 굴러 보였다.

"일은 할 만해요? 힘들진 않고?"

"조금도요. 할머니가 잘해 주셔서 든든해요. 건물도 예쁘고. 이런 꿀 알바는 처음이에요."

"눌러살겠네."

"진짜 그럴까 봐요. 면접 때 할머니가 최소한 1년은 있어야 한다고 하셔서 그러기로 하고 시작한 거거든요. 연장할까 봐요. 할머니만 허락하시면요."

1년. 길다면 길고 짧다면 짧은 기간. 앞일이야 알 수 없지만 적어도 며칠 혹은 한두 달 사이에 훌쩍 떠나지는 않을 거라 생각하니 다시금 마음이 느긋해졌다.

"전망대 보러 갑시다."

유번은 걸음을 뗐다.

천천히 걷는다, 이 사람은. 손을 잡아 주려는 것처럼. 반걸음 앞에서 길을 짚어 주려는 것처럼. 곁을 내어 주려는 것처럼.

유번을 따라 니은 역시 느릿느릿 걸었다. 파도 소리는 아련하고 공기는 촉촉하며 나무 냄새는 싱그러웠다. 숲 속의 깊은 어둠과 산책로에 연하게 깔린 빛이 서로 번져 은은한 경계를 이루었다.

"여긴 밤이 진짜라더니, 불빛이 참 예뻐요. 밤새 이래요?"

"순찰 끝나면 한밤엔 소등해요."

"그렇구나. 아쉽다."

"거긴 밤새 켜 놓을 텐데."

"거기?"

"옥상 정원."

"아."

그런 세세한 것까지 알고 있는 걸 보면 걸과 가까운 사이가 맞긴 맞나 보다. 그래서 처음에 오렌지 하모니카라고 했을 때도 안다고 잘라 말했던 거고. 세상에서 제일 친한 형이라던 말이 꼭 우스운 농담 같았는데.

"몇 살이에요? 할머니 둘째 손자."

"나이는 왜?"

"둘이 친하다니까 나이가 엇비슷한가 해서요."

"세 살 아랩니다."

"그럼 스물여섯? 보기보다 많네."

"보기엔 어땠는데요?"

"음, 좋게 말하면 자유분방하고 재미있는 악동?"

"싫게 말하면?"

"싫게요?"

니은은 웃어 버렸다. 나쁘게 말하면, 그래야 자연스러울 것 같은데. 좋은 것의 반대말은 싫은 거라 일러 주던 사흘 전 그 저녁의 유번이 떠올랐다. 잘 그린 수묵 담채화라던 말도.

……잘 그린?

"아."

불현듯 깨닫고서 짧은 탄성이 흘렀다. 잘 그렸으면 좋은 거고 엉망이면 나쁜 거겠지, 유번은 그날 분명 그랬었다. 그러니까 '잘 그린'을 앞에다 붙인 건…… 좋다는 말? 콩닥, 가슴이 뛰었다.

말도 안 돼. 그럴 리가 없잖아. 겨우 두 번, 그것도 잠깐씩 본 사이에 무슨. 그건 그저 비유일 뿐이지. 좋은 것과 나쁜 것의 개념을 그림에다 빗대 말한 거지. 맞다, 그림!

"오렌지 하모니카 옥상에 예쁜 옥탑방 있잖아요. 아시죠? 거기서 무지 사랑스런 그림을 봤어요. 세상에서 제일 행복한 얼굴로 오렌지를 먹고 있는 소년. 오렌지로 하모니카를 부는 것 같았어요. 엄마 작품이라고 그러던데. 그림 속 그 아이, 할머니 손자 분 맞죠? 게스트 하우스 이름도 그 그림 제목에서 따온 거고."

유번은 묵묵했다. 혼자 신나 떠들었나 싶어 좀 멋쩍었다.

그림은 접어 둔 꿈. 접어 두기 전부터 니은은 생각해 왔다. 좋은 그림이란 보고 있으면 마음이 따뜻해지고 편안해지는 거라고. 다정한 위로와 휴식이며, 보고 있는 순간과 그리는 과정 모두에서 궁극적으론 치유를 얻는 거라고. 그렇게 그림을 그리며 살아 봤으면 좋겠다고. 아무 걱정도 염려도 없이 그림에만 폭 빠져서.

'오렌지 하모니카'를 보며 새삼 불씨가 지펴진 것인지도 모르겠다. 그림을 꿈꾸었던 마음들이 되살아나고 있으니.

"수채화처럼 보였는데, 자세히 들여다보니까 수묵 담채화더라고요."

"잘 그린."

유번의 한마디에 콩닥, 또 가슴이 제멋대로 뛰었다. 대책 없는 스스로를 자책하면서도 뭔가 허전해졌다. 그림에 대해서 언급한 말이라는 게 확인된 순간이기도 했으니까.

"할머니 따님이 화가이신가 봐요."

잠시 틈을 두었다가 유번이 대답했다.

"화가이셨죠."

과거형의 답이 의미할 수 있는 두 가지. 지금은 작품 활동을 그만두었거나, 죽었거나. 후자라면 남겨진 가족들이 힘들겠지만, 전자라면 당사자가 가장 힘들 테다. 어느 쪽이 더 무거운지는 감히 재단할 수 없는 일이라 니은은 말을 더 잇지 않았다.

그렇지만 엄마에게는 언젠가 한 번쯤 묻고 싶었다. 절필과 절명. 지난 10년의 세월에서 어느 쪽이 더 무거웠는지. 어느 쪽이 더 힘겨웠는지.

완만히 비탈진 산책로를 걸어올라 전망대 앞에 이르렀다.

"저기가 사택인가 봐요."

스쿠터가 세워져 있는 곳을 가리키며 묻자 유번이 대답했다.

"네."

마주 보는 집 두 채가 그림책의 한 페이지 같았다. 밤의 아련한 불빛 아래라서 더욱 그렇게 느껴지는지도 몰랐다.

"예쁜 집에서 사시네요. 오른쪽? 왼쪽? 유번 씨는 어디서 살아요?"

대답이 늦어 돌아보니, 유번의 시선이 니은에게 꽂혀 있었다. 곧은 눈빛에 두근거렸다.

"······왜요?"

대답은 없이 유번이 사택 쪽으로 고개를 돌렸다. 뭘 잘못 말한 게 있나, 생각했지만 아무래도 없는 것 같았다.

아저씨라고 안 했는데 왜? 자문 직후 깨달았다. '유번 씨'라고 했다. 스스럼없이, 오래도록 불러왔던 것처럼 당연하게. 뺨이 따끈해졌다.

"뭘 정색을 하고 그러나? 아저씨라고 한 것도 아닌데."

괜히 투덜거렸다. 들릴락 말락 작은 소리로.

"정색 안 했는데."

이럴 땐 제격 대꾸한다.

"올라가 있어요. 걸이 잠깐 보고 올게요."

전망대 문을 열어 주며 유번이 말했다. 따뜻해진 뺨으로 니은은 끄덕였다.

>>>>>>>>>

걸은 컴퓨터 앞에서 게임을 하고 있었다. 시내로 놀러 나가지 않았더라면 김 군이 차지하고 있었을 자리다. 방으로 들어서는 유번을 보곤 걸이 의자를 빙그르르 돌렸다.

"한소리 하러 들어왔지?"

한소리만? 하려다 웃는 얼굴을 보고 놔두었다.

"밥은 먹었어?"

"벌써 먹었지. 달 여사님 성화에 두 그릇이나."

니은에게 신경 쓰느라 제대로 못 본 동생의 얼굴을 이제야 찬찬히 들여다보았다. 한 달 전보다 머리색 톤을 확 낮췄다. 그래서일까, 전체적으로 가라앉아 보였다. 얼굴 살도 좀 내렸다.

"좀 여윈 것 같은데?"

걸이 마른세수하듯 두 손으로 얼굴을 쓸었다.

"요즘 잠을 잘 못 자서."

"게임하느라?"

"작업하느라."

"담배 좀 줄여."

"알았어."

한 마디 하면 두 마디, 세 마디로 지지 않고 튀어 오르던 녀석이 선선히 대답했다. 변화가 발전이자 성숙의 표징일 수도 있겠지만, 타고난 기질을 거스르며 살아가는 모습을 발견한다는 건 슬픈 일이다.

"작업은 잘돼 가?"

"촬영은 끝났고 후반 작업 중이야. 다음 달쯤 케이블에서 나갈 거야. 지금은 단편 영화 하나 찍고 있어."

걸은 하나만 파고들어 가는 성향이 강했다. 중독에 가깝게 몰입하곤 했는데, 게임에도 그래서 유번은 은근히 걱정했었다. 전국 각지를 떠돌아다니며 다큐 작업에만 미쳐 있더니, 픽션으로 방향을 틀었나 보다. 아니면 관심사가 다양해지고 있거나. 나쁘진 않았다.

"자고 갈래?"

다시 게임 화면으로 돌아가 있는 걸에게 물었다. 걸이 건성으로 대꾸했다.

"그럴까?"

그러면 니은을 직접 데려다줘야겠다. 방에서 나가려는 유번에게 걸이 물어 왔다.

"어때?"

"괜찮다니까."

"아니, 그거 말고. 아까 걔."

니은? 니은이 왜?

"잘 어울릴 것 같지 않아?"

심상찮은 물음에 긴장한 유번은 걸을 돌아보았다. 싱글싱글 웃고 있는 얼굴에게 확인했다.

"마음 있어?"

"뭔 소리야. 나 말고 형. 장유번한테 잘 어울릴 것 같다고. 닮았어, 둘이. 묘하게."

후우, 안도의 숨을 내쉴 뻔했다. 닮았다는 말에는 동의할 수 없지만 굳이 말을 더하진 않았다.

"살살 꼬드겨 데려온다고 얼마나 힘들었는지 알아? 작업이라도 거는 줄 알았는지 철벽을 치더라니까? 형한테 보여 주려고 삼고초려 끝에 겨우 데려왔다고."

걸이 어쨌을지는 안 봐도 눈에 훤했다. 니은은 아마 성가셔서 마지못해 응해 주었을 것이다. 할머니의 손자라니 내키는 대로 대꾸할 수도 없었을 테고.

"그런 짓하지 마."

니은한테 귀찮게 굴거나 난처하게 만들지 말라는 소리였다. 그런데 걸이 엉뚱한 소리를 했다.

"영 아냐? 진짜로 아냐? 그럼 내가 좀 예뻐해 줄⋯⋯."

"하지 마라."

아무것도. 눈길도 두지 말고, 말도 걸지 말고, 차에 태우지도 말고, 그 여자한테 어떤 것도 하지 마.

준비해 두기라도 한 듯 속에서 연거푸 터지는 생각에 유번은 놀랐다.

"거 되게 진지하네. 누가 정말 그런대? 내 취향 아니라고, 걔. 나한테 반할까 봐 나 좋아하지 말라고 미리 경고까지 날려 놨다니까?"

"미친 거 아냐?"

"흐흐, 예방 차원."

"가만있는 여자한테 그 따위 소리를 왜 해?"

"가만있는지 어떤지 형이 어떻게 알아? 봤어?"

안 봐도 안다고 생각했다. 그곳에서 니은이 어떤 얼굴과 자태로 지내고 있을지, 안 봐도 환히 그려졌다. 그렇게 말하면 걸보다도 니은의 반응이 어떨지 더 궁금했다. 동선이 빤히 그려지는 이유는 오렌지 하모니카라는 공간에 니은이 들어 있어서일 터였다.

"진짜로 첫눈에 반한 건가."

중얼대며 킬킬거리는 걸 뒤로하고 유번은 사택을 나섰다. 전망대를 올려다보니 이쪽 방향에선 니은이 보이지 않았다. 어쩐지 마음이 급해졌다. 전망대 안 엘리베이터는 맨 위층에 멈춰 있었다.

엘리베이터를 내려 둥그런 회랑을 따라 걸었다. 검은 바다와 건너편 섬들과 도시의 불빛들이 유리 너머 저 멀리로 기다란 캔버스처럼 펼쳐졌다. 한 바퀴를 다 돌았으나 유번은 니은과 마주치지 못했다. 숨바꼭질이라도 하고 있는 것 같았다.

"서니은 씨."

이름을 불렀다.

"네."

니은의 대답이 반대편에서 들려왔다. 유번은 바삐 다가갔다. 예전에 등대였을 때 바다를 향해 비추던 회전식 조명등이 설치돼 있는 곳. 오래 사용하지 않아 잠겨 있는 줄만 알았던 작은 문이 반쯤 열려 있었다. 안으로 들어서자 어둡고 비좁은 계단식 통로 중간에 엉거주춤 앉은 니은이 보였다.

"거기서 뭐 하는 겁니까?"

"내려가는 중이에요. 계단이 갑자기 휘청 휘어져서 떨어질까 봐 조심하느라고요."

"떨어지다니, 대체 어디로?"

"응? 1층으로 뚝 떨어지는 거 아니었어요?"

불쑥 웃음이 나려고 했다. 계단에 덧대어 놓은 낡은 나무판자가 니은의 무게를 받으며 휘어진 모양이었다. 부서진 자리에 발이 빠져 봐야 종아리 정도 깊이였다. 계단 아래 면은 콘크리트로 마감돼 있었다.

"발 한 번 잘못 디뎠다가 등대지기 죽일 일 있어요?"

"그럼 밑으로 안 떨어져요? 괜히 겁먹었네. 불도 없어 캄캄하지, 지난번 일도 있고 해서 또 다칠까 봐 얼마나 조마조마했는데요."

지난번에도 그랬지만 겁먹었다는 사람치고는 목소리가 또록또록했다. 그래도 그렇지 않은 척, 안 괜찮아도 괜찮은 척하며 살아왔을까. 나처럼.

일렁이는 감정을 다스리려 유번은 덤덤히 물었다.

"캄캄한데 거긴 뭐 하러 들어갔어요?"

"여기도 옥탑방이 있나 해서요."

하, 헛웃음이 났다.

"웃었어요, 지금?"

아까처럼 살짝 뾰로통해진 어투다. 유번은 웃음을 누르며 대꾸했다.

"안 웃었어요."

"웃음소리 들린 것 같은데요?"

"아니라니까."

"웃지만 말고 플래시나 좀 비춰 주세요."

"플래시 없는데."

짐짓 여유를 부렸다.

"그럼 내려가게 비켜 봐요. 문 앞에서 가리고 서 있으니까 더 캄캄하잖아요."

일순 눈앞의 니은이 지워졌다. 어두침침하던 주변이 완벽한 암흑에 휩싸였다. 전망대를 밝히고 있던 불을 사택의 당직자가 꺼 버린 것이었다. 유번은 휴대폰 빛으로 위를 비췄다. 놀란 듯 굳어 있는 니은의 얼굴이 나타났다.

"그대로 있어요."

말하고서 계단으로 발을 올리자마자 니은이 몸을 일으켰다. 두 얼굴이 같은 높이에서 마주쳤다.

"그대로 있으라니까."

"있으면요?"

휴대폰 불빛이 꺼졌다. 유번은 휴대폰을 주머니에 집어넣고 두 팔을 뻗어 니은을 안아 내렸다. 문과 계단 사이에 거의 맞붙은 채로 서게 됐다. 심장 부근에서 니은의 더운 숨결이 느껴졌다.

유번은 숨을 멈추었다. 공기가 차츰 희박해져 간다고 느꼈다.

"소등 시간인가 봐요."

니은의 말이 진공의 환상을 깼다. 그제야 생각난 듯 유번은 니은에게서 두 팔을 떼어 냈다. 벽으로 몸을 최대한 비켜나 길을 터 주었다. 니은이 문 밖으로 나가자 유번은 긴 숨을 토해 냈다. 이마가 뜨거웠다.

"더 환해졌어요."

니은의 목소리를 더듬어 곁에 가 섰다. 유리 앞 난간에 두 팔을 올리고서 니은이 밤의 도시를 내려다보았다. 어둠과 대비되는 유리 저편의 먼 세상이 온갖 빛들로 찬란했다. 유번의 시야에는 니은만이 환했다.

\>>>>>>>>,

걸의 차가 오렌지 하모니카 주차장으로 들어섰다. 안전벨트를 풀고 있는 니은에게 걸이 물었다.

"어땠어요?"

빛과 고요를 함께 품고 더욱 멋진 섬. 밤의 전망대에서 내려다보던 아름다운 전경. 그리고 암흑 속에서 느껴지던 그 남자의 체온. 숨이 멎을 것 같던 순간.

그중 무엇에 대해 말할 수 있을까.

"밤의 전망대가······."

"아니, 그거 말고. 아까 그 남자."

"네?"

"아까 그 형, 어땠냐고."

할 말을 찾지 못해 머뭇거렸다.

"둘이 서로 취향일 줄 알았는데, 아닌가?"

이제야 깨닫고는 웃음이 났다. 그러니까 걸은 두 사람을 서로에게 소개해 주려고 데려갔더란 얘기였다. 걸의 의도와는 달리 그 섬에 유번이 없었다면 따라나서지 않았을 것이다. 유번이 거기 있었기에 같이 간 거였다. 니은은 문득 궁금해졌다.

"나한테 한 질문, 그분한테도 했어요?"

"했어요."

"뭐라고 해요?"

"궁금해요?"

"안 궁금하다면 거짓말이겠죠."

"취향 맞네."

걸이 낄낄 웃었다. 니은도 아니라고 말하지 않았다. 차마 유번의 대답을 추궁하지도 못한 채 입가에 미소만 맴돌았다.

"들어가요. 달 여사한테는 늦을 거니까 기다리지 말고 주무

시라 전해 주고."

"그럴게요."

니은이 차에서 내려서자 걸이 차를 돌렸다. 유번에게 듣기론 사택에서 자기로 했다더니, 걸이 밤에 누굴 만나야 한다며 니은을 태워 돌아 나왔다. 곧장 나가는 걸 보니 핑계는 아니었나 보다.

들어가려 걸음을 떼는데 휴대폰이 울렸다.

장유번.

저장해 놓은 이름 세 글자가 떴다. 두근거렸다. 차가 길고 긴 방파제를 다 빠져나오도록 그대로 서 있던 유번의 모습을 백미러로 지켜볼 때처럼.

니은은 벽돌 담장 끝으로 가 전화를 받았다.

"여보세요."

─잘 들어갔어요?

담담히 묻는 안부가 마음을 데웠다.

"네, 방금 도착했어요."

─걸이 녀석이 도중에 뚝 떨어뜨려 놓고 제 볼일 보러 가버린 건 아닌가 해서.

니은은 웃으며 말했다.

"뚝 안 떨어뜨렸어요. 여기까지 잘 데려다주고 나갔어요."

─그럼 됐어요. 들어가서 쉬어요.

"네."

이렇게 끝? 휴대폰으로 걸려 온 유번의 첫 전화인데. 아쉬웠다. 무엇이든 더 말하고 싶었다. 무엇이든 더 듣고 싶었다.

뭐라고 말하지? 안녕히 주무세요? 이건 너무 멀다.

다시 만나서 반가웠어요? 이건 너무 의례적이다.

맺음말 말고 다른 것. 좀 더 설레는 것. 좀 더 편안한 것. 끝이 아닌 것……

─서니은 씨.

먼저 이름을 불러 주어 기뻤다. 얼른 대답했다.

"네."

─화요일에 봅시다.

"……네?"

─만나자고.

"아."

설레어 멍해져서 대답할 타이밍을 놓쳐 버렸다.

─전화할게요.

'기다릴게요'라고 냉큼 말하기가 수줍었다. 두근두근, 가슴만 뛰어 댔다. 다시 유번의 목소리가 건너왔다.

─잘 자요.

여전히 담담하게. 그러나 편안하게.

4

손잡고 걷기에 딱 좋은 봄날.

화요일 아침, 잠에서 깨어 창을 열자마자 니은은 생각했다. '손잡고'라는 수식어를 척 갖다 붙인 자신이 잔망스럽다고도. 그럼에도 웃음이 나는 건 어쩔 수 없었다.

그제와 어제는 발이 땅에서 1cm쯤 떠오른 것 같은 시간을 보냈다. 무척 더디면서도 가득 부풀어 오른 시간들을.

한편, 토요일 밤의 첫 전화 이후로 아무 연락 없는 유번이 궁금하기도 했다. 시시때때로 문자를 날리는 타입은 아닐 거라 짐작하고 있었다. 그럴 만한 사이도 당연히 아니었다. 그렇지만 은근히 맘이 쓰였다.

그날 밤 똑 부러지게 긍정의 대답을 못 해 줘서 혹시 거절당했다고 오해하고 있는 건 아닌지. 그 밤의 분위기에 취해 만

남을 청해 놓고, 다음 날부터 머리를 쥐어뜯으며 후회라도 하고 있는 것은 아닌지. 하긴 그 남자는 후회도 그런 식으로 하진 않을 것 같지만.

다음부턴 꼭 '좋아요'라고 씩씩하게 대답해야지. 오해하지 않게, 후회도 못 하게. 가만히 웃음 지으며 다짐했다.

"가니까 좋아요?"

걸의 목소리에 니은은 유번 생각에서 깨어났다. 보닛을 닦다 말고 걸이 삐딱한 눈길로 니은을 보고 있었다.

"아니요."

황급히 고개를 저었다.

"귀찮은 놈 이제 간다, 야호. 딱 그건데?"

"말도 안 돼. 그런 게 아니라 잠깐 딴생각을 하느……."

"딴생각 누구?"

"비밀인데요."

걸이 흐흐 음흉하게 웃었다.

"왜요?"

"비밀을 빙자한 고백이네."

어처구니를 찾고 싶어졌다.

"그쪽한테 고백 같은 거 할 일 없으니까, 제발 쓸데없는 걱정은 안 해 주셨음 하네요."

"나 말고, 형."

아, 말려들었다. 니은은 입을 꾹 다물었다.

"굿 럭!"

걸이 외쳤다. 니은은 쌩 돌아섰다. 마침 할머니가 반찬 꾸러미를 싸 들고 나오는 중이라 다가가 받아 들었다.

"달 여사님, 됐다니까 또 잔뜩 쌌지."

짜증을 부리는 걸에게 꾸러미를 확 떠안겼다. 걸이 눈을 부라렸다. 사납지는 않았다. 니은도 함께 눈을 흘겨 주려다 참았다.

"안녕히 가세요."

할머니랑 둘이서 인사를 나누도록 니은은 고개 숙여 보이곤 안으로 들어왔다. 카페로 와 긴 탁자 앞에 앉으니 창으로 비쳐 드는 햇살이 따사로웠다. 휴대폰을 꺼내 탁자 위에 올려놓고 기다렸다.

기다릴 땐 유리 닦기가 제격이라 마른걸레를 가지러 간이 주방으로 들어갔다. 휴대폰에서 '루저'가 신나게 시작됐다. 꼭 이런다. 기다리며 들여다보고 있으면 잠잠하다 잠깐 눈을 떼면 그때서야 벨 울리기. 후다닥 뛰어가느라 넘어질 뻔했다. 서둘러 휴대폰을 열었다.

―서니은!

우렁우렁한 은실의 음성에 맥이 빠졌다. 니은은 의자에 앉았다.

―니은아! 서니은! 안 들려?

"들려. 살살 좀 말해."

―끊어 버린 줄 알았잖아.

"끊긴 내가 왜 끊어."

—너 나한테 뭐 서운한 거 있어? 어떻게 한마디 의논도 없이 나가 버릴 수가 있냐? 그것도 나 없는 새 쏙. 내가 친구 맞긴 맞아?

　몰아치는 은실에게 할 말을 고르느라 니은은 생각을 정돈해야 했다. 은실뿐만 아니라 누구한테든 어디서부터 어디까지 말할지 테두리를 정하는 일이 이제는 좀 피곤하다. 이곳에서 지내고부터는 그런 단계를 거치지 않아도 돼 편안했는데.

　—혹시 우리 엄마가 나 없다고 너 눈치 줬어?

　"아냐, 은실아. 그런 거 절대 아냐. 알바 때문에 나왔어. 진짜야."

　은실이네 집에서 신세 진 지 한 달 남짓. 그중 은실이 없던 기간은 열흘 정도. 은실이 지레 짐작하는 그런 적은 없었다. 은실의 동생이 목걸이가 없어졌다고 니은 앞에서 방 뒤짐을 한 적이야 있었다. 그것 때문에 나온 것은 아니었지만, 아예 아니라고도 말할 수 없다.

　—알바? 알바하는데 집을 왜 나가? 아니다. 거기가 어딘지부터 당장 말해.

　지구 반대편에서 당장이라도 달려올 기세다.

　"은파."

　—은파? '은파에서 밤', 그 노래의 은파? 세상에. 무슨 알바를 그 먼 데까지 가서 하냐? 은파 어디? 뭐 하는 데야? 어떻게 거기까지 간 거야?

　"게스트 하우스야. 소을 선배가 얘기해 줘서 여행 삼아 와

봤는데, 생각보다 괜찮아서 그날부터 바로 하게 됐어."

―그럼 나한테도 얘기했어야지.

휴학까지 하고 남자 친구와 남미로 배낭여행 떠나 버린 친구한테? 그러려다 말았다. 그땐 솔직히 섭섭하기도 했었다. 집에 어학연수라 속이는 계획에 동조자 역할을 하게끔 만들었던 것까진 괜찮았다.

하지만 저 혼자 장기 여행을 가 버릴 줄 알았다면 애초에 은실이네 집으로 들어가지도 않았을 것이다. 친구 없는 친구 집이 얼마나 불편할지는 겪어 보지 않아도 빤한 거니까. 은실을 데려가 버린 은실의 남자 친구가 얄밉기도 했더랬다.

"너 돌아오면 말하려고 했지. 넌 어디야? 어쩐 일로 전화를 다 했어? 무슨 일 있는 건 아니지?"

―나 들어왔어, 니은아.

"응? 벌써?"

―우리 헤어졌어.

계절성 이별증이 또 시작이다. 배부른 투정으로밖에 안 들렸다.

"참 자주도 헤어진다. 사흘도 못 견디고 다시 만날 거면서. 은실아, 나 지금 좀 바쁘거든? 이따 밤에 통화하자."

―서니은이 바쁘다는 건 좋은 건가, 나쁜 건가.

니은은 웃어 버렸다. 자신의 말투를 흉내 내는 은실이 코앞에 앉아 있는 듯했다. 공간이라는 건 참 신기하다. 기한 없이 먼 나라로 떠나 있을 땐 그만큼 정서적 거리가 느껴지더니, 같은 하늘 아래라는 것만으로도 가까이 앉은 기분이 드니 말이다.

"좋은 거야."

—신데렐라처럼 일복만 터지는 거 아니고?

신데렐라라. 계모와 언니들에게 구박을 받았더래요, 하는 노랫말과 더불어 아빠 집에서의 날들이 떠올라 쓴웃음이 났다.

"언니들한테 구박받을 일은 없을 걸? 동생이라면 몰라도."

—뭐? 무슨 소리야, 그게?

"아냐, 아무것도. 나 지금 정말 바쁜데. 은실아, 나중에 내가 전화할게. 지금은 끊자. 미안."

겨우 통화를 마쳤다. 그사이 유번에게서 전화가 몇 번은 오고도 남았을 텐데. 조바심이 났다. 그냥 먼저 걸어 볼까 생각하는 찰나, 휴대폰이 울렸다.

"여보세요."

—무슨 통화를 그렇게 오래 해요?

불만이 슬쩍 섞인 말이 왠지 기분 좋았다.

"전화하셨구나. 친구한테 전화가 와서요."

—친구?

단 두 음절에서 궁금함이 물씬 묻어난다고 느껴지는 것은 들뜬 기분 탓일까. 니은은 웃으며 대답했다.

"세상에서 제일 친한 친구랄까요?"

'세상에서 제일'이라는 말을 붙여 소개할 사람이 있다는 게 다행스러웠다. 세상에 혼자 뚝, 급할 때 전화할 사람 하나 없는 외톨이. 유번에게 그런 이미지로 보이는 건 싫으니까.

—지금부터 한 시간. 괜찮아요?

"한 시간밖에……."

뒤따르는 '못 봐요?'를 가까스로 삼켰다.

—더 필요해요? 화장도 안 하면서 얼마나 더?

"네?"

어리둥절해진 니은에게 유번이 말했다.

—그럼 30분 더. 지난번 그 편의점에 있을 테니까 준비되는 대로 나와요.

입가에 웃음이 번졌다. 그런 얘기인 줄도 모르고 아쉬움부터 삼켰다니.

"아뇨, 30분도 안 걸려요. 왔어요? 지금?"

—좀 전에.

"아, 그럼 잠깐만 기다려요. 금방 나갈게요."

둥실, 바닥이 두 발을 밀어 올렸다. 이틀 내내 그랬듯이 지금도.

꙳꙳꙳꙳꙳꙳꙳

니은이 나타났다. 청바지에 헐렁한 스트라이프 셔츠는 오늘도 세룰리안블루. 후드 집업은 안 걸쳤다. 동네 산책이라도 나선 듯 간편하고 날렵한 모습으로 니은이 이면 도로 건너편에서 있었다. 도로 안쪽에서 나오는 차가 지나가기를 기다리는 모양이었다.

일어서려는 유번을 향해 니은이 그대로 있으라는 손짓을 했다. 얼굴에 웃음이 환했다. 활짝 웃고 있는 것도 아닌데 그렇게 보였다. 햇빛 때문일까. 니은을 둘러싼 봄날의 빛들.

차가 니은 앞을 지나쳐 갔다. 길을 뛰어 건너는 니은의 짧은 머리카락이 반짝였다. 문이 열리는 소리가 들렸다. 총총걸음으로 다가온 니은이 유번 앞에 서서 가만히 웃었다. 주위가 일시에 환해지기 시작했다.

요즘 제 주변에서 일어나는 이상한 현상이 유번은 싫지 않았다. 니은이 움직일 때 슬로우로 돌아가는 영상처럼 보이던 순간들도. 그 밤, 전망대에서 심장에다 불어넣은 니은의 숨결이 촉매가 되었을지도 모르겠다.

니은이 스툴에 걸터앉은 유번의 머리를 요리조리 살피더니 웃음을 머금은 채 말했다.

"무사하다."

의문이 담긴 유번의 눈길에 니은이 설명했다.

"머리요. 막 쥐어뜯으면서 후회하셨던 건 아닌가, 걱정했거든요."

"후회를? 무엇에 대해서?"

"화요일에 봅시다."

하, 실소가 터졌다. 니은의 두 눈도 반달이 됐다.

"왜 그런 걱정을 했을까?"

"음, 그러니까…… 전화한다고 해 놓고 일요일이랑 월요일
은 아무 소식이 없어서요."

말하는 내내 양손 엄지와 검지를 서로 맞붙이고서 주뼛주
뼛. 딴청이라도 피우듯 니은의 눈길은 창 쪽으로 비껴가 있었
다. 귀여웠다. 무심히 손 뻗어 머리를 쓸어 주고 싶을 만큼.

"오늘 했잖아."

"그야 그렇지만, 그래도."

"기다렸어요?"

물음으로 니은의 눈길을 불러들였다. 잠시 유번과 눈만 마
주치고 있던 니은이 결심한 듯 끄덕였다.

"그럼 전화하지 그랬어요."

"그럴까도 했는데……."

"그런데?"

"못 하겠더라고요. 화요일에 안 볼 핑계거리 만들고 있었을
까 봐. 괜히 전화해서 긁어 부스럼 만드는 결과가 될 것 같아
서요. 그냥 가만있으면 화요일엔 보겠지 했어요. 자기가 만나
자고 해 놓고 당일에 번복하는 실없는 짓은 안 하는, 아니 못
하는 사람일 거니까."

유번은 웃었다. 소리는 없었지만 내가 지금 웃고 있구나, 인
식할 정도로 명백한 웃음이었다. 보드라운 손끝으로 가슴 언
저리를 두드리는 느낌. 이 여자는 마음을 이런 식으로 건네는
구나. 이렇게 순수하게.

이틀 동안 은근히 불안하던 마음이 싹 씻겼다. 의견을 묻지

도 않고 일방적으로 밀어붙인 게 아닐까 염려됐다. 전화를 걸면 거절의 말을 듣게 되는 건 아닐까도 싶었다. 기우였다. 전화하지 않고 버틴 것이 후회됐다.

"알았어요."

니은에게 말해 주었다. 어쩌면 약속일지도 몰랐다. 이제부터 매일 전화하겠다는. 매일매일 니은의 하루가 궁금해질 것 같았다. 그러므로 지킬 수 있는 약속. 지키고 싶은 약속. 그리고 기다려질 시간.

무얼 알았다는 거냐고 묻지 않고 니은은 웃었다. 조금, 그러나 이상스레 환해지는 웃음이었다.

"뭐 하고 싶어요? 오늘."

"오늘? 오늘 하루 다요?"

"휴뭅니다."

니은이 웃으며 끄덕였다. 그러다 문득 생각난 듯 물었다.

"원래 화요일에 쉬세요?"

"정기 휴일은 둘째, 넷째 월요일. 다른 날엔 직원들끼리 각자 스케줄 조정해서 휴무를 잡아요."

"아아, 그럼 오늘은 저 때문에?"

"일요일하고 월요일은 서니은 씨가 시간을 못 냈을 테니까."

"일요일은 그렇다 해도, 월요일이 어렵다는 건 어떻게 아셨어요?"

주말 손님들 가고 나면 청소며, 침구 세탁이며 월요일에도 일이 많다는 것을 아니까. 그리고 월요일 오후마다 할머니가 외출하시니까.

유번은 알고 있는 사실들을 일일이 늘어놓진 않았다.

"특별히 가 보고 싶은 데 없어요?"

"있어요. 많아요. 참, 스쿠터는요?"

"안 갖고 왔어요. 싫어하니까."

니은의 눈망울이 초롱초롱해졌다.

"잘됐다. 그럼 우리 걸어요. 걷기에 딱 좋은 날이잖아요, 오늘. 벚꽃도 만개했고. 주말엔 비 온대요. 그럼 꽃들도 다 질 텐데, 그전에 실컷 걸어 다녀요. 일단 점심부터 먹고. 뭐 먹을래요? 오늘은 진짜로 제가 살게요. 대신 여기서. 월급 받으려면 아직 한참 남았지만 그땐 무지 비싼 걸로 사 줄……."

말을 멈춘 니은이 가만 웃음 지었다.

"보기보다 진짜 말 많네, 이 여자. 그러고 있었죠?"

"네."

니은이 입을 꼭 붙였다. 유번은 미소를 머금은 채 스툴에서 몸을 일으켰다.

"갑시다. 근처에 괜찮은 곳 알아요. 안 가 보면 후회할. 오늘은 내가 살 테니까 거기서 먹어요. 월급 받으면 그땐 기회 제대로 줄 테니까 우기지 말고 따라와요."

곁을 따르며 니은이 투덜거렸다.

"보기보다 자기도 말 많네요, 뭐."

"자기?"

짐짓 시비조로 짚었더니 니은이 어깨를 움찔했다. 그러고선 이내 반박했다.

"그냥 상대방을 가리키는 지칭이잖아요. 그렇게 부른 게 아니고."

유번은 웃음이 나오는 대로 두었다. 참지 않기로 했다. 오늘은 웃기에 딱 좋은 날이니까. 니은과 같이 보낼 오늘 하루는.

오렌지 하모니카에서 두 블록쯤 떨어진 골목 안에 아담한 퓨전 식당이 있었다. 실내를 떠도는 음악은 잔잔하고, 자리를 잡고 앉은 몇몇 사람들도 평화로워 보였다. 니은은 볕 고운 창가에 유번과 마주 앉았다.

유번이 메뉴판을 펼쳐 건넸다. 파스타나 샐러드 등 친숙한 음식에도 독특한 이름들을 붙여 놓았다. 사진과 이름을 하나하나 훑어본 다음 첫 페이지로 돌아왔다. 니은은 '오늘도 너랑'이란 이름이 붙은 크림 파스타를 짚었다.

"전 이거 먹을래요."

"모험을 싫어한다."

물음인 듯 아닌 듯 나직한 유번의 말에 니은은 웃어 보였다. 모험 그 자체가 겁이 나서는 아니었다. 예상되는 좌절과 상처가 싫어서였다. 나쁜 상황을 예감할 땐 더 나아가지 않고 돌아섰다. 그러니 유번의 말이 맞을 것이다.

주문을 받으러 온 이에게 유번이 몇 가지를 더 시켰다. 낯선 음식 이름을 어색함 없이 말하는 모습이 뜻밖이었다. 주로 섬에서만 지내 온 남자라고 은연중에 생각해 버린 것인지도 몰랐다.

"……그리고 오렌지 주스."

음료 선택을 끝으로 유번이 주문을 마쳤다. 편의점에서 보틀에 담아 온 오렌지 주스를 남김없이 들이키던 유번이 생각났다.

"오렌지 주스 좋아하나 봐요."

"오렌지를 좋아하죠."

"아아."

니은은 끄덕였다. 문득 옥탑방 그림 속의 소년이 스쳐 갔다. 말도 안 되지만 그 소년과 유번이 닮은 것 같다는 느낌도 들었다. 그림을 보던 땐 걸이랑 닮은 것 같다고 생각했는데. 그맘때의 남자애들은 다 비슷하게 생긴 건가.

유번이 등받이에 느긋한 자세로 몸을 기댔다. 손과 시선의 움직임이 카메라 앞에서 노련한 배우처럼 자연스러웠다. 흰 셔츠 위의 얇은 올리브그린 니트가 썩 잘 어울렸다. 빈티지한 청바지도. 멋 부린 것 같지 않은데도 감각이 느껴졌다.

유번을 중심으로 사각의 프레임을 만들면 그대로도 화보가 될 것 같았다. 짙고 윤이 나는 머리카락. 허술한 데라곤 없는 눈매와 입매. 신경 써서 관리한 듯 깔끔한 피부. 일주일 전 그 밤, 섬에서 처음 봤을 때는 단정하게 생긴 남자라고만 느꼈는데. 세 번 다 밤에만 보다가 한낮이어서 그럴까. 지금은 뭐라 한마디로 표현하기 힘든 분위기가 흘렀다.

빛 때문일 거야, 니은은 생각했다. 창 너머에서 흘러드는 저 고슬고슬한 봄빛. 빛을 품으면 모든 사물은 원래보다 훨씬 더 아름다워지니까. 색채가 더욱 투명해지니까. 하물며 사람이야. 그렇지만 두근거렸다. 영화 속 수려한 남자 주인공을 현실에서 마주친 소녀처럼.

그림 같던 태도를 허물고 유번이 앞으로 다가앉았다. 탁자에 겹쳐 올린 그의 두 손에 새삼 눈길이 갔다. 험한 일은 겪어본 적 없을 듯 깨끗하고 매끈하며 섬세한 손도 조금은 의외였다.

"할머니한테는 뭐라고 하고 나왔어요?"

니은의 눈을 들여다보며 유번이 물었다. 그런 게 왜 궁금한지 물으려다 결과의 관계를 생각하곤 질문의 의미를 이해했다. 당연히 걸의 할머니와도 어느 정도는 친분이 있을 테니 할머니가 속속들이 알게 되는 것이 거리끼거나 편치 않을 수 있을 것이다.

"친구가 내려왔다고 했어요."

"흠, 아까 그 친구? 세상에서 제일 친한?"

통화할 때도 그랬지만 어떤 친구인지 드러내 보이는 관심이 싫지 않았다.

"설마 남자 친구는 아니겠지."

툭 던진다. 니은은 나오려는 웃음을 누르며 되물었다.

"남자 친구면요?"

"남자인 친구?"

"남자 친구……."

유번이 미간을 좁혔다. 극히 조금이지만 알 수 있었다. 니은은 웃으며 유유히 말을 이었다.

"있는 여자 친구예요."

이번엔 눈에 띄게 미간이 좁아졌다. '장난칠래?' 라고 말하는 듯한 얼굴이 재미있었다. 내친 김에 장난을 더 걸었다.

"할머니가 그냥 보내지 말고 꼭 데려오라고."

유번의 입가에 흐린 웃음이 스쳤다. 거짓말은 아니었다. 할머니가 정말 그랬으니까. 설혹 유번이 가겠다고 해도 그럴 일이야 없을 테지만. 이제 갓 알바를 시작한 곳에 남자를 데려가다니, 있을 수 없는 일이었다.

주문한 음식들이 나왔다. 식탁이 넉넉해졌다. 오래 목말랐던 사람처럼 유번은 오렌지 주스부터 들이켰다. 니은도 유번을 따라 했다. 주스가 새콤달콤했다.

"잘 먹겠습니다."

포크를 들곤 웃으며 인사하자 유번이 말했다.

"남기면 벌금."

"헤, 진짜로요?"

유번이 웃었다. 여전히 환하게 터지지는 않지만, 웃고 있음을 알게 하는 웃음. 보기 좋았다.

유번이 고른 음식들은 대체로 한식과 양식의 퓨전이었다.

하나같이 담백했다. 정작 크림 파스타는 내버려 둔 채 유번이 시킨 음식들을 더 열심히 먹게 됐다. 쇠고기와 밥과 채소를 한 입 크기의 쌈처럼 말아 쪄낸 '같이 냠냠'을 특히.

"모험해 보고 싶은 맛이에요."

니은은 유번의 선택을 칭찬해 주었다. 유독 손이 자주 가는 접시를 유번이 니은 쪽으로 옮겨 놔 주었다. 꼭 할머니 같다. 친할머니 말고, 오렌지 하모니카 할머니.

"할머니 말이에요. 참 재미있는 분이세요. 예쁜 이름도 매 달 새로 짓고."

"이번엔 또 뭘로 바꾸셨나."

"소정."

유번이 하, 낮게 웃었다. 함께 웃다 물었다.

"근데 할머니하고도 잘 아시나 봐요? 이번엔 또라고."

멈칫하던 유번이 이내 대답했다.

"걸이한테 들었어요."

"아."

잘 안다고 해서 딱히 이상할 것도 없는데, 거리라도 두려는 듯한 느낌이 맘에 걸렸다. 그러고 보니 오렌지 하모니카 앞까 지 두 번이나 오고서도 안으론 발을 들이지 않았다. 잠깐 들어 가 인사라도 나누어야 마땅할 것 같은데 말이다.

"집이 어딥니까, 서니은 씨는."

슬슬 시작되는구나. 누군가를 만났을 때 제일 싫은 단계인 가족 이야기.

형제자매 없이 혼자라고 말하기엔 오빠라는 존재를 지워 버리는 죄를 짓는 것만 같았고, 오빠가 있었다고 입을 떼는 순간부터 너무 힘들었다. 엄마와 아빠에 관해서 말하려면 현재와 과거가 혼재되어 복잡했다.

3년 동안 숨죽여 살았던 할머니네 집에서 나오기까지의 과정은 생략. 단 1초도 돌이켜 생각하고 싶지 않으니까. 아빠 집에서의 짧은 날들에 대해서도 삭제. 창피해서 말할 수 없으니까.

"집 없는데요."

가볍게 받아치자 유번의 눈길이 정면으로 날아들었다. 니은은 태연한 척 어깨만 으쓱했다.

"친구는 있는데 집은 없다?"

"가출 같은 거 아니니까 마음 쓰지 마시란 얘기죠."

"기다리는 사람, 없어요?"

날카로운 확인이었다. 집이 어디냐는 질문은 걱정하며 기다리고 있을 누군가의 유무에 대한 거였다. 있었다면 이곳까지 오는 일도 없었을 것이다. 엄마, 아빠, 그리고 할머니. 가족을 말하자면 총체적 난국이란 생각뿐이었다.

니은은 담담히 대답했다.

"없어요."

"학교 다니다 왔어요?"

"네. 3학년까지 마치고 휴학했어요. 전공은 어쩌다 보니 국문학. 들어갔으니 어떻게든 졸업은 해야 할 것 같은데, 졸업해 봐야 별 희망 없는."

"어쩌다 보니⋯⋯."

손만 섬세한 게 아니다, 이 남자. 흘려듣지 않는 능력을 지 녔으니 더 자세히 캐묻기 전에 말길을 돌렸다.

"그런데 할머니랑 손자 분이랑 다들 여기 분들이 아닌가 봐 요. 사투리도 전혀 안 쓰고 말투가 다들 이쪽 억양이 아니던데 요? 유번 씨도 그렇고."

"여긴 아버지 고향이고, 중학교 때부터 내려와 살았어요."

"그렇구나. 그럼 할머니네도?"

"비슷한 시기에."

"아아, 가족끼리 잘 알고 지내던 사인가 봐요."

"⋯⋯뭐, 그런 셈이죠."

한 템포 느린 대답에서 니은은 직감했다. 이 사람도 가족 이야기 꺼내는 걸 좋아하지 않는구나, 나랑 같구나, 하는 마 음. 그래서 다행이다 싶었다. 더 친근해지고 곁으로 바짝 다가 앉은 느낌. 편이 되어 주고 싶은 마음도 들었다.

칙칙한 가족 얘기는 끝.

즐거운 이야기를 하자. 즐거운 이야기만 하자. 이곳은 사람 들이 즐겨 찾는 여행지. 그러니까 여행이라도 온 것처럼. 여행 중에 우연히 마음 이끌리는 사람을 만난 것처럼. 이 여행이 오 래 이어지기를 바라면서.

"손잡고 걷기 좋은 길, 추천받을게요."

오렌지 주스를 마시던 유번이 움직임을 멈추고 니은을 쳐다

보았다. 어느 지점이 그를 멈추게 하는지 알았으므로 니은은
웃으며 덧붙여 말했다.

"손잡고는 물론 옵션. 그냥 걷기 좋은 길이면 돼요. 중학교
때부터 살았으니까 가이드 노릇 잘해 주실 수 있을 거잖아요.
아, 나 시티 투어 버스도 타 보고 싶었는데. 우리 그거 타러 갈
래요? 기왕이면 2층 버스로."

"예약해야 돼. 다음 주에 타요."

"다음 주에?"

마음이 반짝거렸다. 용기 내어 물었다.

"방금 그 말, 다음 주에도 만나자는 말이죠?"

"싫어요?"

다소 도전적인 되물음에 니은은 웃었다. 그럴 리가요! 반짝
이는 맘을 담아 대답했다.

"좋아요."

⋆⟫⟫⟫⟫⟫⟫⟫⟫⟫⟫⟫⟫⋆

괜찮았다. 7년 만에 간 그곳. 인테리어도 크게 달라지지 않
았고, 독특한 음식 이름들도 옛날 느낌 그대로였다. 서빙을 하
는 사람이야 당연히 바뀌었겠으나 주인은 보이지 않았다. 그
래서 괜찮았을지도 모르지만.

주인이 알아보고 다가왔다면 현재가 순식간에 과거의 공간
으로 탈바꿈했을 것이다. 사소한 안부의 대화가 그 시간들을

소환했을 것이다. 그랬다면 미칠 듯한 이명이 시작되었을지도 모르지만. 두 귀를 틀어막고 뛰쳐나와 버렸을지도 모르지만.

정말 괜찮았다. 니은과 같이 배부르게 점심을 먹고 후식까지 즐기고 나오도록 내내 별일 없었다. 주인이 있을 때를 노려다시 가 볼까. 그때도 오늘처럼 괜찮을지 한 번 더 시도해 볼까.

오렌지 하모니카에도 걸음을 해 볼까. 이젠 괜찮을 거라는 거짓말이 더 이상 거짓이 아니게 될 날도 올까. 그랬으면 좋겠다. 이 여자 니은에게 공연한 거짓말을 하지 않아도 되도록.

"'꽃길만 걸어요' 라는 말 있잖아요. 되게 뭉클한 것 같아요."

벚꽃 여린 잎들이 내려앉은 보도블록 위를 걸으며 니은이 말했다. 식당에선 '손잡고' 를 그리도 앞세우더니만, 잡을 새도 없이 두 손을 허리 뒤로 느슨히 돌려 둔 채 걷고 있었다.

"누군가에게 꽃길만 걷기를 기원해 주는 마음이 얼마나 애틋해요."

"꽃길만 걸어요, 서니은 씨."

니은이 멈춰 서서 유번을 올려다보았다. 입을 꼭 붙여 다문 니은에게 뭐가 문제냐는 얼굴을 지어 보였다. 니은이 조금 뾰로통하게 말했다.

"그게 뭐예요."

"듣고 싶은 말 해 줬는데, 왜?"

"그렇게 덤덤하게 아무 생각 없이 툭."

유변은 조용히 웃었다. 니은이 다시 걸음을 뗐다. 꽃길 위를 천천히 걸어가는 니은을 지켜보며 유변은 반걸음쯤 뒤에서 걸었다.

아무 생각 없이는 아니었다. 가족 이야기를 하지 않으려 애쓰는 모습에서 깊은 상처를 읽었다. 가족으로 인한 상처는 회복 불가능일 경우가 많다. 버리거나 끊어 낼 수도 없어 평생 떠안고 살아가야 하는 종류가 대부분이다. 상실이든, 결핍이든, 학대든, 다른 무엇이든.

아프지 않았으면 했다. 더 힘들어지지 않았으면 했다. 이곳에서만이라도 휴식 같은 삶이었으면 했다. 외롭지 않았으면 했다. 환하게 웃었으면 했다. 행복했으면 했다. 그리고 그 모든 것들에 보탬이 되어 줄 수 있었으면 했다. 상처 입은 것들을 쓰다듬어 주려는 인간 보편의 심리인지, 니은이라서 이런 마음이 드는지는 구분하지 않기로 했다.

"말 잘 듣네."

니은이 유변을 돌아보았다.

"꽃길만 걸으랬다고 걷기만 해. 그냥 두면 종일 걷겠어."

"어디부터 갈지 아직 못 정했단 말이에요."

"그러니까."

"10분만 더 생각할게요."

바다 위를 가로지르는 케이블카와 해안 절벽 사이에 놓인 출렁다리는 은파에 오는 여행객들의 필수 코스였다. 케이블카는 잠깐이지만 내린 곳에 펼쳐지는 커다란 섬이 공원으로 조성돼 있어 볼거리가 많다. 아찔한 출렁다리가 놓인 절벽 길은 기암괴석이며 내려다보이는 바다며 주변의 자연 경관이 훌륭하다. 손잡고 걸어 다닐 곳은 두 군데 다 풍성하다.

"케이블카 타고 가는 그 섬, 유번 씨네 섬만큼 예뻐요?"

"워낙 넓어서 아기자기한 맛은 없어요."

"그렇구나. 난 오룡도가 딱 취향인데."

"그럼 절벽 길로?"

"음, 절벽 길은 다음에. 무지 아름다운 곳이라니까 아껴 둘래요."

"꽃길만 계속 걷겠다?"

대답 없는 니은을 돌아다보았다. 가만히 웃고 있었다. 유번은 손을 뻗어 니은의 허리춤에서 손 하나를 데려왔다. 손안에 꽉 움키고 그대로 걸었다. 어느 결엔가 걸음이 빨라졌는지, 곁에서 새근거리는 니은의 숨소리가 들려왔다. 유번은 속도를 늦추었다.

"손잡고 클리어."

수줍어하고 있을까 봐 말했더니, 니은이 소리 내어 웃었다. 듣기 좋았다. 손안의 니은은 가지런했다. 연분홍 꽃잎들이 흐드러진 길 위를 손잡고 나른히 걸었다. 꽃잎들은 바람을 타고 머리 위로도 흩날렸다.

문득 니은이 물었다.

"손잡고 걷기 좋은 곳, 내가 추천해도 돼요?"

"해 봐요."

"벽화 골목. 해변에 있대요."

"가고 싶었으면 진작 말을 하지."

"지금 막 생각난 건데요?"

"손잡고 걸으니까?"

"아마도?"

니은이 다시금 웃었다. 유번의 얼굴에도 미소가 번졌다. 웃고 있어서 좋았다. 편안히 웃을 수 있는 지금 이 순간이 좋았다.

벽화 골목까지는 택시를 탔다. 그리 멀지는 않았지만 나이 지긋한 택시 기사가 자꾸만 니은과 유번에게 말을 시켰다. 어디서 왔느냐는 물음에 유번은 지구라고 대답했다. 웃음기 하나 없이 말하는데도 우스웠다. 안 웃긴데 혼자만 웃는다고 기사한테 넉살 섞인 핀잔을 들었다. 내릴 땐 둘이 잘 어울린다며 덕담도 해 주었다.

"다투지 말고 행복하게 잘 살아."

마치 신혼부부한테 하는 당부 같은데도 어색하게 들리지 않았다. 니은은 웃으며 네, 하고 대답했다. 택시에서 내려서 슬며시 유번의 눈치를 살폈다. 별다른 기색은 없었다.

"정색 안 했다."

들으라고 중얼거리자 유번이 입꼬리를 올렸다. 웃으니까 더 멋있었다. 이곳에 쌓여 있을 유번의 추억들이 궁금해졌다. 니은은 걸음을 뗀 유번을 따르며 인터뷰하듯 물었다.

"지구에서 오신 장유번 씨, 벽화 골목엔 오늘로 몇 번째입니까?"

"아흔아홉 번째."

"그렇게나 많이? 도대체 누구랑 그렇게 자주 왔나요?"

"여자."

"아."

바보 같다, 서니은. 매끄럽게 받아치지 못하고 아, 라니. 놀라기라도 한 거야, 뭐야. 스물아홉이나 먹은 남자가, 더구나 중학교 때부터 여기서 살아온 사람이 여자랑 이런 데 한 번도 안 왔으면 그게 더 이상한 거잖아.

내심 자신을 탓하고 있을 때, 유번이 말했다.

"친구 있는 걸이랑."

웃음이 났다. 맘도 가뿐해졌다.

"치사하다."

"왜."

"아까 그것 땜에 복수한 거잖아요. 근데 이런 델 왜 남자끼리 와요? 손잡고 왔어요? 둘이 사귀는 건 아니죠?"

괜히 종알종알 트집을 부렸다. 웃음을 띤 채 걸어가던 유번이 옆으로 손을 뻗었다. 시선은 앞으로 둔 채 무심한 듯 손만 니은에게로. 손바닥을 보이며 기다리는 손에다 니은은 제 손을 겹쳤다. 금세 둘 사이의 거리가 좁아졌다. 둘이서 나란히 느릿느릿 걸었다.

두근두근, 두근두근.

발 맞춘 보행은 평온한데, 가슴은 발랄하게 뛰었다.

해변이 바라다 보이는 골목, 기다랗게 이어지는 벽마다 그림들이 가득했다. 맑은 햇빛을 받은 벽화들은 소박한 운치가 있었다. 벽 저 너머로 바닷물이 푸르렀다.

"하필이면 왜 여기였을까."

스스로에게 묻듯 유번이 나직이 말했다.

"음, 그림 보려고?"

"아니, 은파."

"아."

니은은 잠시 생각하다 웃음을 머금고 대답했다.

"커다란 지도를 펴 놓고 연필을 굴렸어요."

"심하게 굴렸네."

"멀리 가고 싶었으니까?"

"그림 좋아해요?"

훅 들어오는 질문에 니은은 또 잠시 생각했다. 은파로 오게 된 얘기처럼 장난으로 넘길까, 본래의 나를 말할까. 좋아하는 것에 대해서라면 배경을 설명하지 않아도 좋으니 후자를 택하기로 했다.

"좋아해요."

"보는 것, 그리는 것. 어느 쪽?"

"지금은 보는 것. 옛날엔 그리는 것."

"몇 살 안 먹었으면서 옛날은."

"그러는 사람은 뭐 엄청 많이 먹었나? 그래 봤자 같은 20댄데."

"같은 20대라니. 여섯 살이나 윈데."

"여섯 살씩이나 많은 거 이미 알고 있거든요?"

"알면 됐고."

나이 차를 강조하기에 혹시 오빠라고 부르라 하면 어쩌나 싶었다. 그러진 않아 다행이었다. 오빠라는 호칭을 어떤 식으로든 입에 올리고 싶지 않았다. 커플 사이에 흔히들 그러듯이 유빈을 통해 매번 진짜 오빠를 연상하기는 싫으니까.

오빠는 사람과 장소를 가리지 않고 자유분방하게 경계를 넘나들며 누구의 눈치도 보는 일 없이 자신만의 즐거움을 추구했었다. 하고 싶은 건 마침내 끝을 보고야 말았다. 오빠의 그러한 기질들을 어릴 땐 막연히 동경했었다. 날마다 빛이 났다.

언제나 내 손을 들어주는 하나뿐인 내 편. 어린 니은에게 오빠는 그랬다. 막무가내여도 우기면 뭐든 다 들어주었다. 살아 있던 마지막 그날까지도.

먹먹한 기억을 떨치려 니은은 담벼락의 벽화로 눈길을 던졌다. 정다운 집과 아름드리나무와 온갖 꽃들과 천진난만한 아이들. 그중에도 바다 풍경이 가장 많았다. 코발트블루, 울트라마린, 프러시안블루, 그리고 세룰리안블루. 깊이를 달리하는 새파란 색조들이 마음을 다독였다.

"옛날이야기는 싫다?"

유번의 판단에 니은은 웃음 지었다.

"좋아는 하지만 잘 그리진 못해요. 배운 적도 없고. 그냥, 꿈이었어요. 이젠 저만큼 밀어 둔."

"왜 밀어 뒀는데?"

"음, 물감이 비싸서?"

웃으며 농담처럼 말했지만 사실이기도 했다. 일찌감치 포기한 이유도 돈. 누가 뭐라 하진 않았지만 혼자서 그렇게 결정했다. 글 한 줄 못 쓰며 겨우 살아가는 엄마 앞에서 하고 싶은 걸 말할 수 없었다. 돈이 많이 드는 분야라서 더더욱 그랬다. 설사 말했다 해도 환영해 주진 않았을 테니까.

대신 글을 써 보려 애썼다. 잘 쓰고 싶었다. 엄마처럼, 그리고 오빠처럼. 타고난 글재주가 없다는 걸 알면서도 열심히 노력했다. 엄마한테 보여 주려고. 엄마 마음을 얻으려고. 비어 버린 엄마 마음을 채우려고. 다시 웃게 하려고. 결국 실패하고 말았지만.

"그림은 꿈이다."

현재형으로 되짚는 유번의 말이 달콤했다. 접어 두었던 꿈을 다시 펼쳐 볼 수 있을 것 같은 기분. 니은은 유번에게 유익할 정보 하나를 건네주기로 했다.

"허공에 둥둥 떠 있는 순간을 싫어한다."

"하, 그런 거였어."

유번이 낮게 웃었다. 니은도 따라 웃었다. 바다 위를 건너야 하는 케이블카와 깎아지른 절벽 사이의 출렁다리. 유번이 제안한 두 가지를 놓고 고민했던 속내를 솔직히 전한 셈이었다.

"말을 해야 알지."

"지금 했잖아요."

"은파의 대표적인 명소 두 군데를 끝내 못 가 보겠네."

"음, 언젠가는 갈 수 있을지도?"

"무서워하면서 어떻게?"

"무서워하는 게 아니고 싫은 거라니까요?"

"우기기는."

"유번 씨는 싫어하는 거 없어요?"

얼마쯤 틈을 두었다가 유번이 대답했다.

"지나치게 조용한 곳. 지나치게 시끄러운 곳."

"흠, 은근 까다롭네요. 귀가 무척 예민하신가 봐요?"

"……그럴지도."

"적막하도록 고요한 곳은 나도 싫더라. 불안하고. 귀청 떠나가게 소란스러운 곳도 당연히 싫고. 그러니까 나랑 같네요, 뭐."

"억지로 막 갖다 붙여."

그러면서도 유번은 손을 더 꽉 쥐었다. 손과 손 사이의 빈틈없음이 어쩐지 수줍었다. 그렇지만 놓고 싶지 않았다. 손잡고 걷기에 딱 좋은 날이니까. 날씨까지 도와주는 이런 날은 지금, 오늘 하루뿐일 테니까. 순간은 언제나 스쳐 가고, 다른 날다시 온다 해도 지금처럼 눈부신 첫 순간일 수는 없으니까.

벽화 골목이 끝나 갈 즈음, 소담스런 가게들이 줄지어 나타났다. 옷집, 수공예품점, 책방, 카페, 화방……. 규모는 작지만 제각기 개성이 넘쳤다.

바다를 향해 창을 열어 둔 카페를 턱으로 가리키며 유번이 말했다.

"저기 들어가 뭐 좀 마실래요?"

니은은 흔쾌히 끄덕였다. 카페로 향하던 유번이 발길을 멈추고 고개를 틀었다.

"왜요?"

"와 봐요."

유번이 니은을 옷집 앞에 내놓은 진열대 앞으로 이끌었다. 색색의 캡 모자들이 옹기종기 모여 있었다.

"하나 골라 봐요."

"저요?"

"햇빛 때문에 눈부시잖아."

"괜찮은데."

보나마나 사 주겠다는 의미겠지만 만만찮은 점심값이며, 택시비에, 이젠 모자까지. 자꾸 돈을 쓰게 하는 게 미안했다.

"모자가 잘 어울릴 두상인데. 모자 싫어해요?"

싫어하진 않을 뿐더러 사 주려는 유번이 무안할까 봐 얼른 대답했다.

"아니요."

평소 후드가 달린 옷을 즐겨 입긴 했다. 후드를 머리에 덮어쓰면 폭 안기는 느낌이 들었다. 많은 사람들 속에서도 나만의 공간을 마련해 안전하게 숨은 것 같았다. 하지만 모자는 왠지 튀고 도드라지는 느낌이 들어 손이 가지 않았다.

보고만 있으니 유번이 직접 모자 하나를 골라냈다. 진열된 모자들 중 세룰리안블루에 가장 가깝다. 톤 다운된 색감이 경박하지 않고 천의 질감도 부드러웠다.

"써 봐요."

니은은 모자를 썼다. 유번이 회전 거울 각도를 니은에게 맞춰 주었다. 모자 쓴 모습이 생각보다 괜찮았다. 제일 좋아하는 색이라고 말하려는데, 유번이 먼저 말했다.

"예쁘네."

툭, 담담하게.

부끄러웠다. 니은은 두 손을 올려 모자챙을 아래로 조금 내렸다. 유번의 눈빛은 피했지만 볼이 달았다.

"나만 사요?"

"커플룩? 그런 오글거리는 거 싫어하는데."

"아. 그죠, 싫어하죠."

괜히 물었다. 그냥 있을걸.

"저 화장실 좀."

말해 놓고서 도망치듯 옆의 카페로 종종 걸어 들어왔다. 화장실로 곧장 가 거울을 보았다. 뺨이 장밋빛이다. 로즈 매더에 물을 많이 올려 그린 꽃잎.

니은은 모자를 벗고 머리를 돌려 가며 거울에 비춰 보았다. 모자가 잘 어울릴 거란 생각이 들기까지 그 사람은 얼마나 여러 번 내 머리를 들여다보았을까? 혼자 하는 짐작마저 설레었다. 그저 해 본 말일 수도 있을 텐데, 샘솟는 설렘을 누르긴 싫었다.

손빗으로 머리카락을 쓸어내린 뒤 모자를 다시 눌러썼다. 거울 속의 자신이 새로웠다. 지금까지 모르고 지내 왔던 또 하나의 모습을 발견한 것만 같았다. 니은은 거울을 보며 환하게 웃어 보았다.

"예쁘네."

스스로에게 처음으로 말해 주었다.

창가에 앉아 있던 유번에게 다가가 맞은편에 앉으려던 니은은 반짝 놀랐다. 탁자 위에 똑같은 모자가 놓여 있었다.

"싫어한다면서요?"

말속에 즐거운 투정이 섞였다. 유번이 대수롭지 않다는 얼굴로 대꾸했다.

"싫어하는 거지, 무서워하는 건 아니니까."

"우기기는."

웃으며 갚아 주었다. 진짜로 커플이 된 것 같았다.

"오늘부터 1일."

설레는 맘으로 말해 버렸다. 째깍째깍, 가슴속에서 초침 소리가 울려 댔다.

"오늘까지 7일."

유번이 정정했다. 특유의 담담한 목소리로.

그림이 꿈인 여자라……

유번은 복잡한 감회에 사로잡혔다. 꿈이라는 영롱한 말 뒤에 숨겨 둔 열망이 엿보였다. 밀어 두었다는 말에 스민 안타까움도 선연했다. 이명에 갉아먹히기 전까지 유번에게 그림은 꿈이자 삶이었다. 이유는 다르겠지만 밀어 두었다는 것도 같다.

오렌지 하모니카. 가족의 상흔. 그리고 그림.

우연이라고만 하기엔 겹치는 요소들이 여럿이었다. 우연이 아니라면 무엇일까, 이 신기한 겹침은.

모래밭에서 니은이 손을 흔들었다. 모자를 눌러쓴 모습이 상큼했다. 기울어 가는 오후의 빛살이 니은의 머리 위로 눈부시게 내렸다. 화폭에 담고 싶었다.

유번은 손에만 쥐고 있던 모자를 머리에다 누르고 니은에게로 걸어갔다. 발밑에서 마른 모래가 부드럽게 사각거렸다. 가까이로 다가선 유번 주위를 맴돌며 쳐다보더니 니은이 말했다.

"잘생겼네요."

뒤이어 덧붙였다.

"뒤통수가."

혀라도 날름 내미는 것 같은 말투였다. 키드득거리며 니은이 물었다.

"두근거렸죠?"

유번은 한 손으로 니은의 허리를 바싹 끌어당겼다. 몸과 몸이 맞닿았다. 니은이 놀라 동그래진 눈으로 코앞의 유번을 쳐다보았다.

"이쯤은 돼야 두근거리겠지."

포고하듯 말하고서 놓아주었다. 손끝에 남은 감촉이 아쉬웠다. 짧은 순간 몸에 머물렀다 떠난 체온도.

멍해 있는 니은을 두고 유번은 걸음을 옮겼다. 차르르르, 밀려왔다 물러나는 파도 소리가 아득했다. 기척이 없어 돌아보니 저만치서 니은이 바삐 걸어가고 있었다. 바다와 멀어지며 모래밭을 벗어나는 중이었다. 화라도 난 건가, 맘이 덜컹했다.

"서니은 씨."

돌아보지 않았다. 좀 더 높여 불렀다.

"서니은 씨!"

분명 들렸을 텐데, 니은은 해안선을 따라 길게 뻗은 담벼락 쪽으로 내처 걷기만 했다.

"서니은!"

비로소 니은이 돌아섰다. 활짝 웃고 있었다. 유번을 향해 어서 오라고 손짓도 했다. 후, 안도의 숨이 흘렀다. 유번이 다가가는 동안 니은은 그만큼 뒤로 물러갔다.

뒷걸음질로 모래밭을 빠져나간 니은이 벽의 한 지점에 찰싹 붙어 섰다. 관광객을 위한 포토 존으로 천사의 날개를 커다랗게 그려 놓은 곳이었다. 니은이 푸른 양쪽 날개에다 두 팔을 겹쳐 펼치고서 파닥거려 보였다. 얼굴엔 여전히 웃음이 남실댔다. 사랑스러웠다.

유번은 휴대폰을 열어 니은을 사진에 담았다. 니은이 짓는 여러 가지 표정들이 유번의 휴대폰에 쌓였다. 니은에게 바짝 다가섰다. 뺨이 살짝 상기된 니은을 내려다보며 불현듯 어떤 물음이 유번의 머릿속으로 파고들었다.

만일 막막한 생이 준비해 둔 찬란한 선물이라면?

"집 없는 천사?"

대답을 기대한 말은 아니었다. 어쩌면 방금 자신에게 파고든 물음에 대한 인정이며 수긍일지도 몰랐다.

잠시 유번과 눈만 맞추고 있던 니은이 꼭 다문 입술을 열었다.

"나는, 고아예요."

고백 같은 말이 마음을 긁었다. 집을 들먹이지 말 것을 그랬다. 글자 그대로의 의미이건, 말하고 싶지 않은 것들이 많으니 더는 묻지 말라는 의미이건 상관없었다. 다만 위로처럼 말해 주었다.

"나랑 같네."

"아……."

니은의 눈빛이 왈칵 흔들렸다. 어찌할 바를 모르는 것 같은 얼굴로 진짜예요? 묻고 있는 것도 같았다.

유번은 눈으로 끄덕였다. 바다에서 불어온 바람이 니은의 머리카락을 훑었다. 귀밑에서 찰랑대는 머리카락을 만지고 싶었다. 니은에게서 모자를 벗겨 내 이마에 붙은 머리카락들을 떼어 뒤로 쓸어 넘겼다. 머리가 길어도 예쁘겠구나, 생각했다.

만약 지금 입술을 가진다면 미친놈 취급을 받겠지. 7일이나 되었다고 우겨도 소용없겠지. 멀리 물러나 버리겠지. 선물을 금세 뺏기면 서럽겠지.

유번은 니은의 머리에 모자를 도로 씌워 주었다. 니은이 천사의 날개를 벗어났다. 바다 쪽으로 몇 걸음 걸어가 구름 없는 하늘을 바라보았다. 오래 혼자 서 있어 온 것만 같은 뒷모습이 애잔했다. 곁으로 가 서자 니은이 말했다.

"내가 제일 좋아하는 색이에요. 깊고 맑은 물빛의 하늘색."

"세룰리안블루."

니은이 유번을 돌아보았다. 두 눈에 반가움이 반짝였다. 꿈이 그림인 이 여자에게 물감을 사 주고 싶었다. 꿈으로만 두지 않게 해 주고도 싶었다.

외면해 온 세계로 다시 들어가는 일, 가능할까. 그래도 괜찮을까. 지금처럼 평화로울까. 니은과 함께라면.

유번은 하늘로 시선을 올렸다. 세룰리안블루의 하늘이 투명했다.

5

파랑이라 하지 않고, 세룰리안블루라고 했다.

그 남자, 유번.

'나랑 같네'라고도 말했다.

몰랐다. 그런 줄 알았으면 고아라는 말을 결코 입에 올리지 않았을 것이다. 사실을 말하지 못해 미안했다. 심리적 고아 상태를 의미한 거라고, 고아나 다름없는 정서를 표현한 거라고 말했어야 했다. 하지만 차마 그러지 못했다. 그러기엔 그 순간 남자의 눈빛이 너무도 깊었다. 동질감을 위로로 건네는 사람에게 차마 말을 뒤엎을 수가 없었다.

매일 밤 전화로 담담히 하루의 안부를 물어 오는 사람.

존재만으로도 온 하루를 두근거림과 설렘으로 채워 버린 사람.

낯설었던 도시를 첫날부터 반짝이게 만들어 준 사람.

언젠가 바로잡을 기회가 있으리라, 미루었다. 관계가 지금보다 견고해졌다고 믿어질 때. 어떤 얘길 들어도 잡은 손 놓지 않으리라 여겨질 때.

내일이면 만난 지 꼭 2주째다. 그리고 유번이 예약해 둔 밤의 시티 투어 버스를 타는 날이기도 했다.

여행지에서는 시간이 마법처럼 흘러간다. 밋밋했을 일상과는 달리, 은파에서 보낸 2주는 촘촘했다. 기다려 온 내일은 아마 더욱 그러할 테다.

새하얀 시트와 베갯잇들이 널린 빨랫줄 사이에 서서 니은은 눈을 감았다. 비가 내렸던 주말을 지나 더 맑아진 봄날, 감긴 눈 속에서 빛의 입자들이 몽글거렸다.

"똑똑똑."

입으로 노크하는 소리에 니은은 눈을 떴다. 빨랫줄 저 끝에 걸이 서 있었다. 어젯밤 늦게 와서 오전 내내 자더니, 이제야 일어난 모양이었다. 손가락 사이에 낀 담배에서 흐린 연기가 피어올랐다. 니은은 콧날을 찡그렸다.

"빈속에 담배 안 좋대요."

"딴생각만 골몰한 줄 알았더니 내 걱정을 다."

건들거리는 말에다 클클, 웃음을 보탰다. 하여튼 유번과는 달라도 너무 다르다. 둘이 어떻게 친해진 건지 모르겠다.

"걱정한 거 아니고요. 빨래에 냄새 밸까 봐요."

"만났어요?"

무엇을 묻고 있는지 알았다. 시침 떼기도 쑥스러워서 짧게 대답했다.

"네."

"유후!"

환호하는 걸을 니은은 의아한 얼굴로 쳐다보았다. 그저 질러 보는 게 아니라 정말 기분 좋아 보였다.

"어디서 만났어요? 뭐 했어요, 둘이? 어디 어디 다녔어요? 케이블카도 탔어요?"

작정하고 물어 대기 시작한다.

"비밀인데요."

"형한테 물어보면 다 알게 될 텐데, 비밀은."

"그럼 직접 물어보던가요."

유번이 걸에게 시시콜콜 말해 주진 않을 거란 생각이 들었다. 그럴 타입이 아니라고 생각했다. 니은 역시 마찬가지였다. 걸뿐만 아니라 다른 누구에게도 그날 풍경을 세세히 묘사하지는 않을 것이다.

소중히 품고서 둘만의 시간으로 간직하고 싶었다. 천사의 날개를 등지고 서서 유번의 오롯한 눈길을 받을 때, 모자가 벗겨질 때, 머리카락에 손길이 닿을 때. 어떤 일이 벌어지든 뿌리치지 않겠다고 혼자 상상해 버렸던 그 순간마저도.

"그러지 말고 말해 봐요. 궁금해서 미칠 것 같으니까."

"왜 그렇게 궁금한데요?"

"궁금한데 이유 있나? 궁금하니까 그러는 거지. 첫 데이트

어땠어요? 재미있었어요? 뭐 먹었어요, 둘이?"

성가시니까 그쯤이야 대답해 줘도 되겠지. 말해도 어차피 모를 테니 점심 때 먹은 음식 이름을 대기로 했다.

"같이 냠냠."

걸의 얼굴에 놀라움이 떴다. 걸이 담뱃불을 바닥에 눌러 끄고 니은에게 다가왔다.

"거기 갔어요? 또와?"

"또와?"

그게 뭐지? 생각하던 니은은 아, 하고 깨달았다. 그 퓨전 식당 이름이 불어로 쓰여 있어 제대로 읽지 못했던 기억이 났다. 글자 구성을 돌이켜 보니 한글을 불어인 척 써 놓은 거였다.

"또 오라고 또와?"

웃으며 중얼거리는 니은에게 걸이 재촉하듯 물어 왔다.

"진짜 거기 갔어요?"

"네. 왜요?"

"하."

탄성인지 한숨인지 모를 소리를 나지막하게 내고서 걸이 미소를 지었다. 의미심장한 미소를 보며 물었다.

"잘 아는 곳이에요?"

"괜찮았어요?"

"네, 괜찮던데요? 분위기도 좋고 음식도 다 맛있었어요. 음식 이름들도 재미있고."

"그러니까 다 괜찮았다는 거네? 형도?"

"그렇다니까요?"

걸이 끄덕였다. 미소가 확연히 웃음으로 바뀌었다. 좋은 소식이라도 들은 사람 같았다. 잠깐 사이에 감정 변화가 참 다양하다. 다큐를 주로 찍는 VJ(Video Journalist)*라더니, 배우를 해도 되겠다.

"근데 이름이 외자예요?"

"나요? 형한테 못 들었어요?"

니은은 끄덕였다. 유번도 할머니도 모두 걸이라고만 했으니까.

"내 풀 네임은 알아서 뭐 하게?"

말투가 삐딱하다.

"하긴 뭘 해요. 다들 걸이라고만 부르니까 외자 이름인가 해서 그러……."

"언제 또 만나요?"

말을 자르며 또 묻는다. 형한테 못 들었느냐 묻는 걸로 봐서 외자는 아닌 듯한데, 굳이 말 안 하려는 건 뭐지?

"이름이 국가 기밀이라도 되나 봐요?"

대답은 없이 걸이 크크 웃었다. 니은의 휴대폰에서 노랫소리가 울리기 시작했다.

"전화 왔다."

---

*Video Journalist: 비디오카메라를 사용하여 혼자서 영상 보도 자료를 제작하는 사람.

걸이 반색했다.

"형인가?"

멋대로 추측까지 덧붙였다. 휴대폰을 꺼내면 잡아채고 확인이라도 할 기세였다.

니은은 총총 걸어 걸과 반대쪽으로 빠져나왔다. 뒤에 남은 걸이 벨소리에 맞춰 '루저' 노랫말을 즐겁게 흥얼거렸다.

\}}}}}}\,

브로슈어 위로 그늘이 드리웠다. 유번은 고개를 돌렸다. 김 군이었다.

"형, 차 사려고요?"

기대에 부푼 얼굴로 사뭇 반갑게 물어 왔다. 스쿠터로는 모자라서 차까지 훔쳐 타고 다니려고? 헛웃음이 났다.

"누구 좋으라고."

"에이, 설마 제가 차까지 욕심낼까 봐요? 그런 짓은 절대로 안 하죠."

김 군이 '절대로'에 힘을 주어 말했다. 유번은 책상 위의 브로슈어로 눈길을 내렸다.

"살 거죠, 형? 안 그럼 그걸 들여다보고 있을 리가 없어. 지난번에 영업맨이 그거 갖고 왔을 땐 거들떠도 안 봤잖아요."

"생각 중이야."

"완전 환영! 잘 생각했어요."

격려라도 하듯 김 군이 유번의 어깨를 툭툭 두드렸다.

"조만간 스쿠터는 찬밥 되겠네? 그럼 이제 스쿠터 관리는 내가 맡아야겠다."

혼자 묻고 대답하더니 신나게 스텝을 밟으며 휘파람까지 불어 댔다. 미워할 수 없는 녀석이다.

서니은, 그 여자도 반가워할까.

차의 유무에는 신경도 안 쓰는 것처럼 보였지만 기꺼워해 주었으면 싶었다. 너 때문에 휴일을 기다리게 되었다고, 너 때문에 섬을 나서고 싶어진다고, 너 때문에 생각도 없던 차 구매를 고민하고 있다고 하나하나 말하진 않을 테지만.

유번은 브로슈어와 함께 받아 놓은 명함을 꺼내 통화를 했다. 관리소장과 친분 있는 딜러가 오늘 당장 오겠다고 했다.

집 차고에 7년째 방치되어 있는 어머니의 차를 떠올렸다. 사고는 아버지 차로 났다. 운전도 아버지가 했다. 밤이었다. 어머니를 태우고 완공 직후의 오렌지 하모니카로 달려가던 길이었다.

한밤에 왜 두 분이 그리로 급히 달려갔어야 했는지는 끝내 들을 수 없었다. 아버지는 즉사했고, 어머니는 처참한 상태로 실려 갔지만 응급실에서 숨을 거두었다. 아버지의 차를 들이받은 상대 운전자도 현장에서 사망했다.

유번은 음주운전을 했던 가해자가 죽어서 다행이라고 생각했다. 끔찍한 사고에서 그가 살아났다면 걸과 자신 중 하나는 살인자가 되었을지도 모르니까.

죽여 버리겠다고 미쳐 날뛰며 장례 내내 눈물을 쏟은 사람은 걸이었다. 온몸을 태울 듯한 분노와 감당할 수 없는 슬픔을 묵묵히 견딘 쪽은 유번이었다. 아마 그가 살아 있었다면 걸보다는 자신이 실행으로 옮길 가능성이 더 높지 않았을까, 생각이 들곤 했다.

게스트 하우스 오렌지 하모니카는 건축가와 디자이너로서 협업해 온 아버지와 어머니가 세상에 남긴 마지막 작품이자, 유번의 스물두 번째 생일 선물이었다.

"형, 차종은 정했어요? 색깔은요? 언제쯤 나온대요? 오래 걸리진 않겠죠?"

김 군이 유번의 상념을 흩뜨려 주었다. 촐싹대는 질문들이 고마웠다.

"색깔은⋯⋯."

유번의 말을 기다리며 김 군이 침을 꼴깍 삼켰다. 유번은 휴대폰을 들고 일어섰다.

"알았다. 결정권은 안물안궁에게. 내 말 맞죠?"

영리하게 넘겨짚는 김 군을 내버려 두었다. 슬그머니 웃음도 났다.

"어, 형 웃었다. 생각만 해도 웃음이 난다, 이거예요? 대박. 여친 맞네!"

그런 거 아니라고 교정하지 않았다. 방을 나온 유번은 사택 뒤뜰로 돌아가 휴대폰을 열었다. 곧 니은의 목소리가 들렸다.

—니은이에요.

"지금 통화 괜찮아요?"

―괜찮아요.

"뭐 하고 있었어요?"

―방금 마당에다 빨래 다 널고, 볕이 좋아서 눈 감고 해바라기 했어요.

"눈 감고 해바라기라."

―햇빛 아래 눈 감고 가만히. 그럼 감은 눈 속에서 빛들이 도도도 떠다녀요.

"도도도? 빛치곤 수다스럽네."

니은이 웃었다. 귓가에 번지는 웃음소리가 다정했다.

"점심은?"

―이제 먹으려고요. 할머니가 된장찌개 끓이시나 봐요. 구수한 냄새가 여기까지 날아오고 있어요.

"된장찌개 부심 대단하신 분인데, 두 그릇 먹어야겠네."

―밥 친구니까 세 그릇도 먹어 드릴 수 있어요.

"통통해지겠다."

―통통해지면 싫을까?

"솔직하게?"

―솔직하게.

"솔직히 마른 것보단 낫지."

―진짜요? 그럼 이제부턴 세 그릇씩 먹어야 할까 봐.

유번은 웃었다. 전화 저편에서 니은이 함께 웃었다.

―어쩐 일로 낮에 전화를 했어요? 혹시…… 보고 싶어서?

유번은 또 웃었다. 대답을 기대하고 있을 니은의 표정이 눈에 선했다. 조금 수줍고 조금 용감하고 조금은 설레는, 그런 얼굴. 아니라고 말할 수 없었다.

"차는 어떤 색 좋아해요?"

―차요? 음, 딱히 좋아하는 색 없는데. 갑자기 그건 왜 물어봐요?

'은아!' 하고 부르는 소리가 전화 너머에서 들려왔다. '번아!' 하고 부르던 그 어조 그대로였다.

"들어가 밥 먹어요. 차 색깔 생각해 놓고."

―숙제예요?

웃음 섞인 물음에 웃으며 그렇다고 대답했다. '알았어요' 라는 말을 끝으로 귓가의 니은이 사라졌다. 아쉬웠다. 귓가에다 목소리를 더 잡아 두고 싶었다.

유번은 나무 사이로 내리는 빛줄기 아래에 섰다. 고개를 들고 두 눈을 감았다. 눈두덩으로 빛의 파장이 점멸했다.

"이렇게 하는 건가, 눈 감고 해바라기는."

니은의 한 순간을 그리며 나직이 뇌었다.

같이 있고 싶었다. 지금.

"손님 왔습니다."

걸의 목소리였다. 니은은 걸레를 쥐고 몸을 일으켰다. 계단 아래에서 걸이 싱긋거리고 있었다. 할머니랑 셋이서 점심을 먹을 때도 싱글벙글. 허파에 바람 들어갔냐고 할머니한테 한소리를 듣고도 계속 저런다.

지난 주말엔 접수며 안내는 물론이려니와 청소까지 쓱쓱 잘도 하더니, 오늘은 웃는 걸로만 때우려나 보다. 안내 좀 해 주지, 그러려다 말았다.

계단을 내려온 니은에게 걸이 눈을 찡긋하며 말했다.

"서니은 씨 손님."

설마 유번? 그럴 리가 없다는 걸 알면서도 가슴이 콩닥거렸다. 걸이 니은의 손에서 걸레를 가져갔다. 얼른 나가 보라고 턱짓을 했다. 니은은 복도에 걸린 거울을 들여다보며 머리와 옷매무새를 살폈다.

"니은아!"

우렁찬 부름의 주인공은 은실이었다.

"은실아."

은실이 폴짝폴짝 뛰어와 니은을 얼싸안았다. 계단참에 걸터앉아 팔짱을 끼고 지켜보던 걸과 눈이 마주쳤다. 호기심 충만한 얼굴이었다.

니은은 은실의 감격에 찬 포옹을 풀어내고 물었다.

"여긴 어떻게 알고 왔어?"

"소을 선배한테 물어봤지. 근데 넌 나 안 반가워?"

은실이 곱게 눈을 흘기며 입도 삐죽였다.

"당연히 반갑지. 연락도 없이 나타나니까 놀라서 그래."

"딱 봐도 실망 각인데?"

걸이 끼어들었다. 은실의 시선이 걸에게 돌아갔다. 앉은 채 걸이 고개만 까딱했다. 은실이 니은에게 눈으로 물었다.

누구?

"아, 여기 주인 할머니 손자 분이셔."

니은의 소개에 은실이 걸에게 고개를 까딱이며 인사했다.

"안녕하세요, 니은이 친구예요."

걸이 은실 앞으로 다가와 진지하게 말했다.

"미리 경고해 두는데, 나한테 반하지 말아요. 내 취향 아니거든, 그쪽."

니은은 새어 나오는 웃음을 막으려 입을 가렸다. 뭐라 대꾸할 새도 없이 뚜벅뚜벅 복도를 걸어간 걸이 뒷문을 열고 주차장으로 나가 버렸다. 기가 막힌다는 얼굴로 은실이 중얼댔다.

"뭐래니, 쟤?"

"자뻑 레퍼토리야. 여자만 보면 읊어 대는 듯. 신경 쓸 거 없어."

"너한테도 그랬어?"

"응. 그땐 되게 황당했는데, 또 들으니까 재밌네."

"저 인간이랑 여기서 같이 지내는 거야?"

"아니. 주말에만 일 도와주러 들르나 봐. 들어가자. 할머니한테 인사도 드리고."

니은은 은실을 내실로 이끌었다. 할머니 앞에서 은실이 공손히 허리를 숙였다.

"안녕하세요, 할머니. 저 니은이 친구 은실이에요. 니은이 보고 싶어 달려왔어요. 우리 니은이 잘 부탁드립니다."

"목소리 한 번 시원하다. 다리도 튼실하고."

할머니가 태연스레 덧붙인 말에 니은은 또 웃음을 참아야 했다.

"다, 다리도 튼실⋯⋯. 헤헤, 원래 제가 모델 뺨치게 날씬한 데요. 요즘 이별 스트레스 땜에 폭식을 했더니만 살이 살짝 붙어서요, 할머니."

"그 원피스 어디서 샀어?"

"이거요? 동대문에서요. 왜요, 할머니?"

"예뻐서 그러지."

"어머, 감사합니다!"

"얼마 줬어? 돈 줄 테니, 다음에 올 때 그런 스타일로 하나 사다 줄래?"

"손녀 분 선물하시게요? 사이즈가 어떻게 되는데요?"

"내가 입을 건데."

"네에? 할머니가요?"

"뭘 그렇게 놀라? 다리 튼실한 너도 입는데 나라고 소화 못 시키겠어? 내가 뱃살은 좀 있어도 다리는 너보다 훨씬 날씬할 걸?"

"설마요, 할머니."

"설마가 사람 잡는 거 몰라?"

옆에서 둘의 대화를 듣고 있던 니은은 웃고 말았다. 은실이 입은 하늘하늘한 봄 원피스가 니은의 눈에도 예쁘긴 했다. 과하지 않게 흩뿌려져 있는 꽃무늬도 고왔다.

무릎이 동그랗게 드러나는 원피스를 입고 나가면 유번은 어떤 표정이 될까. 예쁘네, 그럴까. 담담하게 툭 던지는 목소리가 들리는 것 같아 문득 두근거렸다.

"기왕 폭식하는 김에 내 된장찌개 한 번 먹어 볼 테야?"

은실의 대답도 듣기 전에 할머니는 주방으로 걸어가고 있었다. 은실이 허락을 구하듯 니은을 돌아보았다. 니은은 끄덕여 주었다.

할머니를 따라 들어가며 은실이 호들갑스럽게 말했다.

"안 그래도 아침을 부실하게 먹고 와서 무지무지 배고팠는데 잘됐다. 덕분에 감사히 잘 먹을게요, 할머니."

니은과 할머니가 지켜보는 가운데 은실은 밥 두 공기를 깨끗이 비웠다. 할머니의 된장찌개를 향해 연신 엄지를 들어 보이면서. 뿌듯해하는 할머니 얼굴이 니은의 맘도 편안하게 해주었다.

"참, 니은아. 너희 할머니 드라마에 나오는 거 알아?"

뜬금없는 은실의 말이 바로 이해되지 않았다. 멀뚱해진 니은을 앞서 할머니가 눈을 빛내며 물었다.

"니은이 할머니가 탤런트야?"

"헤헷, 그건 아닌데요. 요즘 최고 인기 드라마에 니은이네 할머니랑 똑같은 사람이 나오걸랑요. 케이블에서 재방송할 시간인데. 어, TV가 없네?"

거실을 둘러보는 은실에게 할머니가 모의라도 하듯 상냥하게 말했다.

"내 방에 있단다."

"오호."

은실이 손뼉을 연거푸 쳐 댔다. 방으로 향하는 할머니를 뒤따르며 은실이 니은의 귀에 속삭였다.

"너희 할머니랑은 하늘과 땅이다. 네가 왜 여기서 지내는지 알겠어."

니은은 미소로 동의했다. 엄마가 떠난 뒤 할머니네 집에서 지내야 했던 지난 3년. 그동안 은실이 니은을 찾아왔던 건 딱 한 번. 니은이 초대한 것은 아니었다. 오늘처럼 무턱대고 찾아든 은실 앞에서 할머니 눈치를 보며 전전긍긍했던 기억이 생생하다.

은실은 한 시간 남짓 머물렀다 돌아가며 니은한테 불평했다.

"숨 막혀 어떻게 사니?"

불평의 외피를 쓴 공감이었다. 그날 이후 은실은 니은을 보러 오지 않았다. 대신 세 자매가 복닥거리는 제집으로 자주 니은을 불러들였다.

할머니가 TV를 켜자 은실이 리모컨을 눌러 채널을 찾았다. 은실이 말한 드라마는 사회성 짙은 미니 시리즈였다. 은실의 말은 과장이 아니었다. 인물을 둘러싼 공간적 배경과 직업, 캐릭터까지 모든 게 똑같았다.

고적한 골목. 끝 모르도록 이어지는 담장과 차갑게 닫힌 대문. 넓고 깊은 정원. 시선을 압도하는 한옥 형태의 대저택. 그것들을 차근차근 훑어 들어간 카메라가 고요한 방 안에 앉아 있는 니은의 할머니를 비췄다. 아니, 할머니의 자태를 빼닮은 노배우였다.

할머니 앞에 무릎 꿇고 머리를 조아린 정장 차림의 남자. 비굴한 그 뒤태를 보며 니은은 아빠를 연상할 수밖에 없었다. 할머니의 눈에서 시퍼런 냉기가 흘렀다. 너무도 흡사했으므로 저분 연기력이 끝내주는구나, 쓴웃음을 지으며 생각했다.

"저 카리스마 봐라. 너희 할머니랑 빼박이지?"

은실에게 니은은 그저 웃어만 보였다. 드라마 속 인물과는 좀 다르다고 설명하지 않았다. 은실이 모르는 부분들이 많았다. 드라마의 캐릭터는 할머니에 대한 은실의 선입관을 좋은 방향으로 희석시켜 줄 수도 있었다.

하지만 현실의 할머니는 저렇지 않다. 할머니는 저 드라마에서처럼 남몰래 돈을 풀어 정의로운 일에 몸담지 않는다. 쓸모없는 일에는 돈 한 푼 쓰지 않는다. 쓸모는 물론 할머니 당신이 결정한다. 할머니에게 니은은 태어날 때부터 지금까지 '쓸모없는 것'이었다.

니은은 드라마를 다 보지 못하고 방에서 나왔다. 주방에서 오렌지 껍질을 까고 있는데 할머니가 다가왔다.

"너희 할머니도 큰손이냐?"

농담조로 물어 왔다. 니은도 웃으며 가볍게 대답했다.

"그럴걸요?"

"흠, 밥 친구는 필요 없어 보이더라."

"그래서 제가 여기 왔나 봐요."

"잘 왔다."

마치 유번처럼 덤덤한 한마디였다. 할머니가 니은의 손목을 꼭 쥐었다 놓았다. 눈시울이 따끔했다.

⁂

저녁 순찰을 돌고 사택에 다다랐을 무렵, 휴대폰이 울렸다. 걸이었다. 유번은 전망대 앞 계단에 걸터앉아 전화를 받았다.

—유번 씨.

걸이 애교라도 부리듯 끝을 길게 늘였다.

"징그럽게 뭐야."

—좋아서.

"뭐가."

—장유번이.

"할 말 있으면 그냥 해라. 빙빙 돌리지 말고."

낄낄거리는 걸의 웃음소리가 건너왔다.

"자주 온다?"

—나 온 거 어떻게 알았어?

오후에 차 색깔 문제로 니은과 다시 통화할 때 들었다. 남자 친구 있다는 그 친구가 내려왔다는 것도. 니은이 내일은 친구를 보내고 나서 저녁에 만나자고 했다. 어차피 시티 투어 버스도 밤에 타기로 되어 있긴 했지만 더 많은 시간을 같이 하지 못해 아쉬웠다.

"쓸데없는 소리 안 했지?"

—누구한테?

"서니은."

—오올!

놀리듯 걸이 탄성을 내질렀다. 걸이 전화한 이유가 니은이라 짐작하는 건 어렵지 않았다. 거짓말을 못 할 니은이 걸의 유도 신문에 어느 정도까지 말려들었는지 궁금했다. 한편, 걸이 니은을 자주 보게 되면서 어떤 감정이라도 생겨나는 것이나 아닌지 우려스럽기도 했다.

"너 만나는 사람 있어?"

그저 떠보려는 것만은 아니었다. 누군가의 전화를 받고 즉시 일어나 나갔던 지난주 토요일 밤을 염두에 둔 질문이었다. 길지 않은 통화 도중 걸은 들뜬 것도 같고 조바심에 찬 것도 같았더랬다.

—달 여사 말이야. 아무래도 수상해.

걸이 딴소리를 했다.

"말 돌리는 네가 더 수상해."

—진짜라니까? 오늘도 2시에 나가서 이제야 들어왔다고.

할머니는 월요일마다 봉사 활동을 다닌다. 지역 아동 센터 곳곳에서 소외된 아이들을 돌보았다. 오래전부터 해 온 일이고 당연히 걸도 알고 있는 사실이다.

—내가 모시러 간다는데도 극구 오지 말라면서 어느 동넨지 가르쳐 주지도 않는 거야.

그리고 할머니는 월요일 중 두어 달에 한 번쯤은 비워 둔 집으로 간다. 유번의 가족들과 할머니가 함께 살았던 집을 환기도 시키고, 먼지도 털고, 청소도 한다. 그 또한 걸은 알고 있다. 다른 날보다 귀가가 늦어졌다면 집에 들렀을 가능성이 높다. 빈집에서 혼자 우셨을까.

"집에 들르셨겠지."

—아니야. 집엔 안 가셨어.

단정하고는 걸이 바로 덧붙였다.

—내가 갔었거든, 집.

마음이 뭉클하면서도 아렸다. 서울에서 혼자 지낸 이래로 걸은 은파에 내려와도 집에는 거의 가지 않았다. 가위 눌리듯 가슴이 뻐근해져서 집에서는 도무지 잠을 잘 수가 없다고 했다. 형만 그런 거 아니라고, 그러니 외면에 대해 너무 자책하지 말라며 걸이 해 준 말이었다.

"걸아."

—응?

"나 정말 괜찮을지도 몰라."

—괜찮아야지. 괜찮을 거야, 형. 진짜로 괜찮아질 거야. 날

마다 내가 기도하걸랑.

"종교도 없는 녀석이 기도는."

―절대자한테 비는 것만이 기도는 아냐. 무언가에 마음을 간절히 하나로 모으는 거, 난 그게 기도라고 생각해.

다시금 뭉클해졌다. 걸에겐 보이지도 않을 텐데 고개만 끄덕였다.

―형.

"그래."

―있어, 여자.

갑작스런 고백에 묘한 안도감이 들었다.

―그런데…….

"그런데?"

―기다려야 돼.

"군대라도 간 거야?"

무거워지지 않게 하려 웃으며 물었더니 걸도 킥킥 웃었다. 유학 떠날 여자인가. 의외였다. 학구파는 걸의 취향이 아니었으니까.

―미치겠는데. 1년을 어떻게 기다리지, 형?

1년. 니은이 오렌지 하모니카에 머무르기로 한 시간. 잠시 머물다 떠나 버리지 않을 테니 넉넉하다고 생각했는데. 그렇지 않다. 닥쳐오지도 않은 그 1년 뒤가 어느새 안타깝다.

―아니다. 8개월이구나. 정확히 8개월하고 열흘.

"8개월쯤 금방 지나갈 거야."

―지나간다. 지나간다. 지나간다. 지나간다. 지나간…….

"뭐 하는 거야?"

―나를 위한 주문. 장유번한테도. 괜찮아진다. 괜찮아진다. 괜찮아진다. 진짜로 괜찮아진다!

유번은 뭉클해진 채로 고개를 끄덕였다.

―형, 달 여사가 서니은 씨 예뻐하더라.

"예쁘잖아."

―뭐야! 그 오글오글한 발언. 장유번답지 않아!

질색에 타박을 하면서도 걸에게선 웃음이 멈추질 않았다. 유번도 미소 지었다. 니은에 대한 마음을 표명해 버린 셈이라 그런 자신이 스스로도 놀라웠다.

―우리 사이는 언제 말할 거야? 입이 간질거려 죽겠다고.

이명에 대해 말하지 않고도 상황을 설명할 방법이 있을까. 시간의 상처를 헤집지 않고도 현재를 납득시킬 수 있을까. 걸과 할머니, 둘과의 관계만을 함축적으로 말하면 그녀는 더 묻지 않을지도 모른다. 고아라는 말에도 더 캐묻지 않고 끄덕였듯이.

그렇지만 내심 궁금하겠지. 고아는 과거에 속하고 관계는 현재니까. 과거는 더 말하지 않아도 상관없지만, 현재는 이해할 만한 풀이를 필요로 할 테니까. 현재를 설명하려면 결국 이명으로 돌아온다. 입에 올리기도 싫은 그 두 글자로.

일시적인 증상이라면 모를까. 수년째 이명에 시달려 왔다는 것을 니은은 물론이거니와 그 누구에게도 말하고 싶지 않다.

잠시 사라졌으나 언제 다시 찾아들지 몰라 두려움을 시한폭탄처럼 안고 산다는 것을.

그 두려움 때문에 나약한 남자로 오해받고 싶지 않다. 어딘가 탈이 나 있는 사람, 고질적 문제를 안고 고통에 물들어 있는 인간으로 취급받고 싶지도 않다. 여자로부터 안쓰러운 눈빛을 받는 남자이기는 더더욱 싫다. 완전히 괜찮아졌다 해도 가능한 한 과거로 묻어 두고 싶다.

─오늘은 내 이름 외자냐고 묻던데. 나한테 관심 생긴 건 아니겠지?

"닥쳐."

걸이 크크 짓궂게 웃어 댔다.

"곧 말할 거니까 그때까진 참아."

─알았어.

걸과 통화를 마친 뒤, 유번은 할머니의 휴대폰으로 전화를 걸었다. 먼저 거는 것은 오랜만이었다. 언제 올 거냐는 말이 매번 어깨를 짓눌렀고, 마음이 더 힘들어 오는 전화만 받게 되곤 했다.

─번아!

반가움 가득한 부름이 뛰어나왔다.

─잘 지내고 있지? 밥은 잘 먹고? 어디 아픈 데는 없어?

언제나처럼 안부가 와르르 밀려들었다.

"건강하시죠?"

─나야 건강하지. 오늘도 아동 센터 애들 만나고 왔는데?

"늦으셨다면서요."

─걸이가 그래? 고 녀석 그새 고자질이야. 괜히 지 형 걱정
이나 시키고.

"걱정은 걸이가 했어요."

─내가 모를 줄 알고? 네 목소리 들으면 딱 알아. 단박에
전화한 것만 봐도 그렇고. 걱정 말아. 오늘은 거기 사정이 좀
그렇게 돼서 늦었어. 그냥 돌아서자니 눈에 밟히는 애가 있어
서.

"힘드시잖아요. 거기 일은 담당자들한테 맡기고 다음부턴
정해진 시간만 하고 오세요."

청춘도 아닌데, 라는 말은 입안에 두었다. 오렌지 하모니카
를 맡게 되면서 젊어서부터 신명 나게 해 왔던 봉사 활동을 접
다시피 한 분이었다. 일주일에 하루, 그것도 반나절로 줄이고
는 늘 빚진 마음으로 지내는 할머니께 죄송했다.

적지 않은 나이라 힘에 부치실 텐데, 오렌지 하모니카를 전
적으로 맡겨 둔 죄가 컸다. 팔거나 다른 이에게 세를 주어 운
영을 위임하거나. 둘 중 어느 쪽이든 결사반대일 것을 알기에
처음부터 입도 떼지 못했다. 그림과 함께할 큰아들의 미래를
위해 어머니가 갖은 정성을 다 쏟아부은 곳이었다. 그걸 누구
보다도 잘 알기에 더욱 그랬다.

─알았어, 알았어. 아무 걱정하지 마. 내가 잘 알아서 하니
까. 그리고 나 하나도 안 힘들다. 다 내가 좋아서 하는 일인걸.

'다'에는 오렌지 하모니카도 포함돼 있을 터. 새삼 죄책감

이 유번을 찔러 왔다.

"조만간 찾아뵐게요."

―그럴래?

스프링처럼 튀어 오르는 물음에서 기쁨에 찬 할머니 표정이 환히 그려졌다. 괜찮아진다, 괜찮아진다, 진짜로 괜찮아진다. 걸의 주문을 마음에 되뇌며 유번은 진심을 담아 대답했다.

"네, 그럴게요."

한밤. 옥탑방에 니은과 은실, 할머니까지 셋이서 소꿉친구처럼 옹기종기 모여 앉았다.

열어 놓은 창으로 옥상 정원의 꽃향기가 바람에 실려 날아들었다. 탁자 위엔 오렌지를 넣어 구운 쿠키와 홍차가, 미니 오디오에선 할머니가 선곡한 노래들이 차분히 흘렀다. 곽진언과 김동률, 이적의 노래들. 흐르는 밤과 더불어 이야기도 깊어만 갔다.

"할머니 안 졸리세요? 저희 할머니는 이 시간이면 꿈나라 직행인데."

은실의 말을 할머니가 웃으며 받았다.

"난 아침잠이 좋아. 예로부터 미인은 잠꾸러기라고들 그러잖아, 왜."

"아아, 그래서 할머니가 이렇게 동안 미인이시구나?"

"그럼, 그럼. 지금도 밖에 나가면 남자들이 줄지어 따라와서 내가 아주 귀찮아 죽겠다니까."

언제나 하루하루를 즐기는 듯 지내는 할머니지만 오늘따라 유난히 즐거워 보였다. 은실을 환대해 주는 것 같아 니은은 할머니가 고마웠다.

"은실아, 은실아."

정겹게 이름을 부르는 할머니께 은실도 다정스레 대답했다.

"네, 할머니."

"우리 걸이 어떠냐?"

은실이 터지려는 웃음을 누르며 니은을 돌아보았다. 니은도 웃음을 간신히 가두었다. 저한테 반하지 말라고 습관성 경고를 날리는 걸이 들으면 기함할 소리였다.

"저 남자 친구 있어요, 할머니."

"이별했다면서?"

"와, 할머니 듣기 능력 짱이시다. 그걸 캐치하셨다니."

"헤어진 거 아니야? 이별 스트레스로 폭식한다고 그랬잖아."

민망한 듯 혀를 쏙 내밀고는 은실이 답을 망설였다. 니은이 대신 대답했다.

"애들 계절성 이별증이에요, 할머니. 한 계절에 한 번씩은 이별해 주기. 그러다 금세 또 만나고요."

"그런 거였어? 쳇, 이것들 유별난 사랑 타령에 옆에서 니은이 너만 골치 아팠겠네. 약도 오르고."

"맞아요, 할머니."

은실더러 들으라고 일러 주듯 말했다. 은실도 가만히만 있진 않았다.

"할머니, 니은이는요?"

"니은이는 뭐?"

"걸이 씨 짝으로 니은이는 어떠냐고요."

"니은이는 아냐."

1초도 틈 없이 단호한 대답이었다. 은실이 약간 놀란 표정으로 니은을 보았다. 니은도 좀 머쓱해졌다. 걸한테야 눈곱만큼도 관심 없지만 할머니의 태도가 뜻밖이었다. 확 밀쳐내는 느낌에 살짝 서운해지려고도 했다.

"니은이 섭섭하겠어요, 할머니."

은실이 눙치자 할머니가 생글생글 웃으며 말했다.

"니은이는 우리 첫째 놈."

"첫째 놈이요?"

"응, 딱 우리 첫째 놈 타입이야. 그 녀석이 은근 까다로워서 함부로 들이댔다가 망칠까 봐, 내가 적절한 때를 기다리는 중이거든."

은실이 다시 니은과 눈길을 부딪쳤다. 재미난 사건이라도 만난 듯 웃음기 넘치는 눈이었다. 니은은 조용히 웃기만 했다. 머쓱하던 기분은 가셨지만 그렇다고 썩 반갑지만도 않았다.

할머니가 그런 생각을 하고 있는지는 몰랐다. 유번을 마음에 두고 있지 않았더라도 선뜻 응하기는 어려웠다. 자칫 서로

가 서먹해질 여지가 있을 것이었다. 이곳도, 할머니도 좋아서 좋은 마음 그대로 오래 있고 싶으니까 말이다.

"우리 큰놈 사진 한 번 볼 테야?"

말이 나온 김에 적극적으로 진행시켜 볼 태세였다. 니은은 난감해졌다.

"보여 주세요, 할머니."

신이 난 건 은실이다. 니은은 은실의 소매를 슬며시 잡아당겼다. 돌아보는 은실에게 눈으로 저어 보였다.

왜?

은실이 소리는 내지 않고 입 모양으로만 물어 왔다.

"달 여사님은 가만 계셔."

난데없이 뛰어든 목소리에 셋의 시선이 창 너머로 향했다. 걸이 창턱에 두 팔을 얹고 서서 싱글거리고 있었다.

"내가 가마니냐? 가만있게."

"다 알아서 한다고요."

"밑도 끝도 없이 뭘 다 알아서 한다는 거야?"

"서니은 씨 남자 있어요."

걸의 선언에 셋 다 깜짝 놀랐다. 할머니와 은실의 눈길이 니은한테 꽂혔다. 당황해서 어쩔 줄 모르는 니은에게 할머니가 물었다.

"진짜야? 우리 큰놈 보여 주려고 아껴 뒀더니, 그새?"

실망한 듯한 할머니를 똑바로 볼 수 없어 고개를 숙였다. '남자'라는 말의 무게가 깊었다. 유번과는 이제 갓 남자 친구의 단계에 접어든 시점인데, 잘 알지도 못하면서 제멋대로 공표해 버린 걸이 야속했다.

"그런 줄도 모르고 괜히 헛꿈만 꿨네."

낙담한 할머니를 보며 잘못이라도 한 것처럼 맘이 불편했다. 옆에서 은실이 니은의 팔을 콕콕 찔러 댔다. 어서 전말을 털어놓으란 뜻일 터였다.

"우리 첫째가 얼마나 잘생겼는데. 사진 보면 꼼짝없이 반할걸?"

미련을 버리지 못한 할머니 말에 은실이 관심을 드러냈다.

"그렇게 잘생겼어요? 그럼 저라도 좀 보여 주세요, 할머니."

"남자 친구 있다면서? 그리고 넌 그놈 타입 아냐. 걸이라면 몰라도."

하, 탄식하며 걸이 삐딱하게 대꾸했다.

"내 타입도 절대 아니거든?"

은실이 걸을 휙 노려보았다. 걸도 맞서서 매섭게 눈을 부라렸다.

"그러다 싸우겠다. 그만 내려가 자자."

할머니가 일어났다. 함께 일어난 은실이 할머니에게 팔짱을 끼고는 걸을 향해 입을 삐죽여 보인 뒤 방에서 나갔다. 니은도 곱지 않은 눈길로 창가의 걸을 쳐다보았다. 내가 뭘 어쨌다고? 하는 얼굴로 걸이 두 손을 양옆으로 들어 보였다.

"그런 말은 왜 해요?"

"난 사실을 말한 것뿐인데, 왜? 아하, 잘생긴 우리 형 사진을 못 봐서 무지무지 아쉽나 보네?"

유들유들 이어지는 말이 얄미웠다. 더 대꾸하기 싫어 일어섰다.

"거기 있네, 우리 형."

무슨 소린가 싶어 걸을 돌아보았다. 걸이 턱으로 가리켜 보이는 것은 그림이었다. 오렌지 하모니카.

"저 아이가 그쪽 형이라고요?"

걸이 끄덕였다. 놀리는 것 같진 않았다. 니은은 그림 속 소년을 내려다보았다. 더없이 행복한 웃음을 짓고 있는 아이가 니은을 마주 보았다.

"우리 형 여섯 살 때."

"어쩐지 낯이 익어서 그쪽인가 했어요."

"낯이 익을 수밖에."

니은은 걸을 쳐다보았다. 걸이 어깨를 으쓱하곤 덧붙였다.

"형제는 닮기 마련이니."

당연한 말인데도 뭔가 모를 여운이 남았다. 니은은 그림으로 시선을 내렸다. 그 순간 니은의 휴대폰이 노래를 시작했다. 유번이었다. 반짝 웃으며 전화를 받으려다 걸을 의식했다. 걸이 씩 의미심장하게 웃더니 날렵한 거수경례를 해 보이고는 창가에서 물러났다.

니은은 탁자 앞에 무릎을 감싸고 동그마니 앉았다. 걸이 통통 계단을 내려가는 소리가 들렸다.

"오늘 세 번째네요?"

─그래서 좋다는 건가, 나쁘다는 건가.

살짝 변형했지만 니은의 어법을 흉내 낸 거였다. 니은은 웃으며 대답했다.

"좋다는 거죠."

─뭐 하고 있었는데?

"옥탑방에서 친구랑 할머니랑 얘기하고 놀았어요."

─지금 같이 있어요?

"아니, 좀 전에 내려가셨어요. 친구도요."

─걸이는?

"우리 셋이 노는데, 괜히 끼어서는 분위기만 이상해졌어요."

─그 녀석이 또 쓸데없는 소리 했구나.

그렇다고 하면 무슨 말을 한 건지 물어 올까 봐 화제를 바꾸었다.

"지금은 나 혼자서 그림 보고 있어요."

─오렌지 하모니카?

"네. 걸 씨가 자기 형 어릴 때라고. 그럼 유번 씨, 걸 씨 형하고도 잘 알겠네요?"

대답은 없이 낮은 웃음만 건너왔다. 웃음이 스민 입매가 눈앞에 보이는 듯했다. 그려 보는 것 말고 실제로도 보고 싶었다.

"유번 씨는 뭐 하고 있었어요?"

─헬멧을 감추고 있어.

"헬멧을 왜 감추…… 설마, 왔어요?"

대답하듯 웃음소리가 건너왔다. 마음이 동당거렸다. 시각은 자정을 막 넘어서고 있었다.

─너무 늦었지?

"아니요."

냉큼 대답해 버렸다. 나지막한 웃음소리가 곁인 듯 귓전을 맴돌았다.

─나와요, 그럼.

마음이 급해져 전화를 끊기도 전에 두 발은 이미 옥탑방을 뛰어나가고 있었다. 귓가로 유번의 당부가 건너왔다.

─계단 조심하고.

"어린앤가 뭐."

─계단이랑 인연 있잖아.

계단에서 두 번씩이나 일이 있었으니 틀린 말도 아니었다. 농담을 가장한 배려이므로 순하게 대답했다.

"알았어요."

설렘을 다스리며 계단을 내려가는데, 휴대폰이 다시 울렸다. 또 유번인 줄 알고 얼른 받으려다 멈칫했다. 두 달여 만에 걸려 온 아빠의 전화였다. 하필이면 이런 시각에. 니은은 계단 참에 멈춰선 채 고민했다.

술을 마셨을 것이다. 사는 게 힘들다고 하소연을 할 것이다. 엄마 욕을 상스럽게 퍼부을 것이다. 딸 또래 여자와 살고 있으면서도 사랑하는 건 엄마뿐이라는 궤변을 늘어놓을 것이다. 엄마 마음 하나 돌려놓지 못하는 딸이라 책망할 것이다. 꺼이 꺼이 울 것이다. 아들 곁으로 가 버리겠다며 협박할 것이다.

유번이 달려와 기다리고 있는 지금, 좋은 기분을 망치고 싶지 않았다. 아빠의 감정 쓰레기통이 되고 싶지 않았다. 아니, 되지 않을 것이다.

여기는 아름다운 바닷가 도시 은파. 따듯한 시간이 흐르는 오렌지 하모니카. 다른 사람이 될 것이다.

니은은 통화 거절 버튼을 눌렀다.

>>>>>>>>>>>

니은이 뛰어나왔다. 몰래 도망쳐 나온 어린 토끼 같았다. 유번 앞에 와 서서는 웃음을 머금고 말했다.

"알아요? 밤에 통화할 때는 다정해지는 거."

"다정은 무슨."

"일반적인 의미의 다정이 아니라 말투가 조금 더 친밀해지는 그런 거? 어미에 '요'도 슬쩍 떼어 버리고."

의식하진 못했지만 웃음 지을 수밖에 없었다. 니은이 건너편 편의점을 가리켰다. 반짝이는 눈을 보며 유번은 끄덕였다.

같이 걸었다. 밤바람이 삽상했다. 길을 가로지를 땐 자연스레 손을 끌어다 쥐게 됐다.

편의점으로 들어와 지난번 그 창가에 나란히 앉았다. 잠깐

만요, 하더니 조르르 뛰어간 니은이 오렌지 주스를 사 왔다. 뭐라고도 안 했는데 미리 주장했다.

"이 정도는 내가 사게 해 줘야 돼요."

"알았어."

부러 '요'를 떼고 대꾸하자 니은이 활짝 웃었다. 첫날 아주 조금이었던 웃음이 나날이 채도를 높여 간다.

흐뭇했다. 이 여자를 날마다 조금씩 환해지게 할 수 있어서. 뿌듯했다. 날마다 조금씩 괜찮아지고 있어서.

"할머니 노래 취향 완전 맘에 들어요."

"이적, 김동률, 곽진언?"

니은이 눈을 동그랗게 떴다.

"유번 씨도 아네요?"

이적과 김동률은 원래 좋아했고, 작년부터 곽진언이 추가됐다는 것을 걸한테 들었다.

"곽진언에서 깜놀했잖아요. 할머니 진짜 매력덩어리세요."

"목소리 톤과 창법이 맘에 드신다지."

내가 노래할 때랑 비슷하다고, 라는 말은 뺐다. 니은이 입을 헤벌렸다.

"그런 것까지 알아요?"

아무래도 오늘 밤에 말해야 할까 보다. 지금보다 더 놀라겠지. 왜 숨겼냐고 타박하진 않을까. 어쩌면 재미있어 할지도 모르겠다. 그랬으면 좋겠다. 눅눅하지 않게, 산뜻하게. 유쾌한 소동 정도로 받아들여 주었으면.

"걸이한테 이름을 물었다고 들었는데."

"그냥 뭐 외자 이름인가 하고……."

니은이 얼버무렸다. 정색했나 싶어 유리에 얼굴을 비춰 보았다. 길 저편에 서 있는 걸이 보였다.

"호랑이도 제 말하면 온다더니."

유번의 중얼거림에 니은이 유리에 이마를 대고 밖을 내다보았다. 걸이 편의점을 향해 걸어오는 중이었다.

"앗."

니은이 낮은 외마디 소리를 내곤 유번의 팔을 잡아당겼다.

"숨어요, 얼른."

"숨을 것까지야."

"내 친구랑 같이 온단 말이에요."

걸의 뒤에 바짝 따라오는 여자가 그제야 눈에 띄었다. 재촉하는 니은에게 이끌려 진열대 뒤편으로 숨었다.

"키 좀 더 낮춰요. 다 보이겠어요."

"이러고 있으면 알바가 우릴 수상하게 여기겠……."

"쉿."

니은이 검지를 입에 댔다. 문이 열리는 소리에 이어 걸의 목소리가 들렸다.

"둘째 클럽 결성 기념주로 맥주 한 캔씩, 오케이?"

"여기서요?"

"날도 좋은데 여긴 답답하잖아. 밖에서."

"좋아요."

맥주가 든 냉장고가 지척이었다. 니은이 놀란 얼굴을 하고는 유번을 반대쪽으로 떠밀었다. 유번은 웃음을 참으며 밀려가야 했다. 니은이 유번 곁에 꼭 붙어 앉았다. 새근대는 숨소리가 귓가를 어지럽혔다.

이런 소리도 있었다. 솜털 여러 개가 바람에 휘휘 날리는 것 같은. 긴 빗자루로 깨끗한 마당을 쉭쉭 비질하는 것 같은. 그런 소리들이 귓속을 채울 땐 그나마 견딜 만했다. 온 신경이 날카롭게 곤두서진 않았다. 일상의 일들을 병행할 수 있었다. 그림엔 집중할 수 없었지만.

발자국 소리, 냉장고에서 맥주 캔을 꺼내 가는 소리, 계산하는 소리, 문을 열고 나가는 소리, 그리고 니은이 안도의 숨을 내쉬는 소리. 이명 없이 말끔한 귓속으로 흘러드는 모든 소리들이 행복하게 느껴졌다.

"있어요. 내다보고 올게요."

유번은 바닥에 앉아 세워 올린 다리에 두 팔을 걸쳤다. 살금살금 움직이는 니은을 즐겁게 바라보았다. 유리 너머를 살피고 돌아온 니은이 유번 옆에 주저앉았다.

"문 바로 옆 탁자 앞에 앉아들 있어요. 어떡하지? 맥주 다마실 때까지 이러고 기다려야 되나?"

여전히 속삭이는 니은이 귀여웠다. 유번은 웃으며 제안했다.

"우리도 맥주 한 캔?"

"이렇게 앉아서요?"

"나가서."

"넷이 같이? 안 돼요. 은실이 질문 폭탄 감당 못 해요, 나. 유번 씨도 정색 스무 번쯤은 하게 될걸요?"

"스무 번?"

정말 정색할 뻔했다. 니은이 웃으며 말을 고쳤다.

"그건 좀 심했나? 그럼 열 번."

보란 듯이 정색했다.

"다섯 번, 아니 세 번. 아무튼 안 돼. 지금 말고 다음에요."

둘만의 시간을 침해받고 싶지 않은 건 유번도 니은과 똑같았다. 유번은 니은의 손을 잡아 일으켰다.

"새벽까지 문 열어 두는 곳이 있어. 그리로 갑시다."

"안 가 보면 후회할 곳?"

웃으며 끄덕이자 니은이 걱정스레 물었다.

"그런데 어떻게 나가죠?"

유번은 구석진 뒷문을 턱으로 가리켜 보였다. 니은의 얼굴이 환해졌다. 나가기 전 유번은 니은과 CCTV 카메라 밑에 섰다. 눈으로 묻는 니은에게 말했다.

"진열대 아래의 남녀가 어떤 행각을 벌일지 기대하며 지켜봤을 알바를 위해."

니은이 크크, 소리 내어 웃었다. 둘이 함께 CCTV 카메라를 향해 손가락으로 V를 만들어 보였다.

뒷문을 나서자 좁은 뒷골목이 기다리고 있었다. 희미한 빛들이 점점이 쌓인 골목길 안으로 손을 잡고 걸어 들어갔다.

막다른 골목에 작은 카페, '오늘'이 있었다. 문 옆에는 3인용 나무 벤치가 오도카니 놓였다. '담배는 여기서'라는 글씨를 벤치 등받이에다 커다랗게 흘려 써 두었다.

카페 안은 밖에서 볼 때보다는 넓었다. 자리에 앉으니 머리 위로 드리워진 조명에서 따뜻한 빛이 퍼졌다. 주문을 하자마자 유번에게 물었다.

"원래 담배 안 피워요?"

"갑자기 그건 왜?"

"한 번도 못 봐서. 혹시 내 앞에서만 참고 있는 건 아닌가 하고요."

"피웠는데, 몇 년 전에 끊었어요."

"일찍 끊었네? 어떤 계기로요?"

"뭐, 건강에도 안 좋고."

"언제부터 피웠는데요?"

유번이 씩 웃으며 대답했다.

"고민하게 만드네."

"무슨 고민을요?"

"솔직하게 말하면 싫어하지 않을까, 하는."

유번이 그런 생각을 하고 있다는 것 자체가 좋았다. 말하는 걸로 봐선 의외로 시작이 빨랐나 보다.

"싫어하진 않을 걸요? 우리 오빠도 고등학……."

무심히 말하다 제풀에 놀라 멈추었다. 오빠를 입에 올리다니, 유번이 그만큼 편안해져서일까.

"오빠가 있어요?"

"고민하게 만드네요."

"솔직하게 말해도 싫어하지 않을 자신 있는데."

니은은 가만히 웃었다. 이럴 땐 건조하다시피 담담한 유번의 말투가 도움이 됐다. 중요한 뭔가를 숨기고 있었던 것 같은 느낌이 사라지니까.

솔직하게 말하고 싶지만 오늘은 아니다. 둘만의 이야기들로 이 밤을 채우고 싶다. 오빠를 말하면 먹먹해져 버리니까. 이 남자 앞에서는, 은파에서는 상큼한 모습으로만 지내고 싶다.

"다음에요. 그래도 돼요?"

유번이 눈으로 먼저 끄덕이고는 입으로도 대답해 주었다.

"돼요."

니은은 미소 지었다. 고마움의 뜻이었다.

유번이 주문해 준 칵테일이 나왔다. 오렌지 슬라이스가 꽂힌 복숭앗빛 액체는 색감만큼 달콤했다. 유번과 눈을 맞추며 한 모금, 두 모금 아껴 마셨다.

문득 할머니 의중에 대한 유번의 반응이 궁금해졌다.

"참, 할머니가요. 큰손자 분이랑 나랑 만나게 해 주려고 생각하셨대요."

"하."

탄성 같기도 하고 웃음 같기도 한 게 좀 미묘했다.

"내가 딱 첫째 놈 스타일이래요. 유번 씨가 보기에도 그래요?"

유번이 소리 없이 웃었다. 약간의 질투를 기대했는데, 어찌 보면 흐뭇하게도 해석될 수 있는 표정에 조금 서운해졌다. 감정을 확 드러내지 않는 타입이라 그럴까? 아니면 자신감? 유번을 자극해 보고 싶어졌다.

"할머니 큰손자가 무지무지 잘생겼대요."

"그건 그렇지."

유번은 태연스러운 대꾸였다.

"그럼 한 번 만나 볼까? 할머니가 그토록 바라시니까."

버럭 하는 것까지는 아니더라도 정색 정도는 해 줄 줄 알았다. 하지만 유번은 평온해 보였다. 입가에 맴도는 웃음도 그대로였다. 묘해진 기분으로 또 한 모금 마시는데, 유번이 입을 뗐다.

"만약에 그 큰손자랑 사귀게 됐다면, 은파에 와서 처음 만난 남자가 할머니 큰손자라면 어떨까?"

지금 앞에 있는 남자가 장유번이 아니었다면? 유번을 만나기 전에 할머니 큰손자를 먼저 만났다면? 정확히 무엇을 물으려는 건지 이해가 안 돼 되물으려는데, 휴대폰이 울렸다. 또 아빠였다.

액정만 물끄러미 보고 있었더니 유번이 말을 건넸다.

"받아요."

고개 들고 유번을 바라보았다.

"이 시간에 전화, 열에 아홉은 급한 일일 테니까."

열에 하나일 거라 말할 수는 없었다. 유번이 듣는 데서 아빠 전화를 받을 수도 없었다.

"그럼 잠깐."

일어서는 니은에게 유번이 끄덕였다. 니은은 카페 밖으로 나와 문 옆 흡연 벤치에 앉았다.

"네."

―니은아.

불러 놓고는 흐느꼈다. 오늘은 앞의 여러 단계를 생략하고 바로 울기부터 하는구나. 거절한 통화가 심란함의 과정을 대폭 단축시켜 주는구나.

니은은 골목 저편을 멍하니 바라보며 다음 단계를 기다렸다.

―아이가…… 잘못됐다.

"……네?"

―사산이란다.

후드득 가슴이 떨려 왔다. 니은은 휴대폰을 움켜쥐었다.

사건·사고 소식들이 힘겨워 뉴스를 외면한 지 오래였다. 오빠의 죽음 이후부터였다. 사회적 파장이 큰 사고나 재난 관련 뉴스는 피하려야 피할 수도 없었다. 감정이 배제된 앵커의 서술로도 듣기 힘든데, 귓가로 파고드는 목소리라니. 죽은 아기가 눈에 보이는 듯했다.

―다 자란 아이를 잃다니 원통해서 어떡하면 좋으냐. 새끼를 둘이나 잃고 아빠는 어떻게 살아야 될지 모르겠다. 애초에 우리 기억이 따라갈 것을 그랬다. 그럼 이 꼴, 저 꼴 안 보고 이리 억장이 무너지지도 않았을 텐데.

배가 제법 불렀었다. 7개월째라고 했다. 겨우 스물다섯. 여자는 친구 부르듯 니은의 이름을 불렀다. 하지만 니은은 그 여자를 무엇으로도 부를 수 없었다. 아빠와 더불어 여자의 존재가 수치스러웠다. 은실에게도 여태 말하지 않았다.

별거한 지 10년. 이제 그만 엄마와 법적 절차를 밟아 달라고 아빠한테 간청했었다. 어쩔 수 없이 아빠 집에 머물러야 했던 며칠 동안 매일. 아빠는 매몰차게 거절했다. 엄마의 요구에 그래 왔던 것처럼.

아빠 재산 때문에 국가 장학금도 신청하지 못한다고 했더니, 장학금은 공부해서 받는 거 아니냐는 대답이 돌아왔다. 알바 뛰느라 공부할 시간이 모자란다고 했다. 변명처럼 들릴지 몰라도 사실이 그랬다.

그러나 아빠는 대학생이 공부나 열심히 할 것이지 알바는 도대체 왜 하는 거냐고 물었다. 목이 틀어막히는 것 같았다. 등록금 애기를 꺼낼 수는 없었다. 구걸하러 온 것 같은 비참함 때문이었다.

요즘 대학생들은 대개 알바를 한다고 말하자 대학교 다니는 유세 떠는 거냐고 따졌다. 너도 아버지가 고졸이라 무시하는 거냐고, 엄마랑 살면서 그깟 태도나 배웠느냐고 소리쳤다.

뒤돌아 한 번쯤 생각해 보면 안 되나. 딸이 장학금 얘길 왜 꺼내야 했는지. 먼저 물어봐 주면 안 되나. 등록금은 어찌 하고 있는지. 무슨 일이 있는 건가 걱정하고 궁금히 여겨 주면 안 되나. 오지 않던 딸이 왜 걸음을 했는지. 하지 못한 말들이 심장에 원망으로 쌓였다.

아빠 집을 나서던 날, 여자한테 물었다.

"우리 엄마하고 아빠, 법적으로 아직 부부라는 거 아세요?"

여자가 모를 거라 생각했다. 알려 주고 싶었다. 여자를 부추겨서라도 법적 정리가 이루어지길 바랐던 거였다. 아빠와 철저하게 남이 되고 싶었는지도 몰랐다.

여자는 아기만 낳으면 엄마와 이혼하겠다는 약속을 아빠한테서 받아 냈다고, 그러고 나면 떳떳이 결혼할 거라고 했다. 배 속 아이가 아들인 걸 말씀드리니 몹시 기뻐한 할머니가 출산을 손꼽아 기다린다고도 했다.

그때 니은은 비로소 안도했다. 엄마가 드디어 아빠의 굴레에서 벗어날 수 있겠구나. 할머니가 태어날 손자에게 집중하겠구나. 이제 더는 할머니가 계획하는 그 기막힌 일에 휘말리지 않아도 되겠구나. 철없는 여자에게 고마운 마음마저 들려고 했다. 그런데……

세상에 나왔어야 할 생명이었다. 반쪽 핏줄의 동생. 탐탁지 않았지만 결과적으론 모두에게 평화를 가져다주었을 아기였다. 둥근 배를 쓰다듬으며 희망에 부풀어 있던 여자의 얼굴이 떠올랐다. 아기가 잘못됐다면 혹여 산모 몸에 이상이라도 생긴 것은 아닐까.

울음 사이로 꾸준히 넋두리를 늘어놓는 아빠에게 물었다.

"그분은 어떠세요? 괜찮으세요?"

—괜찮을 리가 있겠냐. 울고불고 아주 난리가 났다.

울고 있으면 그래도 괜찮은 거다. 울 수 있으니 그나마 괜찮다. 눈물 한 방울도 흘릴 수 없었던 열세 살의 그날에 비하면. 죄책감에 짓눌려 마음껏 울지도 못한 채 살아온 지난날들에 비하면.

—니은아, 아빠 너무 힘들다. 힘들어서 도저히 못 살겠다. 아빠 콱 죽어 버릴까?

자식한테 그게 할 소리냐고 받아쳐야 할까. 그런 말씀 제발 하지 말라고 달래야 할까. 아무리 그래 봐야 엄마한테는 연락이 닿지 않는다고 말해 주어야 할까. 어떤 말도 보탤 수 없어 전화를 끊어 버렸다. 마음이 한없이 무거웠다.

나도 힘들다고 말해 줄 걸 그랬다. 지금껏 알바로 등록금을 모아 왔다고 말하면 아빠는 어떤 얼굴이 될까. 황당해할까, 미안해할까. 그런 소릴 왜 이제야 하는 거냐며 되레 화를 내겠지. 정작 할머니한테는 한마디도 못 할 거면서. 따로 용돈을 챙겨 준 적도 없으면서.

갑자기 코가 매캐했다. 담배 연기였다. 옆을 돌아보니 벤치 끝에 젊은 여자가 앉아 있었다. 웨이브 진 머리가 길고 선이 깔끔한 여자가 니은 쪽으로 담뱃갑을 내밀었다.

니은은 고개를 저으며 말했다.

"아니요, 저는……."

'담배 안 피워서요'라고 굳이 말을 잇진 않았다. 헤나일까. 담뱃갑을 든 손목 부근에 팔찌처럼 두른 무늬가 보였다. 꼬리가 앙증맞은 도마뱀이었다.

"담배 한 대 필요한 얼굴인데."

스스럼없이 말을 걸더니 여자가 손으로 눈가를 쓱 훔쳤다. 새로운 눈물이 금세 여자의 뺨을 타고 흘렀다. 울고 있는 여자를 두고 일어날 수도, 지켜보고 있을 수도 없어 난처했다.

머뭇거리는 니은에게 여자가 말했다.

"6년 만에 첫사랑을 봤는데, 다가갈 수가 없네요."

"아……."

"멀쩡한 모습 봤으니까 그것으로 된 거겠죠?"

여자가 다시 뺨을 닦았다.

"울 수 있으니까 그것으로 된 거겠죠."

앞뒤 상황도 모르는 채로 건네는 말이지만 진심이었다. 여자가 끄덕였다. 또 눈물이 흘렀는지 반대쪽 뺨도 쓱 닦아 냈다. 후우, 여자가 내뿜은 담배 연기가 허공으로 흩어졌다.

니은은 벤치에서 일어섰다. 여자에게 묵례를 하고 카페 문을 열었다.

\}}}}}}}﹅

유번은 니은의 얼굴을 살폈다. 누구 전화였기에 이렇게도 길어지나 신경이 쓰였다. 나가 보고 싶은 마음이 굴뚝같았지만 불편해 할까 봐 기다렸다. 즐거운 소식인 것 같지는 않았다. 묻고 싶은 마음과 말하도록 두자는 마음이 엇갈렸다.

"심심했죠?"

웃음 지으며 물어오는 니은에게 에둘러 말했다.

"좋은 소식, 나쁜 소식. 어느 쪽부터 들을까."

"아까 뭐라고 했었죠?"

말을 돌리는 걸 보니 더 물어선 안 되겠다.

"할머니 큰손자랑 사귄다면 어떨 것 같으냐고 그랬죠?"

유번은 끄덕였다. 니은이 음, 하며 잠시 생각하는 시늉을 하더니 말했다.

"좀 불편할 것 같아요."

"고용주 손자라서?"

"그런 것도 있고. 그보다 할머니가 참 좋은데, 만약 할머니 손자랑 사귀다 어긋나면 할머니하고도 서로 불편해지고, 서먹서먹해질 것 같아서요. 그럼 오렌지 하모니카에도 더 못 있게 될 거잖아요. ……갈 데도 없는데."

마지막에 덧붙인 말이 애잔했다. 걸과 할머니에 대해서는 나중에 말해야겠다. 어긋날 경우를 상상하지 않아도 될 때, 갈 곳 걱정을 하지 않아도 좋을 때. 그게 언제든 적어도 오늘은 아닌 것 같았다. 웃으려 애쓰고 있는 듯 보이는 지금은.

다시금 니은의 휴대폰이 울렸다. 이번엔 곧장 받았다.

"할머니."

다정한 부름이 듣기 좋았다. 편안히 통화하도록 유번은 의자에 몸을 깊이 묻었다.

"아직 안 주무셨어요? 네, 근처예요. 이제 들어가려고요. ……네?"

니은의 눈길이 유번에게로 날아왔다. 의아한 표정의 니은을 보며 약간 긴장됐다. 할머니가 무슨 얘길 하고 있는지도 궁금했다.

"네."

수줍은 대답으로 통화가 끝났다. 유번은 몸을 바로 했다. 니은이 고개를 갸웃하며 중얼거렸다.

"이상하네."

"왜?"

"할머니가 늦어도 괜찮으니까 마음껏 놀다 들어오라고 하시네요."

할머니의 명랑한 목소리가 곁에서 들리는 것 같았다. 유번은 웃으며 대꾸했다.

"잘됐네."

"정말 이상해. 왜 이렇게 기분이 좋아지셨지?"

"로또라도 되셨나?"

니은이 웃었다. 애쓰지 않는 진짜 웃음에 마음이 놓였다. 맑게 웃을 수 있다면 심각한 일은 아닐 것이다. 설혹 반갑지 않은 소식일지언정 니은과 관련이 없기를 바랐다.

"한 잔 더?"

웃음 지닌 그대로 니은이 끄덕였다. 유번은 칼립소 두 잔을 더 시켰다.

그동안엔 술도 거의 끊다시피 했었다. 술기운이 이명과 겹쳐지며 머리가 스피커처럼 울려 댔던 탓이었다. 오늘은 괜찮았다. 니은과 함께일 때는 뭐든, 그리고 어디에서든 다 괜찮을 거란 생각에 느긋해졌다.

문득 생각난 듯 니은이 고개를 틀어 카페 안을 눈으로 훑었다. 손님이 찬 테이블은 세 군데. 누군가를 찾는 것도 같은 니은의 눈길은 그중 어디에도 멈추지 않았다. 혼잣말처럼 니은이 말했다.

"갔나 봐요."

"누가?"

"첫사랑 때문에 울던 사람."

수수께끼 같은 말에 궁금증이 돋았다.

"서니은 첫사랑?"

혹시나 해서 질렀더니, 니은이 또 웃었다. 유번도 함께 웃었다.

봄밤이 천천히 깊어 갔다.

오렌지 하모니카 식구들 모두 늦잠을 잤다. 지난밤 다들 이야기꽃을 피우느라 새벽이 가까워 잠에 든 까닭이었다.

니은은 할머니와 부랴부랴 손님들의 아침 식사를 준비했다. 은실도 손을 보탰다. 손님들이 식사를 마치고 올라간 뒤에야 셋이서 오붓한 모닝커피 시간을 맞이할 수 있었다. 고슬고슬한 햇볕이 격자 유리창을 넘어 들어왔다. 커피 냄새가 고소했다.

할머니가 니은 앞에 하얀 봉투 하나를 밀어 놓았다. 두툼한 봉투 위 붓펜으로 쓴 글씨가 니은의 눈에 오롯이 담겼다.

너라서 좋다

동글동글한 느낌의 캘리그래피. 할머니의 솜씨였다.

"이게 뭐예요, 할머니?"

니은 옆에 앉아 있던 은실이 먼저 물었다. 할머니가 웃음 가득한 얼굴로 대답했다.

"보너스."

니은은 어리둥절해졌다. 월급도 받기 전이었다. 게다가 처음부터 보너스에 대해서는 언급한 적도 없었다.

"할머니."

의문을 담아 부르자 할머니가 설명했다.

"게으름 안 피우고 일을 잘해서 용돈 삼아 특별히 주는 거니까 두말 말고 받아 둬."

선뜻 받지 못하는 니은을 앞서 은실이 나섰다.

"우왓. 고맙습니다, 할머니."

생각지 못한 배려도 뭉클했지만 니은은 봉투에 적힌 문구가 더 고마웠다.

오로지 '너'여서 좋은, '너'라는 존재 자체로 소중한 마음. 지금껏 받아 본 기억이 없었다. 다른 사람은 차치하고 엄마한테라도 받아 보고 싶었던 그 마음. 끝내 얻지 못했던 맹목적인 사랑에 대한 긴 세월의 결핍을 할머니가 이 한마디로 대신 채워 주는 것만 같았다.

"밥 친구. 오늘 데이트하러 나갈 거지?"

할머니가 친근하게 물어 왔다. 수줍고 미안해 겨우 대답했다.

"⋯⋯네."

"이걸로 옷 좀 사 입어. 청바지도 잘 어울리긴 하지만, 때로는 샤방샤방한 것도 입어 줘야지. 은실이 원피스처럼. 자고로 남자 만나러 나갈 땐 적당히 노출을 해 줘야 하는 법."

"노, 노출이요?"

얼떨떨해 되묻고는 이내 웃어 버렸다. 웃음이 터진 건 은실도 마찬가지였다. 어젯밤 카페에서 전화를 받았을 때도 유난이시더니 오늘은 더 그러신다. 이를테면 적극 응원 모드랄까. 실망하고 낙담하던 모습은 어디로 가 버린 건지 모르겠다.

"은실아, 네가 같이 나가서 니은이 옷 좀 골라 줘라."

"걱정 마세요, 할머니. 제가 무지무지 예쁜 걸로 골라 입힐게요."

"예쁘면서 섹시한 거면 더 좋고."

"예쁘면서 섹시한 것. 저장 완료!"

은실이 더 신이 났다.

"우리 니은이가 선이 고와서 뭘 입혀도 예쁠 거다."

"할머니, 저는요?"

"너도 나쁘진 않아. 다리가 튼실해서 그렇지."

"쳇, 니은이만 편애하시고."

"넌 금방 떠날 녀석이잖아."

"니은이는 계속 데리고 사시게요?"

"그럼. 내 밥 친구니까!"

은실과 할머니 사이에 오고 가는 대화가 유쾌했다. 니은은 봉투 위의 다섯 글자를 손끝으로 가만 쓸었다. 마음이 촉촉해졌다.

눈을 들어 할머니를 보았다. 정다운 눈빛이 니은을 마주 보고 있었다. 믿기지 않았다. 어른한테서 이토록 무조건적인 신뢰의 눈빛을 받아 본 경험이 없었으니까.

엄마는 늘 오빠만 바라봤다. 아들만 사람 취급하는 할머니는 말할 것도 없거니와 아빠도 마찬가지였다. 오빠가 세상을 떠난 뒤에도 가족들은 오빠만 그리워했다. 세상에 없으니까 더욱 절실히. 불평이나 항의는 해 볼 생각조차 못 했다. 니은 역시 오빠가 너무도 그리웠으니까. 니은의 가족들에게 상실은 곧 파탄이었다.

그렇지만 여기는 은파. 지금까지와는 다른 세상. 그리고 눈앞의 할머니는 새로운 세계의 문을 열어 준 사람. 할머니랑 헤어지게 되면 무척 슬플 것 같다. 어쩌면 유번보다도 더.

니은은 먹먹해지려는 마음을 가다듬었다. 할머니께 고개 숙여 인사했다.

"고맙습니다."

할머니가 웃으며 끄덕였다.

"나만 빼고 셋이서 무슨 작당들이지?"

이제 일어난 걸이 부스스한 머리를 긁으며 어슬렁어슬렁 걸어왔다.

니은과 '또와'에서 만나 저녁을 먹고 시티 투어 버스를 타러 가기로 했다. 약속한 시간보다 일찍 도착한 유번은 지난번과 같은 자리에 앉았다. 오늘은 사장이 직접 물을 가져다주며 인사말을 건넸다.

"오랜만이네요."

유번은 미소로 눈인사를 보냈다.

"잘 지내시죠?"

"네."

"얼마 전에 동생분도 다녀가셨어요."

"여자랑 같이 왔던가요?"

"아쉽게도 일행은 나이 지긋한 남자분이셨어요."

웃으며 대답하는 사장에게 유번도 미소 띤 채 끄덕였다. 다행이다. 인사를 나누고도 옛 시간들이 와르르 달려 나오지 않아서.

편안해진 마음으로 니은을 기다리던 중 할머니 전화를 받았다. 온다더니 언제 올 거냐며 채근하는 전화인 줄 알았는데.

―애가 잔꾀를 안 부려. 시키는 일은 당연히 잘하고, 시키지 않아도 제가 알아서 찾아 하고. 표 안 나는 일도 성심으로 해. 누가 보든 안 보든 성실하게. 기꺼이 내 밥 친구도 되어 주고. 이렇게 맘에 꼭 드는 아이는 처음이야.

묻지도 않은 니은 칭찬만 줄줄 늘어놓는 게 아무래도 수상했다. 안부와 걱정으로 길게 늘이지도 않고 서둘러 통화를 마무리하는 점도 미심쩍었다. 유번은 걸에게 전화를 걸었다.

—데이트 중에 웬 전화야?

"할머니한테 말했지?"

—뭘 말해?

걸이 시침을 뗐다.

"이실직고하시지?"

—참나. 티 내지 말라고 신신당부를 했는데. 달 여사, 그새 들켰단 말이야? 뭐라고 하셨는데?

"뭐라고 안 하셔도 감이 와."

—그게 어떻게 된 거냐면, 달 여사가 자꾸만 형을 들이대니까 서니은 씨가 불편해하는 것 같더라고. 그래서 내가 서니은 씨 남자 있다고 해 버렸거든. 달 여사는 내놓고 실망하지, 서니은 씨는 괜히 미안해서 몸 둘 바를 모르지. 그러다 둘 사이 틈이라도 생기면 어쩌나 싶어서 내가 귀띔해 드렸어. 절대로 아는 척은 말라고, 시작하는 연인들한테 주변에서 이러쿵저러쿵 입 대면 잘될 일도 안 된다고. 형이 말할 때까진 모르는 척 하라고 당부, 또 당부를 드렸지.

상황이 고스란히 잡혔다. 어젯밤 니은에게 걸려 왔던 할머니 전화는 기쁨의 표현이었던 것이다. 조금 전의 전화는 일종의 지원 사격일 테고.

—걱정 마. 우리 달 여사님 센스 꽝인 분 아니잖아. 서니은 씨한테도 형에 대해서는 내색 않던 걸? 보너스 안겨 주면서 더 예뻐하기나 하지.

"알았다. 어디야, 지금? 운전 중인 거 아니지?"

—휴게소야.

"조심해서 가. 졸리면 바로 쉼터나 휴게소 들어가고."

—졸릴 새도 없어. 서니은 씨 친구 태워 가거든. 옆에서 어찌나 수다스러운지 귀가 아플 지경이라니까. 저거 봐라. 먹을 거 잔뜩 사 들고 오는 중이시다. 아주 매점을 차리겠……..

일순 걸의 말이 희미해졌다. 이명 때문은 아니었다. 막 문을 열고 들어서는 니은 때문이었다. 진한 네이비 바탕에 아이보리의 기하학 무늬가 흩어진 반소매 원피스 차림. 기품 있었다. 고등학생으로도 보이던 평소 모습과는 달라도 너무 달랐다.

바람도 없는 실내에서 공기의 흐름마저 확 달라졌다. 숨을 쉬기 힘들었다. 니은이 걸음을 옮길 때마다 원피스 자락이 하늘하늘 흩날렸다. 니은에게서 눈을 뗄 수 없었다.

느리게 감기는 필름처럼 서서히 다가든 니은이 유번 앞에 섰다. 유번을 보며 가만히 미소 지었다. 어떤 말도 보탤 수 없을 만큼 예뻤다. 입을 떼려니 목이 잠겼다. 마치 오래된 갈증 같았다.

"오늘, 무슨 날인가?"

유번은 간신히 입을 열었다.

"좀 그렇죠. 은실이가 하도 우겨 대서."

니은이 수줍어하며 변명하듯 중얼거렸다.

"앉아요."

조금 무뚝뚝하게 말했다. 식당 안 사람들의 시선이 니은을 휘감는 게 싫었다. 무릎과 다리, 살짝 드러나는 팔꿈치까지 전부 다 아까웠다.

니은이 맞은편에 앉았다. 탁자 위에서 마주 쥔 니은의 두 손이 어쩔 줄 모르는 듯 꼼지락거렸다. 나란히 놓인 두 팔을 만지고 싶었다. 흰 피부에 붉은 흔적을 남기고 싶었다. 지금 당장.

"그렇게 입으면 밤엔 추울 텐데."

제 몸을 휩쓰는 열망이 당황스러워 말투가 더 딱딱해졌다.

"아, 이거 걸치면 돼요."

니은이 백에서 얇은 카디건을 꺼내 보였다. 니은의 입술이 색을 담고 있다. 본연의 색이 아닌 립스틱의 스침. 장밋빛을 훔쳐 오고 싶었다.

—형. 끊었어?

잊었던 걸의 목소리가 귓가로 울렸다.

"끊자."

—굿 데이트!

걸이 사라졌다. 유번은 휴대폰을 탁자 위에 내려놓았다.

"제가 좀 늦었죠. 새 구두에 적응이 덜 돼서 살살 걷느라. 많이 기다렸나 봐요."

"시간 없으니까 저녁부터 먹죠."

"네."

니은이 메뉴판으로 눈길을 내렸다. 니은의 속눈썹들이 세밀화처럼 눈에 담겼다. 귀를 만지듯 흘러내리는 머리카락 한 올까지도. 하아, 긴 숨을 내쉬자 니은이 고개를 들었다. 왜요?
묻고 있는 눈빛을 향해 대답을 건넬 수가 없었다.

'너 때문에'라고 말하면 니은은 어떤 표정이 될까. '손 뻗어
너를 함부로 만지고 싶어서'라고 솔직하게 말해 버리면.

여자란 참 기이하다. 의도하지 않고도 남자한테서 수컷을
유발한다. 이성을 휘발시키고 본능만 남게 하는 색을 지녔다.
옷 한 벌 갈아입었을 뿐인데. 입술에 립스틱 하나 옅게 발랐을
뿐인데. 숨겨지지 않는 여자 특유의 본색일지도 모르겠다.

주문한 음식들이 나왔다. 오늘따라 니은은 얌전히 먹었다.
잘 먹겠습니다, 씩씩하게 외치지도 않았다. 태도는 다소곳하
고 움직임은 우아했다. 유번과 눈빛이 얽히면 매혹적인 미소
를 지었다. 눈을 떼기가 점점 더 힘들어졌다.

유번은 음식에 거의 손을 대지 못했다. 맥주만 연거푸 들이
켰다. 그럼에도 갈증은 초 단위로 심해졌다. 내내 뜨겁게 팽창
해 있는 몸을 니은에게 들킬까 봐 민망했다. 밥을 먹고 있는
여자 앞에서 욕망에만 사로잡혀 있는 자신이 한심했다.

저녁 식사를 마치자마자 식당을 나섰다. 둘만 있고 싶었다.
단둘이 있으면 어떤 상황이 닥칠지를 불안하게 감지하면서도
그랬다. 예약해 둔 시티 투어 버스 시간이 적절한 핑계가 돼
주었다.

저녁 바람이 다정했다. 여름이 앞당겨 온 듯한 날씨였다. 준
비해 온 카디건을 걸치지 않아도 되겠다. 타인들의 눈길로부
터 니은을 감출 수 없어 안타까웠다. 곁에서 마음껏 들여다볼

수 있어 기뻤다. 이율배반의 배타적 갈망이 어이없었다.

니은의 걸음이 조금씩 처졌다. 새 구두라던 말이 떠올랐다. 유번은 걸음을 늦추고 니은에게 손을 건넸다. 얼른 제 손을 주지 않는 니은을 돌아보았다. 새침하리만치 꼭 붙여 다문 입술이 두 눈을 사로잡았다.

몸은 여전히 뜨거운데, 이곳은 어둠도 내리기 전의 거리였다. 도로엔 차들이 가득하고 보도는 사람들로 넘쳤다. 니은이 허락한다 해도 지금 입술을 탐할 수는 없었다. 손만 끌어다 쥐었다. 아프도록 꽉. 니은은 뿌리치지 않았다.

"화난 거 아니죠?"

몇 걸음 안 가서 니은이 물었다.

"그렇게 보였나?"

"조금."

"그럴 리가 없잖아."

"근데 왜 내내 그랬어요?"

"내내 어땠는데?"

"이를 악물고 있는 사람처럼. 저녁도 거의 안 먹었잖아요."

"안 먹은 게 아니라 못 먹은 거지."

"왜요?"

"예쁘니까."

아무렇지도 않은 듯이 툭, 던져 버렸다. 진심이 아니라 여긴다 해도 상관없었다. 지금은 그렇게밖에는 대답할 수 없으니. 너를 만지고 싶어서, 온몸으로 너를 갖고 싶어서 이를 악물고 있어야 했다고는 말할 수 없으니.

"방금 뭐라고 했어요?"

니은의 목소리에 생기가 돌았다. 입가엔 아마 웃음을 머금었을 것이다. 유번의 입가에도 미소가 떴다.

"들었으면서 묻기는."

"못 들었어요."

"들은 거 다 알아."

"진짜로 못 들었다고요."

"예쁘다고."

"원피스가요?"

"서니은이."

조용해진 니은을 슬쩍 돌아보았다. 웃음이 머물러 뺨이 곱게 둥글어져 있었다. 사랑스러웠다. 만지고 싶었다. 입술을 누르고 싶었다. 품에 들여 깊이 가두고 싶었다.

"미치겠다."

저도 모르게 중얼거리고 말았다. 니은은 왜냐고 더 묻지 않았다. 유번은 손안의 니은을 더 힘껏 쥐었다. 몸이 다시금 뜨거워진 채로 천천히 걸었다.

저만치 도로가에 시티 투어 버스가 기다리고 서 있었다.

❧❧❧❧❧❧❧

여우 짓을 해 버렸다. 말이나 표정이나 몸짓도 옷차림을 따라가는 걸까. 똑똑히 듣고서도 못 들은 척 우겼다. 유번의 목소리가 실린 예쁘다는 말을 다시 듣고 싶어서. 말에 스민 마음을 알고 싶어서.

화난 게 아니라는 것쯤은 니은도 알고 있었다. 말을 잊은 듯 멍해지던 눈빛, 맥주만 들이켜던 모습에서 억누르고 있는 무언가를 느낄 수 있었다. 말로 하지 않아도 알 수 있는 것들. 폭발을 꿈꾸는 열망 같은 것.

그러므로 낯간지러운 짓이 후회는 안 된다. 부끄럽지도 않다. 알아 버렸으니까. 확인했으니까. 여자인 '나'를 실감하며 달뜨는 시간. 행복하다. 시티 투어 버스 2층, 탁 트인 공간에서 단둘인 지금. 흘러가는 도시의 밤 풍경이 아련히 아름다운 이 순간도.

"참, 아까 나 들어올 때 누구랑 통화하고 있었어요?"

"여자랑."

"진짜?"

소리 없이 번지는 유번의 웃음. 두근거렸다.

"아닌 거 다 알거든요?"

"걸이랑."

"걸이 씨랑 나보다 더 자주 통화하는 거 아니에요?"

"질투 같은데."

아니라고 하는 대신 그저 웃었다. 질투까지야 아니지만 유번과 친밀한 걸이 은근 부럽기도 했다.

걸이 네 얘기만 주구장창 묻더란 어젯밤 은실의 말이 생각났다. 은실은 걸이 너한테 관심 있는 거 아니냐는 말도 했다. 친한 두 남자 사이에서 삼각관계라도 되면 곤란하다며 처신 잘 하라는 충고도 곁들였다. 그럴 일을 걱정해서는 아니지만 걸에게 유번 말고 더 중요한 존재가 있었으면 싶었다.

"걸이 씨는 여자 친구 없어요?"

"있으니까 관심 끄지?"

"관심 아닌데?"

"아니면 뭐야."

"질투하는 거예요?"

대답 없이 유번이 웃음만 지었다. 입술에서 시작되어 얼굴 전체로 부드럽게 퍼지는 웃음이었다. 보고 있으면 새삼 설레 었다. 아니라고 잡아떼지 않아서 기분 좋았다. 바람마저 보드 라운 봄날이라 더더욱.

바람결에 유번의 머리카락이 날려 이마가 훤히 드러났다. 이마에 가로등 불빛이 닿을 때면 따뜻했다가 지워지면 다시 서늘해지곤 했다. 긴장감이 고여 있던 저녁 식사 때와는 좀 달 랐다. 유번은 미소도 자주 짓고, 몇몇 건물을 가리켜 보이며 유래를 일러 주기도 했다.

이따금 유번은 도시 저편을 바라다보았다. 옆얼굴이 각도를 틀어 턱만 완강히 돋보일 때, 더럭 안타까움이 밀려들었다. 먼 데로 둔 시선을 돌려놓고 싶었다. 한 방향만 보게 하고 싶었 다. 서니은이라는, 여자를.

유번이 니은 쪽으로 고개를 돌렸다. 눈빛이 부딪쳤다. 마음

속 염원을 들킨 것 같아 가슴이 뛰었다. 눈빛의 포획을 견디지 못해 반대쪽으로 얼굴을 돌리려는 찰나, 입술이 다가왔다. 함께 온 손길로는 도망치지 못하도록 잡아챘다.

니은은 눈을 감았다. 어지럽게 흔들리는 것이 버스인지, 머릿속인지, 마음인지 알 수 없었다. 전류가 몸을 타고 흘렀다. 아찔하면서도 포근했다. 빠져나올 수 없는 덫. 더 오래 묶여 있었으면 했다.

숨 가쁜 각인의 순간이 지나간 뒤에도 허벅지가 사뭇 뜨거웠다. 물러나지 않고 머무는 유번의 손길 때문이었다. 그러나 싫지 않았다. 밀어내기도 싫었다. 다만 달콤한 웃음과 더불어 중얼거렸다.

"나쁜 손."

그제야 다리 위의 손을 내려다본 유번이 입술에 웃음을 머금었다. 그리고 짧게 답했다.

"인정."

그뿐, 물러가지는 않았다. 입술을 품는 동안에도 그러했듯이 짙게 어른댔다.

자국이 남을지도 몰라, 생각했다. 붉디붉은 손자국이. 그래도 괜찮다고 다짐했다. 남자의 손길이 처음 닿은 곳이 무릎이든, 다리든, 다른 어디든 유번이라서 좋다고 생각했다.

니은은 유번의 가슴팍에 비스듬히 머리를 기댔다. 유번도 니은의 어깨에 팔을 둘러 감쌌다. 유번의 심장이 거칠게 박동했다. 자신의 심장에서도 같은 소리가 울리고 있으리라 짐작했다. 두근두근 뛰어 대는 그 소리를 멀지 않은 날에 유번에게도 들려줄 수 있으리라 예감했다.

시티 투어 버스였으므로 군데군데 관광 명소에서 멈추었다. 1층에서는 문화 해설사의 안내에 따라 내리고 타는 사람들의 기척이 소란했다. 니은과 유번은 한 번도 내리지 않았다. 몸을 서로에게로 기대어 붙인 채 2층에서 그대로 머물렀다.

바람이 마음껏 스쳐 가는 버스 위에서 밤이 무르익었다. 어디선가 나직한 노랫소리가 들려왔다. 은파의 대표곡처럼 유명해진 인디 그룹의 노래 '은파에서 밤'이었다.

은파에서 봄 두근두근 봄
은파에서 너를 두근두근 봄
은파에서 여름 반짝반짝 여름
은파에서 너랑 반짝반짝 여름
은파에서 밤 은파에서 밤
은파에서 밤 은파에서 밤
은파에서 겨울 도란도란 겨울
은파에서 우리 도란도란 겨울
도란도란 겨울 도란도란 겨울

반짝반짝, 여름

1

"서니은 씨!"

낯선 목소리가 한낮의 적요를 깼다. 오렌지 하모니카 1층 카페에 앉아 있던 니은은 몸을 일으켰다. 유리문 밖에 택배 상자를 든 남자가 서 있었다.

받아 들고 보니 보낸 사람이 유번이었다. 입가에 웃음부터 번졌다.

"뭐야, 뭐야?"

내실에서 나온 할머니가 호기심 어린 얼굴로 물어 왔다. 할머니 눈길이 유번의 이름 석 자에 닿았다. 니은은 굳이 가리지 않고 할머니가 보는 데서 상자를 열었다. 전문가용 수채 물감과 스케치북, 붓 세트와 팔레트, 물통과 연필, 그리고 손바닥 크기의 드로잉 북까지 그림 도구들이 빼곡했다.

"여자한테 보내는 선물로는 상당히 편향적인데."

고개를 갸웃하며 할머니가 중얼거렸다. 뭔가 마음에 안 차는 표정이었다. 하지만 니은은 말할 수 없이 기뻤다. 깜짝 선물도 기뻤지만 물감 중에서 세룰리안블루만 여러 개 더 챙겨 넣은 섬세함 덕분이었다.

"저한테는 최적의 선물이에요, 할머니."

"응? 어째서?"

"제 꿈이거든요. 그림."

"그으래?"

할머니 얼굴에 급 화색이 돌았다.

"천생연분."

"네?"

"나한테는 왜 여태 그런 말 안 했어?"

"그냥 먼 꿈인걸요. 어차피 이루지 못할 거니까 꿈의 자리에만 미뤄 두고 살았어요."

"그런 게 어디 있어. 꿈이 뭐 별거야? 지금 당장 누릴 수 있으면 이룬 거나 다름없지. 일어나. 이거 싹 챙겨 들고 나가. 나가서 뭐든 그려. Just do it!"

쫓아내기라도 할 것처럼 할머니가 니은의 등을 떠밀었다.

"할머니!"

택배 상자를 껴안은 채 니은은 고운 울상을 지었다.

"꼭 나가서 그려야 해요? 여기서 그려도 되잖아요."

"안 돼. 나가서 그려야 해."

"갑자기 어디로 가라고요?"

"어디긴 어디야? 이것들 선물해 준 사람한테로 가야지. 날씨도 기막히게 좋겠다. 오룡도에 멋들어진 풍경화 포인트가 한두 군데가 아니라고."

그렇잖아도 저녁마다 데이트하러 나가라고 떠밀어 대던 할머니였다. 만나는 이가 오룡도 공원에서 일하는 사람이란 얘기를 듣고부터 할머니는 툭하면 오룡도, 오룡도 노래를 불러 대곤 했다.

니은은 부러 지은 울상을 풀고 활짝 웃어 버렸다.

"그 사람 오늘 쉬는 날도 아닌데요, 할머니?"

"근무 시간에 몰래 보는 재미가 얼마나 꿀맛인데?"

할머니가 짓궂게 눈을 찡긋했다. 이럴 땐 걸과 닮았다.

"오늘은 그림 그리러 가는 거니까 청바지 입어도 돼. 벽화 골목에서 사 줬다는 그 모자도 꼭 쓰고. 오늘 컨셉은 청순 발랄. 안 바른 것보다 열 배는 더 예쁘니까 입술은 살짝 바르고."

매니저라도 된 것처럼 할머니는 요즘 니은의 차림새까지 신경을 썼다. 성가시기는커녕 마음이 포근해졌다. 엄마한테서는 받아 보지 못했던 다정한 관심이라서.

친구들이 하나둘 화장을 시작할 때도 니은은 감히 엄두를 내지 못했다. 죽은 오빠를 앓으며 푸석푸석한 얼굴로 지내는 엄마 때문이었다. 사람들이 돌아볼 정도로 미인이던 엄마는 나날이 황폐해져 갔다. 예쁘게 꾸미는 일이 죄스러웠다. 옷이

나 구두, 화장품 따위에는 지금껏 눈 감고 살아왔다.

사실 그런 것들을 마련할 돈도 없었다. 엄마와 둘이 살던 중·고등학교 때도 기본적인 의식주만 지탱해 왔다. 대입을 치르고 합격 발표가 나자마자 의무를 다했다는 듯 엄마가 떠났다. 할머니 집에다 니은을 버리듯 내버려 두고서.

한겨울이었다. 할머니는 날씨만큼이나 냉엄했다. 어릴 때부터 그래 왔으니 바랄 것도 없었다. 먹여 주고 재워 주는 것만으로도 충분히 감사하라는 식이었다. 그 겨울부터 아르바이트를 시작했다. 등록금과 용돈을 벌어야 했다.

간간이 할머니 집에 들렀던 아빠는 엄마의 부재를 니은 탓으로 돌렸다. 그나마도 딸을 보러 오는 게 아니었다. 할머니 앞에 엎드려 비위를 맞추기 위한 방문이었다. 그럼에도 아빠의 건물은 더 이상 늘어나지 않았다. 니은은 아빠가 올 때마다 외면했다. 고등학교 졸업식 때도 혼자였다.

"니은아?"

할머니의 부름이 꼬리를 물고 뻗어 가는 생각의 갈피를 잘라 냈다. 할머니 권유가 아니더라도 가 보고 싶긴 했다. 예쁜 그 섬 어딘가에 자리 잡고 앉아 그림을 그리면 유번이 곁에 없어도 같이 있는 느낌일 테다. 우연한 마주침을 기대하며 벌써 설레었다.

"정말 지금 가도 돼요, 할머니?"

할머니가 힘주어 끄덕이고는 단단히 덧붙였다.

"명령이야."

때와 장소가 달라지면 같은 말도 이토록 완벽히 바뀌는구나. 친할머니 입에서 떨어졌을 땐 암담한 절망이자 뺨을 매섭게 후려치는 손 같았는데. 도저히 따를 수 없어 그 집을 나와야만 했는데. 지금 여기에선 다정한 포옹이자 등을 토닥여 주는 손길 같다.

니은은 택배 상자를 탁자에다 내려놓고 할머니한테 다가섰다.

"할머니, 저 할머니 한번 안아 볼래요."

할머니가 두말없이 팔을 넓게 벌렸다. 니은은 따뜻한 품으로 들어갔다. 두 팔로 할머니 허리를 감고 가만히 말했다.

"할머니가 좋아요."

"고백은 남자 친구한테나 해."

"싫어요. 할머니한테 할래요."

"평생 나랑 살자고 하면 어쩌려고?"

"그럼 살죠, 뭐. 우린 의리의 밥 친구잖아요."

"후회 안 할 자신 있어?"

"있어요, 할머니."

"그럼 살자. 나랑 같이 살자."

"약속했어요, 할머니?"

"약속했다."

니은은 할머니 품에 더 쏙 파고들었다. 등을 두드려 주는 할머니 손이 따뜻했다.

사무실에서 거북선 축제와 연계된 이벤트를 검토하고 있을 때였다. 김 군이 황급히 뛰어 들어와 유번 옆자리에 앉았다. 눈이 마주치자 씩 웃기부터 하는 게 심상찮았다.

유번은 모니터를 응시하며 덤덤히 물었다.

"또 사고 쳤어?"

"저 내일 휴무예요, 형."

"그런데?"

"오늘 밤 축제 전야잖아요. 해변에서 불꽃놀이도 하고."

"그래서?"

"저녁에 스쿠터 좀 쓸게요."

"이젠 당당하다?"

"완전 상큼한 정보 하나 들고 왔는데. 말해 줄까, 말까."

"바쁘다. 용건만 말하자."

"힌트는 안물안궁."

유번은 비로소 김 군을 돌아보았다. 김 군이 거보란 듯이 웃었다. 김 군 앞에 스쿠터 키를 들어 보였다. 즉각 다가드는 손을 막으며 말했다.

"일단 들어 보고."

"듣기만 하고 안 주려고요? 저번에도 줬다 뺏었으면서. 키부터 먼저 주세요. 안 그럼 나도 말 안 해요. 근데 안 들으면 후회 작렬일 걸요?"

솔깃해지긴 했다. 과장은 해도 없는 소린 안 하는 녀석이니.

"줄 테니까 어서 말해 봐."

김 군이 입을 봉한 채 손만 올려 내밀고 버렸다. 능청스런 웃음도 여전했다. 유번은 키를 김 군 손에 올려놓았다. 키를 움켜쥔 김 군이 유번의 뺨에 얼굴을 바짝 대다시피 속삭였다.

"동백정으로 가 보세요."

"거긴 왜……."

유번은 물음을 채 끝맺지 못하고 일어섰다. 더 묻지 않아도 알겠다. 마음이 바빠 걸음이 날아갈 듯했다.

동백정은 제2 산책로 중간쯤의 언덕배기에 위치했다. 주위가 동백나무로 둘러싸여 있었으나 바다를 향해 열린 남쪽 전망이 아름다운 곳이었다. 예상대로 팔각지붕의 동백정 마루에 가지런한 자태로 앉아 있는 니은이 보였다.

유번은 동백정 계단을 올라갔다. 놀라게 해 줄 심산이었지만 마루 위를 디디는 발자국 소리마저 감출 순 없었다. 그럼에도 니은은 무릎 위에 스케치북을 펼쳐 놓고 스케치에만 몰두해 있었다. 거의 완성된 스케치에는 눈앞의 바다 전경이 담겼다. 구도와 터치가 깔끔했다. 대상의 특징을 개성 있게 재구성한 일러스트였다.

"좋은데."

저도 모르게 중얼거렸다. 니은의 손길이 멈췄다. 유번은 시침이라도 떼듯 곁에 다리를 길게 펴고 앉아 난간에 등을 기댔다. 뺨에 꽂히는 니은의 눈길이 느껴졌다.

"유번 씨."

고개를 돌리자 니은과 눈길이 얽혔다. 말보다 웃음이 먼저 오갔다. 동백정을 둘러보거나 지나쳐 가는 관광객들만 없었더라면 입술부터 깊이 품었을 텐데. 공개된 시공간이 안타까웠다.

"배운 적 없다더니?"

"지금 그거 칭찬이죠?"

유번은 끄덕여 주었다. 웃음 짓는 니은이 예뻤다. 바람이 흩뜨린 머리카락을 귀 뒤로 쓸어 넘겨 주었다. 니은의 웃음이 수줍어졌다.

"반짝 선물 고마워요. 감동했어요."

"감동은 뭘. 어제 시청에 일이 있어 나왔다가 마침 화방이 보이기에."

"시내 나왔었어요?"

"시간이 빠듯해서 바로 들어갔어."

"아아."

아쉬운 끄덕임을 이해했다. 유번 또한 잠깐이나마 니은을 보고 싶었으니까.

"만날 받기만 해서 어떡하지? 나도 뭔가 선물하고 싶다. 유번 씨한테 꼭 필요한 걸로."

선물은 이미 너, 서니은.

마음이 되새기는 말은 오글거려 차마 못 하고 턱으로 스케치를 가리켰다.

"그거."

"이거요? 부끄러워. 누구한테 선물할 만큼은 아니에요."

"그러니까 내가 받아 준다고."

니은이 입을 뾰족 내밀었다. 콧날에도 잔금이 몇 개. 귀여웠다. 입술을 누르고 싶었다. 눈에 띄는 모든 곳에다. 그리고 보이지 않는 곳들에도 하나하나 찾아들어 가서…….

들끓는 마음을 달래려 공연히 시비를 걸었다.

"이 시간에 여기 와 그림이나 그리고 앉았고. 알바가 이래도 되는 거야?"

"할머니 허락받고 왔거든요? 그러는 유번 씨는 근무 중에 이래도 되는 거예요? 나 여기 와 있는 건 또 어떻게 알고 달려왔어요?"

"달려오진 않았는데."

"달려왔으면서."

종알종알 반박하는 니은이 사랑스러웠다. 두고만 보기가 힘들었다. 마음껏 만지고 싶었다.

유번은 물통을 들고 일어섰다. 초록 나무들 위에서 초여름 햇살이 눈부셨다. 숲의 그늘과 푸르른 잎사귀들 너머의 빛이 신비로운 대비를 이루었다. 걷다가 문득 뒤를 돌아보았다. 동백정 위의 니은이 신기루 같았다.

근처 화장실에서 유번은 세수를 했다. 몇 번이고 얼굴에 시원한 물을 끼얹자 몸을 부풀린 열망이 가라앉았다. 귀한 선물은 아껴야지. 거울 속 자신에게 다짐을 받았다.

물통에 물을 채워 동백정으로 돌아오니 니은이 누군가와 통화를 하고 있었다. 즐거워 보이진 않았다. 저편의 말을 듣고만 있는데도 차츰 버거워 보였다. 유번은 더 기다리지 않고 올라섰다. 유번을 본 니은이 마무리 인사말도 없이 전화를 끊었다.

"누구?"

"아니에요."

누구냐는 물음에 적합하지 않은 대답. 마음이 쓰였지만 더 캐물을 수 없었다. 니은이 말하지 않는 것들, 말하기 싫어하는 것들에 대해서는 캐묻지 않기. 그것이 니은을 위한 유번의 배려였다. 니은이 말하고 싶어질 때까지 기다릴 수밖에 없었다. 말하고 싶지 않은 심경을 누구보다 잘 알기에 더더욱.

니은이 팔레트에 물감을 하나씩 짜 넣었다. 유번도 도왔다. 오랜만에 물감 냄새를 맡으니 감회가 새로웠다. 화방에서도 그러했듯이 니은에게 줄 그림 도구들을 고르며 느꼈던 설렘이 되살아났다.

니은이 붓으로 채색을 시작했다. 바다는 울트라마린을, 하늘은 세룰리안블루를 주조로 썼다. 그림 가장자리를 액자처럼 감싼 꽃나무가 남았다. 꽃잎의 색 배합이 맘대로 안 되는지 니은이 머리를 갸우뚱거렸다. 유번은 넌지시 물감을 짚어 주었다.

"그거 말고 그 옆에 거."

"이거요?"

"아니, 오페라."

니은이 동그래진 눈으로 유번을 쳐다보았다.

"왜?"

"보통은 핑크나 분홍이라고 하거든요. 그런데 유번 씨는 오페라라고."

"아."

무심결에 입에 익은 대로 나왔을 뿐이다.

"벽화 골목 갔던 날도 그랬어. 그날 하늘 보면서 내가 제일 좋아하는 하늘색이라고 하니까, 유번 씨가 대뜸 세룰리안블루라고 했어. 그때도 깜짝 놀랐는데, 유번 씨 혹시…… 미술 전공?"

그림과 더불어 살아온 세월이 20년. 어린 유번에게 최초의 장난감은 물감과 붓이었다. 어머니의 영향이었다. 미술 대학을 1학년까지 다니다가 입대하려 휴학했다.

전역을 코앞에 둔 한겨울 어느 날, 부모님의 사고가 있었다. 이명이 시작됐다. 오룡도에 들어와서도 이명에 시달렸고, 끝내 복학하지 못했다. 졸업하지 않았으니 전공자라고 내세울 순 없었다.

"옛날에. 취미로 조금."

니은의 두 눈이 반짝였다.

"나랑 똑같았구나. 유번 씨도 그림이 꿈이었구나."

아니라고 말할 수는 없었다. 니은과는 경우가 다르다 해도 그림은 꿈이자 삶이었으니까. 대답 대신 미소만 지었다.

"지금은요? 지금은 안 그려요?"

유번은 고개 저었다.

"그리고 싶죠?"

대답을 기다리지 않고서 니은이 말했다.

"그럼 다시 시작해요. 나랑 같이."

'그럴 수 있을까' 라는 회의는 이제 들지 않았다. 괜찮은 나날들이 이어져 오고 있었으므로. 니은과 '같이' 라서 괜찮은 거라 생각했다. 앞으로도 괜찮을 거라 믿었다. 그러므로 유번은 끄덕였다.

니은이 환해졌다.

⟫⟫⟫⟫⟩⟩⟩⟩

축제 전야.

바닷가 도시 은파의 밤이 화려했다. 반짝이는 모든 것들 속에서 니은은 유번과 둘이라 행복했다.

동백정에서의 먹구름 같던 전화는 잊었다. 구태여 잊으려 애쓰지 않아도 잊혔다. 유번이 곁에 있어 가능한 일이었다. 은파에서는 고아로 살아갈 것이다. 지난 한 달 동안 그 이유로 더 산뜻해질 수 있었다.

도로와 인도 구분 없이 거리는 축제의 밤을 즐기러 나온 사람들로 넘쳤다. 손잡고 그들 속을 흐르듯 걸었다.

거북선 축제의 가장 행렬이 도로 위를 점령했다. 옛 시대의 의복을 입고 색색의 깃발을 든 사람들이 줄지어 거북선 옆을 따랐다. 배 위에서는 폭죽이 연이어 터졌다. 어둠은 빛을 더욱 아름답게 만들었다.

멀리서 축포가 터져 오르기 시작했다. 은파의 밤하늘이 빛무리로 찬란해졌다. 사람들이 환성을 질렀다. 니은도 유번과 함께 고개를 치켜들고 불꽃들의 향연을 바라보았다. 새해를 맞이하기 직전의 밤과도 같았다.

빛과 환호 가운데 들뜬 인파에 몸이 휘청 떠밀렸다. 유번이 보호하듯 니은을 끌어당겼다. 남자의 품은 굳건했다. 불꽃이 긴 꼬리를 태우며 유성처럼 떨어져 내릴 때, 유번이 니은의 입술을 품었다. 찬란했다. 그렇게 내내 한 몸이고 싶었다.

도시의 밤을 환히 밝히던 불꽃은 사라지고 떠들썩한 행렬도 멀어졌다. 흥겨운 음악이 잦아들자 거리가 시나브로 한산해졌다. 쓸쓸해진 거리를 손잡고 천천히 걷는 것도 좋았다. 시간이 느껴지지 않을 만큼 오래 걸었다.

이슥한 밤, 거리를 벗어난 니은과 유번은 편의점에 들어왔다. 오렌지 하모니카로 들어가는 골목 건너편 편의점이 어느새 데이트의 마지막이자 필수 코스가 되었다.

늘 앉던 유리창 앞 테이블에 나란히 앉았다. 자리에 앉기 전, 오렌지 주스를 꺼내 왔더니 유번이 대뜸 계산을 해 버렸다. 매번 유번만 돈을 쓰게 해 미안한 마음에 탓부터 했다.

"이제부턴 좀 아껴요. 그럼 다시 시작하려면 돈 많이 들잖아요. 차 살 생각은 아예 하지도 말고요."

"생각해 보자더니, 그새 금지로 바꾸셨어."

차 색깔을 묻던 유번에게 니은은 좀 더 생각해 보자 했었다. 섬에서 일하고 사택에서 지내 온 사람이었다. 주거비는 물론이고 교통비도 들지 않았을 텐데 필요하지도 않았을 차를 갑자기 사려는 게 자신 때문인 것 같아 맘이 편치 않았다.

게다가 기댈 언덕 하나 없는 사람. 자신과 똑같은 사람이라 불안한 미래를 대비해 충동적인 소비는 자제하도록 만드는 게 옳았다. 차곡차곡 돈을 모으게 해야 마땅했다.

"스쿠터 있잖아요."

"싫어하잖아."

"헬멧을 싫어하는 거예요."

"이젠 인정하네?"

헬멧에 얽힌 사연을 캐묻지 않아 줘서 고마웠다. 이 사람은 기다려 준다. 말하고 싶어질 때까지 차분히. 그런 면에선 오렌지 하모니카 할머니랑 닮았다. 섬에서의 첫날을 유번이 오롯이 기억하고 있다는 게 조금은 쑥스러웠다.

"그날 나 때문에 짜증났죠."

"이 여자 뭔가 싶긴 했지."

"진짜요?"

웃는 유번을 보며 입술이 절로 뾰로통해졌다. 요즘은 자주 그런다. 유번 앞에서 어리광이나 애교 부리는 자신을 발견할 때면 놀라는 한편, 뿌듯했다. 몰랐던 '나'를 자유롭게 풀어놓고 있는 느낌이 나쁘지 않았다.

"특이했으니까 담겼겠지."

"아, 닫겼구나."

유번이 다시금 웃었다. 조용히 번지는 웃음이 마음을 물들였다. 첫날엔 웃음의 기미조차 없던 남자였다. 단정한 얼굴로 자기 할 일을 하는 사람. 벌써 한 달이 지나 그 순간을 되돌아볼 시점까지 왔다는 게 신기하기도 했다.

"사실은 나 차 별로 안 좋아해요. 손잡고 다닐 수도 없잖아. 난 둘이서 손잡고 걸어 다니는 게 좋아요. 이렇게 아름다운 도시 은파에서는 더욱더."

"그럼 이제 손잡고 절벽 길 걷기 도전?"

"으, 그건 아직."

"케이블카는?"

"음, 할머니도 적극 추천하시니까 케이블카는 도전해 볼까?"

"케이블카는 밤에 타야 제맛인데."

밤의 시티 투어 버스가 떠올랐다. 헤어 나올 수 없는 블랙홀 같던 둘만의 첫 순간이. 뺨이 따끈해졌다.

"내일 밤?"

거역할 수 없었다. 두려움 섞인 두근거림마저 반짝였다. 니은은 끄덕였다.

이제 헤어져야 할 시간이었다. 골목 초입에서 헤어지는 순간은 늘 안타까웠다. 내일 밤을 약속해 두었는데도 그랬다.

뒷걸음질로 멀어지는 니은에게 유번이 성큼 걸어왔다. 이유를 물을 새도 없이 니은을 와락 껴안았다.

숨 막히는 평화였다.

"……그만 가요."

"괜찮아."

"응?"

"괜찮아졌어."

"뭐가요?"

아득하던 품이 열렸다. 뭐가 괜찮아졌다는 건지 눈으로 물었다. 유번은 그저 웃었다. 넉넉하고 환한 웃음이었다. 니은도 따라 웃었다. 뭐든 괜찮아졌다면 좋은 거니까. 그게 뭐든 나도 기다려 줘야지, 하고 생각했다.

니은은 발돋움을 해 쪼듯이 콕 입을 맞추어 주곤 돌아섰다. 뒤돌아보면 또 유번의 발이 묶일까 봐 그대로 뛰어들어 갔다. 오렌지 빛 조명이 은은한 정원을 가로질러 1층 카페로 들어섰다. 구석 자리에서 중년의 여자가 노트북을 들여다보고 있었다. 니은이 없던 사이에 든 투숙객인 모양이었다.

방해하지 않으려 조용히 스쳐 가려는데, 손님이 몸을 일으켰다. 니은은 미소 지으며 고개를 숙였다. 여자가 안경을 코끝까지 내리고 니은을 넘겨다보았다. 빤한 응시가 멋쩍었다. 다시 묵례하고 돌아섰다.

"너……."

여자의 목소리가 니은을 멈춰 서게 했다. 곧이어 물음이 날아들었다.

"니은이 아니니?"

니은은 여자 쪽으로 고개를 돌렸다.

"아닌가?"

여자가 고개를 갸웃하며 중얼거렸다. 니은은 여자를 찬찬히 살펴보았다. 어딘가 낯이 익은 것도 같았다. 기억을 더듬었다.

자신을 알아볼 뿐 아니라 니은이라고 부를 만한 사람이 누가 있을까. 선생님이나 교수님?

"함 작가 딸 아냐?"

아, 알았다. 엄마를 함 작가라고 부르는 사람은 동료 작가들. 출판사 관계자들이나 독자들은 작가라는 호칭 뒤에 대체로 '님' 자를 붙이니까.

여자 앞으로 다가간 니은은 공손히 몸을 굽혀 인사했다.

"안녕하세요. 못 알아봬서 죄송합니다."

"어수선할 때 잠깐 봤으니 모를 수밖에 없지. 그때 네가 6학년이었던가? 어쩜 10년이 지났는데 어릴 때 얼굴이 그대로 있네."

아마도 오빠 장례식 때였던가 보다. 오빠 얘기는 제발 꺼내지 말아 주었으면 생각하고 있는데 여자가 탄식조로 말했다.

"기역이 그리되지 않았으면 좋았을 것을."

안타까움이라는 건 안다. 엄마 주변의 작가들이 더욱 아까워들 했다는 것도 기억한다. 그렇지만 되풀이해 듣는 입장에서는 달갑지 않았다. 네가 아니라 기역이 살아 있었으면 더 좋았을 것을, 그러는 것처럼 들려서. 그런 말들을 제지하지 않는 엄마 마음도 같은 것이 아닌가, 생각하면 서러워져서.

"여긴 어떻게 왔어? 여행 온 거야?"

사실대로 말해도 될지 고민스러웠다. 대외적으로 엄마는 별 거 사실을 함구했다. 지난 10년 동안 작품 활동을 하지 않았으니 알릴 일도 없었다. 시어머니가 어마어마한 자산가이며 남편이 빌딩 여러 채를 소유한 임대업자라는 것도 문단에 알려져 있는 사실이었다. 생계 걱정 없이 쓰는 글이 베스트셀러인데다가 작품성마저 좋다며 질시 어린 선망을 받았다는 것을 니은도 알고 있었다.

함 작가의 딸이 집을 떠나와 머나먼 남쪽의 도시에서 아르바이트를 하고 있다는 게 알려지면 엄마의 배경을 알고 있는 이들에겐 의아하게 보일 뿐더러, 평판에도 좋은 영향을 끼치지 못할 게 분명했다.

"모녀간에 여행 좋아하는 건 또 닮았네."

둘러댈 필요도 없게 넘겨짚어 주어 니은은 그저 웃어만 보였다. 엄마가 여행 떠난 걸 알고 있으니 가까운 사이인가 싶었다.

"함 작가 다시 글 쓰고 있었던 거, 너도 알았어?"

"아……."

놀라움인지 반가움인지 모를 탄성이 샜다. 여자가 고개를 주억거렸다.

"몰랐구나. 나도 최근에야 알았다."

다 버리고 떠난 뒤에야 다시 시작할 수 있었구나. 철저히 혼자가 되어서야 작가로 돌아올 수 있었구나. 이젠 극복했다는 뜻일까? 다행이다.

"다행이네요."

"그렇지? 정말 다행이고 잘된 일이지. 곧 책도 나온다더라."

"아."

다시 글을 쓸 수 있게 되었다니 정말 기쁜 일임에 틀림없는데, 서글픔이 밀려드는 건 무슨 까닭인지 모르겠다. 엄마 일을 직접 듣지 못하고 전해 듣게 되어서? 글은 쓰고 있으면서도 연락 않는 엄마가 원망스러워서?

여자가 유명 출판사 이름을 댔다. 엄마의 책들이 여러 권 나왔던 곳이었다. 신간 출간 소식도 출판사에서 들었다고 했다. 니은은 끄덕였다.

"잘됐네요."

기계적으로 한마디 보탰다.

"엄마랑 연락 자주 안 하나 봐?"

대답할 수 없어 눈길만 조금 내렸다.

"그러지 마라. 전도유망한 자식을 가슴에 묻고 살아도 사는 게 아니었을 엄마를 누구보다도 네가 잘 이해해 주고 편이 되어 주어야 하잖니. 너라도 자주 연락드리고 챙겨야지. 안 그래?"

"……네."

끊어 낸 쪽은 엄마라고 말하지 못했다. 닫힌 문만 두드려 오다가 결국 포기해 버렸노라 말할 수 없었다. 그립고 밉고,

그립고 서운하고, 그립고 아프다고 복잡한 감정을 토해 내지도 못했다.

이 사람에게 있어 엄마는 10년간의 고통스런 절필을 딛고 일어나 마침내 신작을 써낸 작가였다. 수많은 독자들이 엄마의 작품을 기다리고 있었다. 애타게 기다려 온 사람들 중에는 자신도 포함되어 있었지만 지금은 기쁨을 앞서는 심란함에 죄책감만 더했다.

"대학생이겠구나. 전공은 뭐야?"

머뭇거리다 조그맣게 대답했다.

"국문학이요."

"그래? 엄마가 좋아했겠다."

"엄마는……"

엄마는 좋아하지 않았다. 좋아하는 시늉도 없었다. 함께 사는 동안 니은은 엄마를 기쁘게 하려 애썼다. 웃는 얼굴을 보고 싶었고, 사랑받고 싶었다. 오빠 대신이라도 좋았다. 오빠의 빈자리를 채우려 노력했다. 국문학을 선택했던 것도 그 노력들 가운데 하나였다.

합격 소식을 엄마에게 알리던 날을 기억한다. 묘한 표정으로 보다가 피식 웃음을 흘리던 엄마. 그건 기쁨도, 반가움도, 놀라움도 아니었다. 쓸데없는 짓을 했구나, 하는 비웃음에 가까웠다. 다른 모든 노력들처럼 실패라는 것을 깨달았다. 수시에서 문예 창작과 실기를 치렀으나 떨어졌다는 말은 하지 않았다.

"혹시 너도 소설 쓰려고?"

이 물음에 대해서만은 단호히 대답할 수 있었다. 니은은 여자를 똑바로 쳐다보며 말했다.

"아니요."

여자가 작은 한숨을 내쉬었다. 기역이가 살아 있었다면 좋았을 것을. 한숨의 의미는 그렇게 읽혔다. 니은은 정중하게 인사한 다음 여자로부터 돌아섰다.

"출간 즈음에는 들어오지 않으려나."

여자의 중얼거림이 그림자처럼 뒤따라왔다.

불현듯 외로웠다.

꿿꿿꿿꿿ㅅ

하모니카를 불지 않은 지 여러 날이 흘렀다. 하모니카 소리 틈새로 파고드는 니은 때문이었다.

한밤, 벤치에 앉으면 유번은 습관처럼 하모니카를 부는 대신 니은에게 전화를 걸곤 했다. 귓가로 번져 오는 니은의 목소리가 하루의 피로를 지워 주었다.

니은을 만난 이래로 이명은 다시 찾아들지 않았다. 언제 어디에서든 괜찮았다. 옛 추억들을 소환하는 어떤 곳에서도, 도시 곳곳에서 아버지가 설계한 건물들과 만날 때도 다 괜찮았다.

니은을 바래다줄 때도 더 이상 오렌지 하모니카를 외면하지 않았다. 이명이 아주 물러간 것이라 낙관하게 됐다.

이명이 사라진 것은 니은과 만나기 몇 달 전부터였다. 그렇지만 늘 불안하고 두려웠다. 시작될 때 그랬듯 불시에 다시 찾아올까 봐. 니은을 만나면서 불안이 점점 엷어졌다. 두려움도 희미해졌다. 이젠 정말 괜찮아졌다는 확신이 커져만 갔다. 니은이 의도한 바는 아닐지라도 덕분이라 생각할 수밖에 없었다.

오늘 밤에는 니은과 헤어지지 않을 것이다. 니은을 데려다주고 혼자 돌아서지 않을 것이다. 니은과 같이 오렌지 하모니카로 들어갈 것이다. 할머니와의 약속을 오늘 밤에는 꼭 실행할 것이다. 오렌지 하모니카에서 잠들 것이다. 아무것도 모른 채 깜짝 놀랄 니은을 생각하면 웃음이 났다.

이제 그만 섬에서 나오라고, 네 자리인 오렌지 하모니카로 들어오라고 할머니가 또 종용하겠지만 이제는 지금까지처럼 거절만 하진 않을 것이다. 생각해 보겠다고 대답할 것이다. 그리고 긍정적인 방향으로 생각해 볼 것이다.

왜냐하면…… 니은과 더 많은 시간을 같이 하고 싶으니까.

지금까지 이명을 지우고 물러가게 하는 부적이 하모니카였다면, 이제부터는 니은. 하모니카 말고, 서니은. 그렇게 믿고 싶다. 아니, 믿겠다.

오렌지 하모니카에서 맞이할 내일을 위해 유번은 연차 신청까지 해 두었다. 여행을 앞둔 날처럼 설레었다. 니은에게 전화를 하려는데 휴대폰이 울렸다.

―장유번 씨? 나 장 감독입니다.

중저음으로 근엄한 척이다. 모르는 이가 들었으면 20대 중반의 남자라고는 생각지 못할 만큼 그럴듯했다.

"배우가 되지 그래?"

걸이 낄낄 웃었다.

―요즘은 좀 어때?

곧장 이명의 안부부터 묻는다. 유번은 여느 때처럼 담담히 대답했다.

"괜찮아."

―진짜 괜찮아?

다른 날들과는 달리 재차 물어 왔다. 희망의 실마리를 잡아 보겠다는 손짓 같아 맘이 짠했다.

"진짜 괜찮아."

―고맙네.

"고맙기는."

―형 말고 서니은 씨.

동의했으므로 유번은 미소 지었다.

―지난번에 찍은 다큐, 오늘 방송이야.

걸이 케이블 채널과 방송 시간을 알려 주었다.

"알았어. 할머니한테도 말씀드려야겠다."

―방금 내가 전화 드렸어.

"좋아하시지?"

―당근. 달 여사 내 열혈팬 1호시잖아, 흐흐.

걸은 열두어 살 무렵부터 캠코더를 들고 다니며 촬영하기를 좋아했다. 처음엔 가족들의 모습이 주로 찍혔지만 점차 바깥 세상으로 영역을 넓혀 나갔다. 일방적인 영상 수집 차원을 벗어나 스토리가 담기면서 걸의 색깔이 뚜렷해졌다.

학창 시절엔 각종 청소년 영상제와 단편 영화제에서 수차례 상을 받기도 했다. 대학에서도 영상 콘텐츠를 공부했다. 걸 앞에서 표현한 적은 없지만 유번 역시 걸의 열혈팬이었다.

―참, 달 여사 말이야. 몸이 어디 안 좋다던가, 그런 건 아니겠지?

"무슨 소리야?"

―좀 전에 후배랑 통화했는데, 며칠 전에 제일 병원 앞에서 달 여사를 봤다더라고.

제일 병원은 은파에서 가장 규모가 큰 병원이었다.

―특별히 어디가 편찮아 보이시진 않았다던데. 그래도 혹시나 해서 내가 달 여사한테 슬쩍 떠봤거든? 최근에 병원에 들르지 않았느냐고, 누구 병문안이라도 다녀오셨느냐고 했더······.

"그랬더니?"

―그런 적 없다고 딱 잡아떼시는 거야. 이상하잖아?

정말 이상했다.

―형이 한 번 여쭤봐. 나한테는 몰라도 형한테는 뭐든 숨기지만은 않으실 거니까.

숨긴다는 말이 불길한 뉘앙스로 다가들었다. 지난 며칠 동

222

안 니은에게서 전해들은 할머니 근황은 평소와 똑같이 생생하고 명랑했다.

"전화해 볼게. 별일 없으실 거야. 걱정하지 마."

—당연히 별일 없으셔야지. 걱정 안 해. 어디까지나 확인 차원. 돌다리도 두드려 보고 건너는 그런 거. 그러니까 형도 미리 걱정하진 말고.

"그래."

유번은 걸과 통화를 끝내고 바로 할머니한테 전화를 걸었다. 언제나처럼 할머니 목소리가 반갑게 뛰어나왔다.

—번아!

"건강하게 잘 지내시죠?"

—그럼! 우리 큰손자님은? 잘 지내고 있지? 밥도 잘 먹고? 연애 사업도 순항 중이시지?

마지막 질문만 더해졌을 뿐 별다르지 않았다. 진실과 직면하기 위해서라면 정공법이 빠르다.

"할머니."

—왜에? 왜 이렇게 다정하게 불러?

"제일 병원엔 왜 가셨어요?"

단도직입적으로 물었다. 전화 저편의 침묵이 무거웠다. 유번은 침착하게 기다렸다.

—번아.

"네, 말씀하세요."

—실은 내가 시한부다.

숨이 멈췄다.

—요럴 줄 알았냐?

깔깔, 웃음소리가 즐거웠다. 할머니다운 장난이지만 마음을 놓을 수가 없었다.

"무슨 그런 농담을 하세요."

어조가 딱딱해졌다.

—간만에 제대로 낚여 놓고 정색하기는. 번아, 전에 내가 아동 센터에 유난히 눈에 밟히는 아이가 하나 있다고 했었지? 그 아이 할머니가 중환자실에 있단다. 새벽에 폐지 줍다 차에 치였다는데, 아무래도 힘들 것 같아. 그러면 그 아이가 혼자 남을 텐데, 걱정이다.

왜 그 아이 걱정까지 할머니가 하세요? 하려다 말았다. 할머니 성정에 그러고도 남았으니 말이다. 교통사고로 불시에 혈육을 잃은 손자들을 연상하며 감정 이입이 된 것일지도 몰랐다.

"걸이한테는 왜 그런 얘길 안 하셨어요. 걱정하잖아요. 정말 괜찮으신 거죠? 어디 편찮으신 거 정말 아니죠? 있는 그대로 말씀 안 하시면 저 정말 화낼 겁니다."

—어이구, 우리 큰손자님께서 심각하시네. 내가 너하고 걸이 참한 아이랑 짝지어 장가보내고, 증손자랑 증손녀도 보고, 걔네들 시집, 장가갈 때까지 살 거니까 걱정 말아. 나 100살은 끄떡없다. 너희들 지키면서 너희 엄마, 아빠 몫까지 내가 다 살고 갈 테니까. 꼭 그럴 거니까.

코가 시큰했다. 목이 메어 뭐라 말이 나오질 않았다.

—걸이한테도 그리 일러라. 걱정할 것 하나 없다고.

"네."

먹먹해진 채로 겨우 대답했다. '고맙습니다, 사랑합니다'라
는 말이 심장에 맺혔다.

오후의 쨍한 햇살이 정원에 가득했다.

"잘 쉬었어요. 가을에 또 올게요."

할머니한테서 폴라로이드 사진을 받아 든 여자가 할머니에
게 인사했다. 할머니가 웃으며 말했다.

"작가님이야 언제든 대환영이지."

문간에 서 있던 니은과 눈이 마주치자 여자가 다가왔다. 니
은도 앞으로 한걸음 내디뎠다.

"오늘 보니 여자 태가 나네. 어젯밤엔 어릴 때 그 말간 모습
만 보이더니."

니은은 미소 지었다.

"근데 아무리 봐도 넌 엄마랑 안 닮았다."

어릴 때도 자주 듣던 소리였다. 엄마랑 같이 나가면 '넌 아
빠 닮았나 보구나'라고들 했다. '엄마를 닮았으면 좋았을 텐
데' 하고 대놓고 아쉬워하는 이들도 있었다. 어린 니은은 사람
들이 돌아볼 만큼 예쁜 엄마가 자랑스러웠지만.

"기억이가 함 작가 판박이였는데."

이런 말이 덧붙여지면 심란했다. 아빠가 싫어지게 되면서부터는 더더욱.

"넌 더 있을 거니?"

"네."

"여긴 내 힐링 스페이슨데, 해가 갈수록 사람들이 많아지네."

니은은 역시 미소만 지었다.

"엄마 어디 계시는지는 알지?"

모른다. 어젯밤 모처럼 들어가 본 엄마의 SNS에서는 황량한 들판 사진만 만났을 뿐이다. 어딘지 모를 이국의 그 풍경이 여전한 엄마 마음인가 싶어 쓸쓸했다.

"네."

거짓말을 했다.

"엄마한테 잘해. 너밖에 없잖아. 딸은 자라서 엄마한테 친구가 되는 거야."

딸에게 친구가 되어 주는 엄마도 많던 걸요. 노력은 쌍방에서 작용하는 힘이잖아요.

입안에 맴도는 말들을 삼켰다. 뭔가 억울해지는 심정도 함께 삼켰다. 웅크렸던 허리를 반듯이 세우듯이 다만 생각했다.

엄마는 엄마. 나는 나. 사랑받으려 노력하지 않아도 되는 지금이 오히려 편하다고. 오빠의 대용품이 되려던 부질없는 노력 따위, 이젠 하지 않겠다고. 엄마가 글을 쓸 수 있게 되었으니, 오래 지녀 온 죄책감도 이제는 놓아 버리겠다고.

니은은 공손히 몸을 숙였다.

"조심히 가세요."

여자가 오렌지 하모니카를 떠났다. 저만치 떨어져서 지켜만 보던 할머니가 니은 곁으로 왔다.

"저 사람 작가잖아. 사인도 받았지."

할머니가 니은의 눈앞에다 책을 들어 보였다. 책을 받아 들고 책날개를 보고서야 어젯밤 낯익다 느꼈던 이유를 알게 됐다. 실물보다 눈에 익은 프로필 사진과 이름. 엄마만큼은 아니지만 제법 알려진 작가였다.

"너랑 아는 사이 같다?"

"저랑 아는 건 아니고, 엄마 동료분이세요."

"그럼 너희 엄마도 작가야?"

"네."

"그렇구나. 나도 아는 사람일까? 무지 궁금한데 이름도 말해 줄 테야?"

기대로 들뜬 얼굴 앞에서 말하지 않을 도리가 없었다.

"함소진이요."

할머니가 입을 헤벌렸다. 예전에 은실이도 이랬었다. 니은은 그냥 웃었다.

"할머니 알았고, 엄마도 알았고, 이제 아버지만 남았네."

"하나 더 있어요, 할머니."

"하나 더? 누구?"

"오빠요."

"오빠가 있어?"

"지금은 세상에 없어요."

할머니가 끄덕였다. 니은의 손을 잡고 손등을 토닥이며 말했다.

"내가 그 마음 안다. 말 더 안 해도 된다. 언제든 말하고 싶어지거든 그때 해."

니은은 가만히 고개를 끄덕였다. 자연스레 오빠를 입에 올렸는데도 아프지 않았다. 할머니라서 그럴까. 오늘은 유번에게도 오빠를 말해 주리라 다짐했다.

"은아."

"네, 할머니."

"우리 걸이 방송 시작할 시간이야."

니은도 할머니처럼 초롱초롱해졌다.

"빨리 들어가서 봐요, 할머니."

둘이 함께 TV가 있는 할머니 방으로 직행했다. 할머니가 메모해 둔 채널을 니은이 찾아 켰다. 가출 청소년들의 일상을 다룬 다큐 프로그램이었다.

"난 먹방이 제일 좋은데."

시작하자마자 할머니가 불평했다. 말만 그랬지, 눈은 화면에서 뗄 줄 몰랐다.

"저는 여행 프로그램이요, 할머니."

"여행 좋아해?"

"좋아는 하지만 마음껏 떠날 수도 없고 떠나 본 적도 없으니까 여행 프로그램 보면서 대리 만족만 해요."

"너 없을 땐 나도 먹방 보면서 혼밥 아닌 듯 그랬지."

니은은 기대듯 할머니 팔짱을 꼈다. 닿으면 따듯한 할머니가 참 좋고 든든했다.

"할머니, 쟤 되게 예쁘지 않아요?"

화면 속에서 유독 눈에 띄는 여자아이를 가리키며 묻자 할머니가 퉁 던지듯 대답했다.

"네가 더 예뻐."

"진짜요?"

"진짜."

"엄마는 엄청 미인인데, 전 엄마랑 하나도 안 닮았거든요. 그래서 속상해요."

"딸은 아빠 닮아야 잘산대."

"진짜요?"

"진짜."

"근데요, 할머니. 저 아빠 싫어하는데요?"

"생긴 것만 닮으면 되지. 너 보면 아빠 외모도 나쁘진 않은 것 같은데?"

"외모는 뭐 그럭저럭 봐 줄만은 해요."

"그럼 됐지, 뭘 더 바라?"

맞다. 그럼 됐다. 지금 이렇게 편안히. 여기서 뭘 더 바랄까.

"할머니 말씀은 언제나 진리예요."

"그걸 이제 알았어?"

니은은 소리 내어 웃었다. 할머니의 팔도 더 꼭 품었다. 할머니와 같이 있어서 행복했다. 할머니랑 같이 보는 걸의 다큐도 좋았다. 감상적 접근이 아니면서도 마음을 찡하게 울리는데가 있었다. 담백한 단편 영화를 본 느낌이었다.

음악이 흐르며 엔딩 타이틀이 올라갈 때였다. 할머니는 걸에게 전화한다며 휴대폰부터 꺼내 들었다. 일어나려던 니은은 엉거주춤 주저앉았다. 화면에 주르르 올라가는 글자들 가운데 눈에 박히는 이름 하나.

VJ 장유걸

일순 멍해졌다. 장씨가 흔한 성이라곤 할 수 없었다. 더구나 유번과 유걸? 누가 봐도 연관성이 짙었다. 머릿속이 확 맑아졌다. 은파에 와서 지금껏 펼쳐져 온 상황들이 퍼즐 맞춰지듯 제자리를 잡았다.

하, 낮은 웃음이 났다.

장유번, 장유걸. 그러니까…… 형제?

유번을 두고 '세상에서 제일 친한 형'이라던 걸의 말이 생각났다. 따지자면 틀린 말도 아니었다. 그렇다면 할머니가 소개시켜 주려던 그 첫째 놈이…… 유번!

누군가가 부드러운 손길로 간지럼을 태우는 것만 같았다.

지원군 같던 할머니의 말과 행동들이 한순간 이해가 됐다. 니은은 함박웃음을 머금고서 할머니를 돌아보았다. 할머니는 전화기를 붙들고 열렬히 소감을 늘어놓는 중이었다.

니은은 살그머니 할머니 방을 나와 휴대폰을 열었다. 유번에게 뭐라고 말할까, 즐겁게 설레었다. 문자부터 보냈다.

〈이럴 수가!〉

궁금증을 유발하는 문자였다. 유번은 니은에게 즉시 전화를 걸었다.

—니은이에요.

맑은 목소리가 평소와 크게 다르지 않았다.

"이럴 수가."

나지막이 읊조렸다. 고소한 웃음소리와 함께 물음이 건너왔다.

—왜요?

"엄청난 일이라도 생긴 줄 알았는데 지극히 평온하잖아."

다시금 웃음소리가 들려왔다. 연유가 무엇이건 듣기 좋았다. 웃고 있는 니은의 얼굴이 환히 그려졌다. 보고 싶었다. 유번의 입가에도 웃음이 감돌았다.

"뭐지?"

─맞춰 봐요.

"달 여사님 로또 당첨?"

니은이 키드득 웃었다. 유번도 미소 지었다. 니은이 웃으면 같이 웃게 되고, 웃음소리만 들어도 따라 웃게 된다. 웃음을 번지게 하는 사람이 있다는 건 고맙고 행복한 일. 곁에서 살고 싶다. 니은에게도 날마다 웃음을 주고 싶다.

─그런 거 말고 더 재미있는 비밀.

"비밀?"

─응!

상큼한 대답에 툭 말해 버렸다.

"귀여워."

니은이 또 웃었다. 이번엔 조금 수줍은 듯이. 표정이 눈에 선했다. 앞에 있었으면 손 뻗어 만지고 싶었을, 만지고 말았을.

"퀴즈는 걸이 잘 푸는데."

─아아, 세상에서 제일 친한 동생? 근데 그 동생 이름이 뭐였더라?

비로소 감이 왔다.

"한발 늦었네. 오늘 밤에 알게 될 예정이었는데."

─오늘 밤에?

"서니은 손잡고 오렌지 하모니카에 입성할 계획이었거든."

─아하, 그런 깜찍한 계획을 세워 두었단 말이죠? 그럼 오늘 밤까지 아무것도 모르는 척해 줄게요.

"이미 알았으면서, 뭘."

—그래서 김샜어요?

"김샜다기보다는."

—보다는?

조금 두근거렸다. 관계를 알게 된 니은이 불편하게 여기지 않는다는 건 느낌으로 알겠다. 참한 짝 지워서 장가보낸다던 할머니 말씀이 생각났다. 이제부터 급물살을 타게 되리란 예감. 섣부른 희망 사항일지도 몰랐지만 가슴이 뛰는 건 어쩔 수 없었다.

"그런데 어떻게 알았지? 할머니가 들키셨나? 아니면 걸이 못 참고 말했나?"

—좀 전에 할머니랑 걸 씨 다큐 봤잖아요. 엔딩 타이틀 올라가는데 이름이 딱! 장유걸이란 이름을 보고 어떻게 장유번을 떠올리지 않을 수가 있겠어요?

"놀랐겠네."

—그러니까 이럴 수가!

유번은 웃었다. 니은의 웃음소리도 한데 섞였다.

"할머니 반응은?"

—할머니한테는 아직 얘기 안 했어요. 오늘 밤까지 입 닫고 있을까 봐요. 유번 씨의 반짝 이벤트를 위해서.

"궁금한 게 많을 텐데."

—유번 씨 지금 바쁘잖아요. 저녁에 만나서 얘기해요.

"알았어."

7시에 '또와'에서 만나기로 하고 통화를 마쳤다. 일이 손에 잡히지 않았다. 땅에서 몇 cm쯤 떠다니는 듯했다.

더디게만 흐르던 시간이 지나 저녁이 왔다. 유번은 스쿠터를 타고 니은에게로 달려갔다.

\>>>>>>>,

오늘 유번과의 저녁은 '너의 비밀은'으로 정했다. 애니메이션 영화 '너의 이름은'을 패러디해 새로이 개발한 메뉴라고 했다. 메뉴판을 열자마자 눈길이 꽂혔다. 유번도 마찬가지인 듯 다른 건 보지도 않고 곧장 신 메뉴를 주문했다.

먼저 도착한 맥주잔을 찬 부딪쳤다. 유번과 눈을 마주치며 한 모금 마셨다. 맥주는 기분 좋게 차가웠고, 실내를 채운 음악은 경쾌했다. 잔을 내려놓으며 유번이 말했다.

"긴장된다. 면접 보러 온 것 같아."

니은은 웃었다. 긴장되는 쪽은 자신일지도 몰랐다. 유번의 가족 관계를 알게 된 것과는 상관없이 오늘 유번에게 오빠에 대해 말해 줄 생각이었으니까. 니은에게 있어 '오빠'는 일종의 열쇠였다. 가족 전부를 헤아리는 키포인트.

"걱정 마요. 압박 면접은 안 할 테니까."

"감사."

"제일 궁금한 것부터."

"그동안 왜 감추고 있었나?"

"응."

또 '응'이라고 해 버렸다. 사탕 한 알 깨물 듯이. '네'라고 대답할 때와는 다르게 새콤달콤한 발음. 의식한 건 아닌데도 유번에겐 종종 여자처럼 굴게 된다. 남자에게 사랑스러워 보이는 방법을 탐구라도 해 온 것처럼 태연하게. 애교 같은 거 소질 없다고 생각해 왔는데.

유번이 웃었다. 얼굴에 조용히 번지는 웃음을 보는 순간이 좋았다. 더 가까이에서, 바로 곁에 앉아 저 웃음을 만지고 싶다. 유번에게 여자가 되고 싶다. 지금보다 더. 바람을 품자마자 마구 두근거렸다.

"엄밀히 말하면 감춘 것은 아니고."

"불순한 의도에서 비롯된 것은 아니었다?"

끄덕이며 유번이 말을 이었다.

"말하려다 미루기도 했었지. 슬쩍 운을 뗐더니, 할머니 큰손자라면 불편해질 것 같다고 해서."

"아, 편의점에서 도망쳤던 그날?"

기억났다. 골목 끝 작은 카페 '오늘'에서의 밤.

"잘 미뤘어요. 그때 들었다면 부담스러웠을 수 있었을 거예요. 유번 씨 할머니라는 거 알았으면 할머니한테 잘 보이려고 막 애썼을 테고, 할머니 눈길에 신경 쓰였을 테고. 그러느라 힘들어졌을 수도 있으니까."

"잘 보이려고 막?"

웃으며 되짚는 유번에게 니은도 웃어 보였다. 속내를 솔직하게 말해 버린 셈인데 부끄럽지만은 않았다.

정말 그랬을 거다. 할머니한테 잘 보이고 싶어서 노력했을 거다. 그러는 게 나빠서가 아니라 자칫 진심이 결여될 수 있으니까. 누구의 할머니여서 더 잘하고 잘 보이려 애쓰는 것보다는 있는 그대로의 모습으로 가까워진 지금이 훨씬 자연스럽고 좋다.

"아무튼 그때 말 안 하기를 잘한 것 같아요. 지금은 유번 씨 할머니라는 사실이 더 기쁘지만."

할머니가 좋은 건 유번을 바라볼 때보다 더 포괄적인 마음이었다. 유번은 때로 화를 낼 수도 있을 테지만 할머니는 무조건적인 애정만 퍼부어 줄 것 같았다. 그런 사랑이 얼마나 고팠는지 유번은 잘 모를 것이다.

"벽화 골목 해변에서 유번 씨가 그랬잖아요. 나랑 똑같다고."

맥주를 들이켜곤 유번이 부모님 이야기를 시작했다.

"7년 전에 교통사고로 부모님이 돌아가셨어. 그때 난 군대에 가 있었는데, 나중에 할머니한테 듣기로는 밤늦게 두 분이 함께 오렌지 하모니카에 가시던 길이었다고."

"아, 그래서……."

오렌지 하모니카에는 걸음을 하지 않았던 거구나. 코앞에 두고도 매번 돌아서 갔던 거구나.

유번의 이야기는 담담히 계속됐다. 죽음에 대해서는 사실 위주로 간략하게, 함께했던 삶에 대해서는 다채롭게. 니은은 가만히 들었다. 유번의 가족들이 마음에 다정히 자리 잡았다.

행복한 가정에서 건강하게 잘 자란 사람이구나, 생각했다. 모자람 없던 그 행복이 어느 날 갑자기 깨어져 버렸을 때, 가족 모두가 더더욱 견뎌 내기 힘들었을 터였다. 상실의 고통이 두 배였을 유번이 안타깝고 아팠다.

가족 이야기를 마친 유번이 잔에 남은 맥주를 말끔히 마셨다. 니은은 유번 옆으로 자리를 옮겨 앉아 두 손으로 유번의 팔짱을 꼈다. 할머니한테 그랬듯이 꼭 품었다. 어깨에 머리도 기댔다. 유번에게서 전해지는 체온이 따뜻했다.

"많이 힘들었죠?"

"이젠 괜찮아."

"앞으로도 내내 괜찮을 거예요."

"서니은이 있으면."

"와, 압박은 유번 씨가 하는데요?"

"압박 아니고, 권유."

"거짓말."

"거짓말."

순순한 인정이 달콤했다. 압박이 아니라 행복한 가둠. 적어도 니은에게는 그랬다.

서니은이 있으면, 서니은이 있으면, 서니은이 있으면.

입안에서 자꾸만 되뇌었다.

둘이 몸을 붙인 채 한동안 그대로 있었다. 식당 주인이 조심스레 물어 올 때까지.

"주문하신 음식은 언제쯤 가져오면 될까요?"

웃음 어린 얼굴을 보며 니은은 유번과 함께 웃었다. 주인이 음식을 가지러 간 뒤 유번에게 속삭였다.

"여기에서 이러시면 안 됩니다. 그럴 줄 알았어요."

"우리가 뭘 했다고?"

"둘이서 꼭."

"겨우 이 정도로?"

유번이 니은의 머리카락을 귀 뒤로 쓸어 넘겼다. 드러난 귀에 입술을 댔다. 부드러운 기습. 더운 숨이 어지러웠다. 입술은 귀밑 목덜미에도 머물렀다. 아찔했지만 피하지 않았다.

"이쯤 되면 모를까."

유번의 목소리가 아득했다. 몸에 남아 아른거리는 감각 때문이었다.

식탁 위에 오늘의 저녁 식사가 차려졌다. 잘 쪄 낸 단호박 속에 소고기와 견과류가 치즈에 버무려져 숨어 있었다. 샐러드와 곁들인 소스도 담백했다. 니은은 맞은편 자리로 돌아가지 않고 유번 곁에 앉아서 먹었다.

유번은 이따금 니은의 허벅지에 손을 얹었다. 나른히 어루만지거나 무릎을 손바닥으로 감싸기도 했다. 화인이 찍히는 것 같은 손길.

나쁜 손이라고 오늘은 말하지 않았다. 더 나빠져도 좋다고 생각했다. 두렵지 않았다.

이명만 제외하고, 다 말했다.

그러므로 '괜찮다'는 말의 진짜 의미를 니은은 모르겠지만 영원히 몰랐으면 했다. 상실이 초래한 상흔. 흉터조차도 남기고 싶지 않다. 묻어 두고 싶었다. 니은에게는 든든한 남자이고 싶으니까. 강인한 울타리가 되어 주고 싶으니까.

이명을 말하지 않고도 현재를 납득시킬 수 있을지 우려해 왔었다. 다행히도 니은은 단박에 이해하는 것 같았다. 부모님의 사고 때문에 지금껏 오렌지 하모니카를 외면해 왔으리라 생각했을 것이다.

그런 측면도 물론 있었다. 갑작스런 불행 앞에서 인간은 투사할 대상을 찾게 되니까. 사고의 직접적 원인은 음주운전자에게 있었지만 죽어 버려 책임을 물을 수도 없었다. 마땅히 분노할 대상마저 사라져 버린 것이었다.

그로 인해 부모님의 목적지였던 오렌지 하모니카에 일차적 원인과 책임을 투사해 온 것일 수도 있었다. 무의식중에 탓하며 외면해 온 것이다. 그 시간에 거길 가지만 않았더라면. 가더라도 한 사람만 갔더라면. 거기 가야만 하는 일이 없었더라면. 애초에 오렌지 하모니카가 거기에 없었다면.

부모님의 손길이 고스란히 묻어 있는 곳. 애정이 쌓인 곳. 그 공간이 자신을 위해 준비된 선물이었기에 유번은 더욱 고통스러웠다. 거슬러 올라가면 결국은 나 때문이라는 생각. 행복할 때면 하지 않았을 인식들이 정서를 좀먹어 온 거였다.

이제 더는 불건강한 투사를 하지 않겠다. 오렌지 하모니카는 부모님이 남겨 주신 소중한 유산. 기꺼이 껴안고 지키겠다. 이명을 다시 불러들일지도 모른다는 두려움으로 외면만 하진 않겠다.

이명은 과거.

니은과 같이 오늘을 살겠다.

그리고 미래도 함께.

유번은 심호흡을 했다. 곁에 서서 니은도 후우, 숨을 길게 내쉬었다. 섬으로 가는 케이블카를 타기 직전이었다. 손을 끌어다 쥐자 니은이 유번을 올려다보았다. 끄덕여 주었다. 괜찮아, 말해 주듯이.

그러고도 몇 대를 그냥 보내고서야 케이블카에 올랐다. 세상과 분리된 둘만의 공간. 유리 바닥 아래로 바다가 훤히 내려다보였다. 저녁이 깊었음에도 하늘엔 아직 어둠이 물들지 않았다. 긴 여름 해 덕분이었다. 바다는 푸르게 넘실대고, 노을은 아련히 멀었다.

케이블카가 바다 위를 날아갔다. 눈을 꼭 감고 있는 니은에게 입술을 누르고 싶었다. 허공에 둥둥 떠 있는 게 무섭다던 니은의 손에 깍지를 꼈다. 감긴 눈두덩에다 입을 맞추었다.

"깜짝이야."

니은이 눈을 뜨며 중얼거렸다. 수줍어진 얼굴이 사랑스러웠다. 유번은 니은의 어깨를 끌어안고 노을 진 하늘을 가리켰다.

"예쁘다."

니은이 감탄했다. 유번에겐 니은이 더 예뻤다. 뺨에도 입술을 눌렀다. 다시 귓불과 목덜미에도. 참을 수 없었다. 숨결이 마음껏 짙어지려 할 때, 케이블카가 섬에 도착했다. 안타까웠다.

내리자마자 니은은 목이 마르다고 했다. 유번 또한 마찬가지였다. 공원 매점에서 오렌지 주스를 샀다. 바다에서 불어오는 바람이 온몸을 휘도는 열기를 식혀 주었다. 해가 서녘 하늘 너머로 사라졌다. 어둠이 급속도로 밀려들었다. 섬 여기저기가 빛들로 환해졌다.

전망대 아래 광장에 설치된 무대에서 누군가 노래를 부르고 있었다. 밴드 반주가 옛 영화의 배경 음악처럼 흘렀다. 관광객들이 삼삼오오 한가롭게 스쳐 갔다.

바다를 향해 니은과 나란히 섰다. 니은이 난간에 두 팔을 겹쳐 올렸다. 유번도 따라 했다.

"오빠가 있었어요."

차분한 어조로 니은이 이야기를 시작했다. '있었어요'라는 과거형의 서두가 마음을 때렸다. 유번은 니은에게 귀를 기울였다.

"나보다 여섯 살 위예요. 살아 있었으면 스물아홉, 딱 유번 씨 나이가 됐겠죠. 열아홉 살 때 오토바이 사고로 죽었어요."

그때 니은은 열세 살. 혈육의 상실을 감당하기엔 어린 나이였다. 갓 사춘기에 접어들며 몇 배는 더 힘들었을 것이다.

"그날 오빠는 나한테 잠깐이라고 그랬어요. 그래도 싫었어요. 나가지 말라고 나랑 놀자고 졸랐어요. 오토바이를 타고 나간 오빠가 금세 돌아온 적은 없었고, 아무도 없는 집에 혼자 있기 싫었거든요. 오빠는 금방 오겠다고 약속했지만 난 막무가내로 우겼어요. 헬멧을 껴안고 버텼어요. 헬멧이 없으면 오빠가 못 나갈 거라 생각했으니까요. 헬멧 없이는 타지 않겠다고 오토바이를 사 준 엄마랑 약속했거든. 그런데……."

숨을 가다듬듯 니은이 잠시 말을 멈추었다. 속에 담아 둔 것들을 다 풀어내도록 유번은 잠잠히 기다렸다.

"오빠가 그냥 나갔어요. 금방 온다는 약속이래요. 헬멧을 안 쓰고 나갔으니까 정말 금방 올 줄 알았어요. 아무리 기다려도 안 왔어요. 그게 마지막이었어요. 트럭이랑 부딪쳤대요. 허공을 날았대요. 머리가……. 헬멧만 썼어도 죽진 않았을 거래요. 살아는 있었을 거래요. 나도 그렇게 생각해요."

열세 살부터 오늘에 이르기까지 니은이 시달려 왔을 죄책감을 알겠다. 차마 활짝 웃지 못한 채 살아왔을 지난 10년을. 헬멧을 보며 발목에 쇠사슬이라도 묶인 듯 질리던 얼굴. 그 까닭을 이제야 알겠다. 니은이 겪어 왔을 감정들이 유번에게도 생생하게 와닿았다.

"그러지 말았어야 했는데, 그러면 안 됐는데. 매일매일 후회했어요. 나 때문이라고 엄마한테 말하지 못했어요. 무서웠어요. 엄마가 나를…… 미워할까 봐."

유번은 두 팔을 열어 니은을 끌어안았다. 품 안에 가두었다.

세상 모든 것들로부터 숨겨 주듯 힘주어 안았다.

네 잘못이 아니라고 말해 주고 싶었다. 몇 번을 말해 주어도 수긍하지 못할 테지만 백 번이고, 천 번이고 말해 주고 싶었다. 그러나 너무 쉬운 위로가 아닐까 걱정됐다. 처지가 바뀌었더라면 그런 말 앞에서 유번이야말로 냉소했을 것이었다. 당사자가 아니니까 그렇게 말할 수 있는 거라고 서늘하게 내쏘았을지도 몰랐다.

어린 니은에게 죄책감을 심어 주었을 그 순간. 기억을 말끔히 지울 수 있다면 더할 나위 없이 좋겠지만, 불가능하다는 것을 알기에 지금은 다만 이렇게 품에 들여 꼭 안아 주는 방법밖에는 달리 없었다. 죄책감도, 아픔도, 슬픔도 더는 침투하지 못하도록 깊이.

품 안의 니은은 고요했다. 둥지를 찾아와 잠든 새처럼. 울지 않아 더 애틋했다. 목 놓아 울지도 못했던 자신을 들여다보는 것 같아 가슴이 저렸다. 지켜 주겠다, 결심했다. 그게 무엇이든 이 여자를 괴롭히는 모든 요소들로부터 차단하리라, 다짐했다.

니은의 이야기는 계속됐다. 엄마와 아빠, 그리고 할머니에 대해서. 말을 아꼈지만 관계 속에서 힘겨웠을 시간들이 웬만큼은 헤아려졌다. 고아라고 말해야 했던 니은의 심정도 짐작됐다.

그렇지만 고아가 아니라서 다행이라 생각했다. 때로 상처를 주고받을지언정 상실의 아픔을 공유할 수 있는 사람. 먼 길

헤매다 지쳐 돌아가면 등짝을 때릴지라도 마침내 따뜻이 안아 줄 사람. 그게 핏줄이고 가족이니까.

>>>>>>>>

유번에게 다 말하지는 못했다. 말할 수가 없었다. 그의 가족들하고는 결이 많이 달라서. 가족사를 유번이 속속들이 알게 되는 것이 부끄러워 큰 테두리만 말했다. 아빠의 어린 여자에 대해서는 입도 떼지 않았다. 할머니의 터무니없는 명령에 대해서도.

오빠 이야기를 듣고도 유번은 서툰 위로의 말 따위는 하지 않았다. 완벽히 보호하듯 꼭 안아 주었다. 니은은 유번의 품에 폭 안겨 평화로웠다. 세상 모든 시름이 다 잊혀졌다.

"바다를 가로질러 길고 긴 다리 하나를 건너온 것 같아요."

"건너왔으니 다리는 불살라야지."

"그럼 되돌아가진 못하는 거네요?"

"되돌아가고 싶어?"

니은은 고개를 저었다. 이미 장유번이란 남자에게로 스며들었으니까. 그리고……

"할머니가 무지무지 좋으니까. 어쩌면 유번 씨보다도 더."

"그건 아니잖아?"

정색하는 유번을 보며 웃었다. 유번도 함께 웃었다.

서로의 손을 꼭 잡은 채 광장 가장자리를 천천히 걸었다.

주위를 둘러싼 어둠이 아늑했다. 저 멀리 무대 쪽에서 노랫소리가 들려왔다. '은파에서 밤'이었다.

두근두근 봄, 반짝반짝 여름, 은파에서 밤, 도란도란 겨울.

나직나직 가사를 짚어 부르다 문득 궁금해졌다. 가을은 왜 없는지가.

"원래 섬에 들어오면 배 시간 일부러 놓치고 그러는 건데."

"일부러?"

웃으며 묻자 유번이 확답했다.

"일부러."

"우린 배 타고 들어온 것도 아닌데요?"

"케이블카 끊어지면 이 섬에서 못 나가."

니은은 눈을 동그랗게 떴다. 유번이 손목시계를 들여다보더니 진지하게 말했다.

"잘하면 놓치겠는데."

"진짜로요?"

"좋아하는 티 너무 나잖아?"

"아니거든요?"

조용히 웃는 유번을 보며 두근거렸다. 정말 못 나가게 돼 여기서 유번과 밤을 지새우면 어쩌나. 니은은 앞서가는 상상을 잡아채듯 단단히 말했다.

"못 들어가면 할머니가 걱정하실 거예요."

"할머니는 아주 기뻐하실 거야."

까르륵 웃음이 터졌다. 즐겁게 웃을 수 있는 이 순간이 행복했다. 너무 행복해서 오히려 두려웠다.

니은은 잡고 있던 유번의 손을 끌어당기며 케이블카를 타는 전망대 쪽으로 뛰었다. 유번도 발맞춰 뛰었다. 숨이 가빴다. 웃어서, 뛰어서, 유번이 곁에 있어서.

마지막 운행하는 케이블카를 간신히 잡아탔다. 둘이 바짝 붙어 앉았다. 어둔 바다와 도시의 찬란한 빛들이 추억처럼 흘러갔다.

바다 위 둘만의 시공간에서 오래 입술을 나누었다. 젖은 소리가 시간을 지웠다. 거침없는 손길에 공간을 잊었다.

이대로 내내 허공에 멈춰 있어도 괜찮아, 생각했다. 다른 세계로 날아가도 좋아, 생각했다. 유번이 있으면. 유번과 함께라면.

2

월요일 오후엔 혼자일 때가 많았다.

할머니는 점심 식사 후 지역 아동 센터로 봉사 활동을 나갔다. 주말 내내 오렌지 하모니카를 채웠던 이들도 대부분 떠났다. 주말과 상관없이 며칠씩 머무는 손님도 간혹 있었지만 방에서 지내거나 외출하곤 했다.

덕분에 1층 카페는 니은이 오롯이 차지할 수 있었다. 오전 중에 청소며, 세탁이며 일도 다 마친 터라 여유로웠다.

니은은 창을 열고 앉아 그림을 그렸다. 고개를 들면 눈길 닿는 창가에도, 창 너머 정원에도 여름 햇살이 투명하게 반짝였다. 평온한 지금이 꿈결 같았다.

한참을 그리다가 붓을 씻어 두고 휴대폰을 집었다. 스케치북 속의 그림을 사진으로 찍어 유번에게 보냈다. 설렘으로 기다렸다. 곧 유번에게서 문자가 날아왔다.

〈하늘인가?〉

입을 비죽 내밀고서 답을 보냈다.

〈칫, 바다예요.〉
〈하하하.〉

낮은 웃음소리가 들리는 듯했다. 니은도 웃었다. 유번이 물어 왔다.

〈제목은?〉

잠깐 생각하다 답했다.

〈반짝반짝, 여름〉
〈바다에 반짝이는 햇빛을 그린 거구나.〉
〈응!〉
〈엄지 척!〉

니은은 환하게 웃었다. 문자로도 웃음을 보냈다.

〈^────^〉

〈예쁘다.〉

유번의 답에 뺨이 따끈해졌다. 요즘 유번은 저녁마다 오렌지 하모니카로 왔다. 퇴근하자마자 달려오는 유번을 기다리는 것도 즐거운 하루 일과 중 하나였다.

〈할머니 오늘 늦으실 거라고 우리끼리 저녁 먹으래요.〉

〈안 들어오신단 얘긴 없고?〉

유번의 물음에 웃어 버렸다.

〈그런 말씀 전혀 없으셨으니깐 두근두근하지 말고 그냥 와요.〉

유번에게서 다시금 웃음소리가 날아들었다. 유번이 올 때까지 두 시간도 채 남지 않았다. 슬슬 저녁 준비를 해야겠다 싶어 그림 도구들을 정리하고 있는데, 은실한테서 전화가 왔다.

"은실아!"

─목소리에서 꿀이 떨어지네. 별일 없지?

"응. 아주 안녕해. 너는?"

─나는 별일 조금 있어.

"무슨? 남친이랑 여름 맞이 이별?"

─아니, 올여름은 얌전히 지나가 보려고.

"좋은 소식이네."

—안 좋은 소식도 있는데.

"뭔데?"

—좀 전에 너희 할머니한테 전화받았어.

"아."

가슴이 찰랑했다. 2주 전 동백정에서 받았던 도 실장의 전화가 떠올랐다. 할머니의 충직한 오른팔이자 아들보다 더 믿고 아끼는 사람. 할머니의 계획에서 중심축인 남자기도 했다.

그는 제 행방을 찾으라 했다는 할머니의 지시를 특유의 무감한 말투로 전했다. 할머니가 나서기 전에 돌아오는 게 좋을 거라는 말도 조언처럼 곁들였다. 은실에게 할머니가 직접 전화를 했다는 건 위험 신호였다. 전화번호는 도 실장이 알아냈을 것이다.

"뭐라고 하셔?"

—너 지금 어디 있는지 대라고 하시더라. 우리 집에 있었던 것도 아시던데?

"그래서 얘기했어?"

—내가 바보야? 난 모른다고 했지. 우리 집에서 나간 뒤로는 서로 연락도 안 한다고.

은파에서 지내는 동안 할머니한테서 전화가 온 것은 딱 한 번. 그것조차 받지 않았다. 할머니도 더 걸어오진 않았다. 처음엔 침묵이 불안했지만 시간이 흐를수록 낙관하게 됐다. 억지를 쓰거나 강제로 될 일이 아니라는 것을 할머니도 깨닫고 있으리라 생각했다.

도 실장의 전화를 받았을 때에야 할머니 심중이 변함없다는 것을 알았다. 아빠의 여자가 아기를 잃어서일 터였다.

―니은아.

"응?"

―나한테 뭐 할 얘기 없어?

할머니의 명령에 대해서 어떻게 말해야 할까. 은실이 들으면 조선 시대도 아니고 요즘 세상에 그런 일이 가능하냐고 코웃음을 치겠지만 가능할 뻔했다.

"황당한 일이라 말하기도 민망해."

―황당하다는 건 상식에 어긋난다는 뜻이겠지? 알았어. 그럼 난 서니은의 소재에 대해서는 모르는 거야. 어떤 일이 있어도 절대로 불지 않겠어.

은실이 웃으면서도 비장하게 말했다. 할머니가 알아내자고 들면 은실을 통하지 않고서도 얼마든지 가능하겠지만, 찾으라는 지시에 아직은 시늉만 하고 있다던 도 실장의 말이 그나마 의지가 됐다. '아직은'이란 단서가 언제 떼어질지는 모르겠지만.

"고마워, 은실아."

―예전에 너희 할머니 집에 갔을 때, 너희 할머니 땜에 숨막히기도 했지만 네가 좀 부럽기도 했었어.

"그 집에 내 건 하나도 없는데?"

―그러니까. 나 같으면 너희 할머니 입안의 혀처럼 굴어서

마음을 사로잡아 그 재산 다 내 걸로 만들어야지, 그랬을 거거든. 왜 그렇게 못 하나, 잔뜩 주눅 들어 있는 네가 답답했어. 영리하게 좀 굴지, 싶어 안타깝기도 했고. 근데 네가 오렌지 하모니카 할머니한테 하는 거 보니까 알겠더라. 못 해서가 아니라 안 했던 거라는 거.

"나는 우리 할머니한테서는 1원 한 푼 받고 싶지 않아."

할머니 돈에 매여 비굴하게 사는 모습은 우리 아빠만으로도 충분하니까.

─야, 그래도 준다면 받아야지. 하긴 너 그렇게 고생시킨 거 보면, 뭐. 왜 그러실까? 나중에 사회에 다 환원하시려는 건가?

그럴 생각이 손톱만큼이라도 있는 분이라면 황당한 계획 같은 건 애당초 세우지도 않았을 것이다.

"그런 일은 죽었다 깨어나도 안 하실 분이야."

─죽을 때 다 싸 갖고 가시려나?

마침 정원으로 들어서는 사람들이 보였다. 유번의 할머니와 낯선 여자아이 하나. 니은은 은실과 통화를 접고 서둘러 카페 문을 열었다.

"일찍 오셨네요, 할머니?"

인사를 하면서도 눈길은 할머니 곁의 아이한테로 갔다. 아이가 손때 묻은 강아지 인형을 품에 꺼안고서 말간 눈으로 니은을 쳐다보았다. 니은은 할머니 손에서 묵직해 보이는 가방을 받아 들었다. 아이 것인 모양인데 무척 낡았다.

"모래야, 언니한테 인사해야지?"

할머니의 상냥한 말에 아이가 꾸벅 몸을 숙였다. 입은 꼭 다문 채였다.

"모래, 안녕. 나는 니은이야. 반갑다."

머리를 쓰다듬어 주려 했더니 아이가 할머니 옆으로 붙어 섰다. 니은을 말끄러미 쳐다보는 눈빛은 그대로였다. 낯을 많이 가리는 것 같진 않은데 경계심이 엿보였다. 어린 유기견 같아 안쓰러웠다.

누구인지 궁금했지만 아이 앞이라 묻지 않고 기다렸다. 할머니가 아이를 내실로 데려가 씻기고 옷을 갈아입혔다. 그사이 니은은 간식을 준비했다.

아이는 쿠키를 바삭바삭 씹어 먹고 오렌지 주스도 잘 마셨다. 경계가 조금은 풀어진 것 같아 말을 건넸다.

"언니는 스물세 살인데, 모래는 몇 살이야?"

"아홉 살이요."

"그럼 2학년이구나."

아이가 끄덕였다. 말간 눈빛이 어딘지 낯익었다.

"강아지 이름은 뭐야?"

"아지요."

"아지? 귀엽다. 언니도 어릴 때 인형 친구 있었는데. 곰 인형이라서 '곰이'라고 불렀어."

"나도 언니 있어요. 우리 언니 이름은 하늘이고요. 나보다 열 살이나 많아요."

니은은 고개를 끄덕였다.

"그렇구나. 그럼 난 니은 언니라고 부를래?"

"기역, 니은, 디귿 할 때 그 니은이에요?"

천진한 목소리 탓일까, 맑은 물 같은 눈빛 때문일까. 기역과 니은을 들먹여도 아무렇지 않았다. 유번에게 오빠를 말해 준 뒤라 그런지도 모르겠다. 유번이 품에다 깊이 안아 주어서.

"응, 맞아. 모래, 너 되게 똑똑하구나? 말 안 해 줘도 금방 알고."

아이가 조금 웃었다. 희미한 웃음이 니은을 깨우쳤다. 아이의 눈빛에서 어린 날의 자신이 보였음을. 마음이 찡했다.

니은과 둘만의 저녁을 보낼 줄 알았다. 그런데 늦을 거라던 할머니뿐만 아니라 못 보던 꼬맹이까지 식탁에 앉아 유번을 기다리고 있었다. 아이가 들을까 봐 니은에게 눈짓으로 누구인지 물었다. 대답은 할머니가 했다.

"그때 말한 그 아이다."

유번은 금세 알아들었다. 중환자실에 있다던 아이의 할머니가 그예 돌아가셨나 보다. 그렇다고는 해도 아이를 덥석 데리고 들어왔을 줄이야. 아이가 빤히 쳐다보고 있어 말하기가 조심스러웠다. 어쩌려고요? 하는 물음을 담고 할머니를 보았다.

"배고프겠다. 밥부터 먹자."

할머니가 아이한테 숟가락을 쥐어 주었다. 아이가 눈치라도 보듯 유번에게서 눈을 떼지 못했다. 아이 앞에 앉아 있던 니은이 미소 띤 채 아이에게 말했다.

"모래야, 많이 먹어."

모래라고 불린 아이가 니은과 눈을 맞추곤 입꼬리를 살짝 올렸다. 아주 조금인 그 웃음에서 유번은 니은과의 첫날을 떠올렸다. 그러고 보니 아이의 눈빛도 그날의 니은이랑 닮았다. 세상에 오로지 혼자 남겨진 것만 같은 그런.

"이 아저씨 이름은 유번이야. 장유번."

니은의 말에 유번은 딴지를 걸었다.

"아저씨라니?"

"모래한테는 아저씨죠, 뭐."

'서니은한테는 오빠'라고 대꾸했을지도 모르겠다. 니은에게서 오빠 이야기를 듣지 않았다면. '오빠'라는 호칭은 지난 10년 동안의 니은에게는 일종의 금기어와도 같았을 터였다. 여섯 살이나 위니까 오빠로 부르라고 했다면 니은의 상처를 헤집는 꼴이 되었을 것이다.

"모래 편하게 먹자. 이 아저씨 나쁜 사람 아니란다."

할머니까지 아저씨 타령이다. 모래한테 미소라도 지어 주려 했더니 눈길이 마주치자 냉큼 고개를 돌렸다.

"번아."

"네."

"모래, 내가 좀 데리고 있으려고."

할머니답지 않게 허락이라도 구하는 것 같았다. 저녁 식탁에 함께 앉아 있는 아이를 보는 순간 예상했으므로 딱히 할 말은 없었다. 다만 언제까지일지 우려스러웠다. 결국 보내야 할테니 말이다.

"그래서 말인데."

유번은 할머니를 바라보았다.

"번이 너, 이제 그만 거기서 나왔으면 싶다. 부모님 뜻에 따라서 여기도 이젠 네가 맡아야지."

그만두고 들어오라는 말이야 수도 없이 했지만, 부모님 뜻을 입에 올린 건 처음이다. 오늘따라 할머니가 평소와 달리 딱딱하고 긴장한 듯도 보였는데, 이 얘기를 하려고 그랬던가 보다.

"생각해 볼게요."

"고맙다, 니은아."

엉뚱한 대답에 유번은 웃고 말았다. 어리둥절해진 니은이 유번을 돌아보았다.

"딱 잘라 싫다고만 하던 녀석이 생각해 보겠다는 건 예스쪽이란 소리지. 이게 다 니은이 네 덕분 아니겠냐? 네가 여기 있으니까 들어온다는 얘기잖아."

할머니가 웃음을 머금고서 설명했다. 니은의 볼이 장밋빛으로 물들었다. 유번은 할머니 말을 고치지 않았다. 식탁 아래로 손을 내려 니은의 손을 쥐었다. 도망치려 꼼지락대던 손이 부드러워졌다.

"너 여기 들어오면 나는 모래 데리고 집에 들어갈란다."

이번엔 놀라지 않을 수 없었다.

"언제까지 비워만 둘 순 없잖니. 너랑 걸이랑 장가가면 가족들 데리고 맘 편히 찾아올 수 있는 집으로 만들어 놔야지."

먹먹해져 겨우 대답했다.

"네."

"번아. 그리고 은아."

할머니의 다정한 부름에 니은이 먼저 대답했다.

"네, 할머니."

유번은 눈길로 답했다.

"너희한테 내가 소원이 하나 있는데, 들어줄 테야?"

"뭔데요, 할머니?"

니은이 물었다.

"앞으로는 너희 둘이서 손 꼭 잡고 오렌지 하모니카를 꾸려 갔으면 좋겠다."

유번을 보는 니은의 눈에 놀라움이 담겼다. 예감했던 일이라 유번은 그리 놀라지 않았다.

"왜. 손 꼭 잡기 싫은 거야?"

할머니 눈길이 니은에게 향해 있었다. 멍하니 있던 니은이 고개를 저었다.

"아니요."

조그맣게 대답도 했다. 유번은 기뻤다. 프러포즈에 대한 끄덕임 같아서. 할머니 물음은 유번에게도 다가들었다.

"번이, 너는?"

유번은 여태 쥐고 있던 니은의 손을 식탁 위로 올려놓았다. 긍정의 대답이었다. 수줍어진 니은이 고개를 조금 숙였다. 할머니가 활짝 웃었다.

꿰꿰꿰〽

햇빛이 쨍하게 부서지는 주차장으로 걸의 지프가 들어섰다. 빨래를 널던 니은은 차로 다가갔다. 차에서 내린 걸이 니은에게 허리를 폴더로 접어 인사했다.

"그간 잘 지내셨습니까?"

인사말도 깍듯했다. 니은은 웃으며 말을 건넸다.

"극존대 적응 안 되네요."

"그럼 원래대로 싸가지 없게?"

"중간은 없어요?"

"중간은 밋밋해서 재미없는데."

"할머니가 좋아하시겠다. 얼른 들어가세요."

"우리 달 여사님 뭐 하느라 안 나오시나?"

걸이 안으로 들어갔다. 니은도 뒤를 이었다.

오렌지 주스를 만들어 내실로 갖고 들어가려는데, 모래가 문을 열고 나왔다. 강아지 인형을 꼭 품에 안고 니은을 올려다보았다. 불안해 보이는 얼굴이다. 니은은 무릎을 굽혀 모래와 눈높이를 맞췄다.

"모래 왜?"

모래는 말없이 눈만 내리깔았다.

"방금 그 아저씨 때문에 그래? 괜찮아. 유번 아저씨 동생이
야."

"사진에서 봤어요."

"할머니가 사진 보여 주셨구나?"

"……."

"저 아저씨 되게 좋은 사람이야. 그러니까 걱정 안 해도
돼."

모래가 고개를 끄덕였다.

니은은 모래를 카페에 앉혀 두고 내실로 들어갔다. 어쩌자
고 모래를 데려왔느냐며 걸이 할머니를 다그치는 중이었다.
여기 일만 해도 힘든데 어린애 시중까지 어떻게 들려고 그러
느냐는 걸의 말도 일리는 있었다. 유번의 걱정과도 일맥상통
했다.

"연락도 없이 들이닥쳐서는 잔소리부터 늘어놓으면 다냐?"

할머니가 부루퉁하게 대꾸했다.

"내가 언젠 연락하고 다녔어? 달 여사 오늘 수상하다?"

걸과 시선을 못 맞추는 할머니가 니은 눈에도 좀 이상해 보
이긴 했다. 오랜만에 들른 걸을 얼싸안고 기뻐하는 모습이어
야 할 텐데 말이다.

"도대체 누구야, 저 애?"

"말했잖냐. 아동 센터에서 만난 아이라고."

"아동 센터에서 만나는 애가 한둘이야? 그 애들 데려온 적 없잖아. 달 여사님 혹시 남친 생기셨어?"

"생겼으면, 뭐? 이 나이에 내가 손자 놈한테 허락이라도 받아야 하냐?"

"연애까지는 인정. 결혼은 안 돼."

"결혼 같은 소리 한다. 걱정 붙들어 매셔. 난 자유연애 주의자니까."

"그래서 남친이 생겼단 소리야, 아니란 소리야? 진짜 신경 쓰이네."

"글쎄, 신경 끄라니까."

"어차피 보내야 될 애한테 정들여 어쩌려고 그래? 저 애한테도 좋을 게 없다고. 안 그래요?"

난데없이 방향을 꺾은 물음에 니은은 당황했다.

"어, 그게⋯⋯."

결국 시설 같은 데 들어가게 될 거라면 모래한테 이곳에서의 생활이 득이 될까, 독이 될까. 모래를 보기 전이었다면 걸의 의견에 동의했겠지만 지금은 안쓰럽다. 혼자 남겨진 어린 날의 자신을 보는 것만 같아서.

"어린 게 혼자 돼 안쓰럽잖아."

할머니가 중얼거렸다. 같은 마음인지라 뭉클했다. 할머니 편이 되어 주고 싶었다. 니은은 걸의 소맷자락을 살짝 잡아당겼다. 걸이 니은을 따라 주차장으로 나왔다.

"유번 씨가 어제 그러더라고요. 할머니가 모래 보면서 손자들을 떠올렸을 거라고."

걸이 한숨을 내쉬었다.

"너무 걱정 마세요. 할머니 힘드시지 않게 제가 잘 돌볼게요."

"힘드신 것도 그렇지만 아무래도 이상해서 그래요."

"뭐가요?"

"안쓰러운 상황의 아이들 수도 없이 겪으신 분이에요. 저 애보다 더 암담한 경우도 흔하게 보셨고. 그래도 이렇게 집으로 데려온 적은 없었어요. 아이한테는 상대적 박탈감만 심어주는 결과가 될 거라고, 책임지지 못할 얄팍한 선의는 오히려 독이 된다고 생각하셨어요."

틀린 말도 아니었다.

"갑자기 왜 저러시는지 모르겠네. 진짜 남친이라도 생기신 건가?"

"근데 할머니한테 남친 생기신 거랑 모래랑은 어떻게 연결이 되는 거죠?"

"달 여사님께서 남친의 손녀딸을 봐 주기로 하신 거지."

"아하, 추리력 돋네요."

걸이 씩 웃더니 문득 생각난 듯 물었다.

"그럼 저 애 학교는요? 매일 데려다주고, 데려오고 해야 할 거 아냐."

"아, 안 그래도 돼요. 여기서 가깝대요. 원래 이 동네 살았던가 봐요."

"이 동네라고?"

고개를 갸웃하던 걸이 다시 안으로 들어갔다. 니은도 아까 널다 만 빨래를 마저 널어놓고 들어갔다.

카페에서는 걸이 모래와 이야기를 나누고 있었다. 조금 전 할머니한테 하듯 퉁명스럽게 굴지는 않아 다행이었다. 우스갯소리라도 들었는지 모래는 간간이 웃기도 했다. 마음이 놓였다.

가만히 돌아 나온 니은은 뒷문 앞 계단에 걸터앉아 유번에게 문자를 보냈다.

〈유걸 씨 왔어요.〉

바쁜지 답은 바로 오지 않았다. 느긋하게 답을 기다리고 있을 때였다. 등 뒤의 문이 거칠게 열리며 걸이 뛰쳐나왔다. 니은은 반사적으로 일어섰다. 걸의 표정이 사나웠다.

"유걸 씨?"

니은에겐 일별도 않고 걸이 차로 성큼 걸어갔다. 차에 오르자마자 문이 부서질 듯 세게 닫히며 요란하게 출발했다.

어쩔 줄 모르고 서 있는데 휴대폰이 울렸다. 유번인가 싶어 봤더니 낯선 번호가 떴다.

"여보세요?"

—니은아.

니은은 숨을 삼켰다.

떠난 지 3년하고도 6개월. 멀어서 그립고 닿지 않아 원망스러웠던 사람, 엄마였다.

\}}>>>>>>.

하마터면 큰일 날 뻔했다. 섬에서 지내 온 동안 이런저런 소동과 사고가 있었지만 이번처럼 아찔했던 적은 처음이었다. 유번을 비롯해 공원 관리소장과 직원들 모두 반쯤 얼이 빠진 상태가 됐다.

천만다행으로 아이는 무사했다. 아이가 파도에 휩쓸리자마자 주변의 관광객이 뛰어들어 건져 낸 덕분이었다. 유번은 가슴을 쓸어내렸다. 무사한 것을 확인하고 나니, 아이를 방치해 둔 부모에게 화가 치밀었다.

용굴 앞의 바위 지대는 몰아치는 파도에 젖어 항상 미끄러운 곳이었다. 용굴로 내려가는 철제 계단도 경사가 가팔랐다. 니은이 발목을 다쳤던 바로 그 계단이다. 계단 초입의 안내판에 보호자 동반과 안전사고에 대한 주의 문구가 적혀 있음에도 초등학생 아이가 혼자 내려가게 두었던 것이다.

사고 소식을 듣고 달려와 수습하느라 휴대폰을 볼 새도 없었다. 이제야 니은의 문자를 보곤 전화를 걸었지만 통화 중이었다.

공원 입구에서는 아이 부모가 관리소장을 상대로 항의를 퍼붓고 있었다. 그렇게 위험한 곳이라면 안전 요원이 상주해야 하는 거 아니냐는 요지였다. 딴은 그럴듯했다. 소장은 죄인처럼 굽실거렸다. 아이가 잘못되지 않은 것만으로도 감사하고 있을 터였다.

방파제를 돌아나가는 구급차를 바라보며 유번은 다시 니은에게 전화했다. 여전히 연결되지 않았다.

"와, 진짜. 간 떨어지는 줄 알았네."

김 군이 담배에 불을 붙여 물며 중얼거렸다. 유번은 저만치 선 소장을 턱으로 가리켰다.

"여기선 피워도 되잖아요. 나도 치유가 필요하다고요."

"치유씩이나?"

"얼마나 놀랐는데요. 아직도 가슴이 벌렁벌렁하다니까요?"

김 군의 말이 귓등으로 흘렀다. 방파제를 따라 달려오는 걸의 차를 발견했기 때문이었다. 유번은 차를 향해 걸어갔다. 차에서 내리는 걸의 얼굴이 심상찮았다.

"무슨 일이야?"

이를 악물고 있던 걸이 토하듯 되물었다.

"형도 알고 있었어?"

"엄마."

부르고 나자 목이 멨다. 니은은 다시금 숨을 깊이 삼켰다. 어떤 말부터 해야 좋을지 모르겠다.

─너 지금 어디야?

가슴팍을 떠미는 듯한 어조에 마음이 서걱거렸다. 다정한 것까지는 바라지도 않았다. 새삼 다정하기도 어려울 것이다. 담담하기만 해도 괜찮을 텐데. 그럼 기다렸다고, 보고 싶었다고 말할 수도 있었을 텐데.

─니은아.

대답하지 않았다. 입을 열면 서러움과 원망이 폭발할 것 같았다. 그러고 나면 다시는 엄마와 닿지 못할 것 같았다. 그래도 상관없다는 외침이 거짓말이라는 건 스스로가 더 잘 알았다.

─여행 중이라던데.

작가 친구분한테서 전해 들었나 보다. 그때가 언젠데 지금에서야. 여행이나 즐기며 아주 잘 살고 있다는 듯이 들렸을까. 엄마가 그렇게 느끼는 건 싫다. 안타까워하고, 아파했으면 싶다. 눈곱만큼일지라도.

"여행 아니야."

─여행 아니면?

와락 치받는 물음에 말문이 닫혔다. 전화 저편에서 흐린 날 숨소리가 들려왔다. 엄마의 찌푸린 이마가 눈앞에 생생했다.

─대체 뭘 하고 다니기에 나한테까지 연락 오게 만들어? 내가 너희 할머니 목소리도 듣기 싫어하는 거 몰라?

할머니였구나. 엄마한테 내키지 않는 전화를 걸게 한 사람이. 씁쓸한 직감이 마음을 옹골차게 다졌다.

─여기저기 시끄럽게 만들지 말고 얼른 집에 들어가.

"싫어."

─싫어? 너 참 이기적이다. 너희 할머니가 출판사까지 들쑤셔 대는 마당에 내 입장이 어떻게 될지는 생각 안 해? 어쩜 어릴 때나 지금이나 똑같이 그래?

설움이 북받쳤다. 왜 그 집을 나와야 했는지부터 헤아려 주면 안 되나. 그동안 어떻게 지냈는지 걱정해 주면 안 되나. 형식적인 안부라도 물어봐 주면 안 되나.

"엄마는?"

─뭐?

내가 이기적이면 엄마는 어떤 사람인데? 나한테 그런 말할 자격 있는 사람이야?

차마 그렇게는 물을 수 없었다. 해묵은 죄책감이 니은의 입을 막았다. 그저 전화를 끊어 버렸다. 전화가 다시 왔지만 받지 않았다. 벨소리가 끈질겨 배터리를 빼 버렸다.

엄마가 미웠다.

그동안 많이 힘들었지? 혼자서 많이 외로웠지? 엄마가 미안해. 엄마도 너무 힘들어서 그랬어. 우리 이젠 손 꼭 잡고 같이 살자.

이런 말들…… 가당치 않은 꿈이었나 보다.

니은은 계단에 주저앉았다. 주차장에 가득 찬 햇빛이 무심히 반짝여 서러웠다. 올려 세운 무릎에 얼굴을 묻었다. 눈물은 흐르지 않았다.

마구 울 수 있었으면 좋겠다. 지금 이 서러움을 눈물에 다 씻겨 보냈으면. 미움도 그리움도 전부 다.

>>>>>>>>>>、

착잡했다.

모래가 그 남자의 딸이라는 걸의 말.

놀랍고 믿기지 않았다. 가장 큰 의문은 '할머니가 왜?' 였다.

걸은 할머니가 알고도 데려왔다 주장했다. 그래서 더 화가 난다고 했다. 도무지 이해할 수 없다는 말에 유번도 동감했다.

걸의 주장을 뒷받침하는 부분들이 보이긴 했다. 여느 때와는 달라 보였던 할머니의 태도며, 병원에 들렀던 일을 걸에게만 극구 감췄던 것이며. 걸에게도 오늘 할머니는 유난해 보였다고 했다.

일시적이라고는 해도 그 아이를 할머니 보호 아래 두는 것이 탐탁지 않았다. 솔직히 한 공간에서 마주치고 싶지 않았다. 걸은 꼴도 보기 싫다며 당장 아이를 내보내야 한다고 욕설을 섞어 소리쳤다.

걸이 모래한테서 들었다는 모래 아버지의 이름, 정연호. 유번도 또렷이 기억하고 있었다. 하루아침에 부모님을 앗아 가버린, 잊으려야 잊을 수 없는 이름이었다.

혹 동명이인은 아닐까. 그렇게 생각하기엔 지금까지의 할머니 태도가 미심쩍었다.

유번은 매표소 앞 파라솔 아래 앉은 걸을 바라보았다. 한바탕 쏟아 내고 나서 들끓던 분노가 조금은 가라앉은 듯했다. 캔음료를 두 개 사서 걸 앞에 앉았다.

"맥주 없어?"

"근무 중이야."

"그만둘 거잖아."

"그만둘 땐 두더라도."

"예나 지금이나 형은 참 침착하다."

걸의 말투가 사뭇 삐딱했다. 맞받아쳐 봐야 감정만 상할 것 같아 그냥 두었다. 걸의 심정을 누구보다도 잘 이해하니까. 지금은 몰라도 그땐 침착하지만은 않았다는 말도 속에만 두었다. 겉으론 침착해 보였는지 모르겠지만 내면에선 살의가 움텄더랬다. 울지도 못한 채 견뎌야 했던 그 시간들을 걸에게 되새길 필요는 없었다.

"나 땜에 서니은 씨가 놀랐을 텐데."

"성질부렸어?"

절로 톤이 높아졌다.

"안 부렸어. 형 여자한테 감히 그럴 수 있어?"

"그럼 왜 놀라는데?"

"부르는데 대꾸도 않고 그냥 나왔어. 나 화난 거 처음 봤으니 놀랐을 거야. 전화해 봐. 달 여사 어쩌고 계시는지도 좀 물어보고."

유번은 니은에게 전화를 걸었다. 이젠 아예 연결이 안 됐다.

"안 받네."

"달 여사한테 해 봐, 그럼."

무작정 나와 놓고 할머니 걱정은 되나 보다.

"어른 다 됐네, 장유걸."

"뭔 소리야?"

"옛날 같았으면 그 자리에서 할머니한테 대들고 난리쳤을 건데, 안 그러고 나한테로 달려왔잖아. 그 성질 꾹 눌러 안고서."

"그러라고 있는 형이지."

내뱉고는 겸연쩍은지 걸이 피식 웃음을 내비쳤다.

"저녁에 할머니하고 같이 얘기해 보자. 정말 그 사람 딸이 맞는지 확인도 하고, 그렇다면 무슨 생각이신지 들어도 보고."

"들으나마나 난 결사반대야. 절대로 용납 못 해."

"찬성할 사람 없어."

"형."

"왜."

"형 없었음 나 진작 돌아 버렸을 거야."

유번은 조용히 웃음 지었다. 요즘 들어 달라진 점들 가운데 하나를 꼽자면 걸이 예전처럼 있는 그대로의 감정을 잘 드러낸다는 거였다. 걱정 끼치지 않으려고 절반만 말하거나, 신경 쓰이게 하지 않으려고 숨기거나 조심하지 않는다는 것. 본연의 기질대로 살아간다는 것. 다행이다.

"그렇게 웃지 말지?"

"내가 어떻게 웃는데?"

"세상사 초연한 사람처럼 웃고 있잖아. 하여튼 멋있는 척은 혼자 다 해요."

"걸아."

"왜."

"너 없었으면 나도 진작 미쳐 버렸을 거야."

"독창적이지 못하게 따라 하기는. 그런 낯간지러운 소린 형수님 앞에서나 해."

웃음이 났다.

"형수님이라니까 좋단다."

걸이 놀림조로 말했다. 유번은 입가에 맴도는 웃음을 거두지 않았다.

지금 이 여유의 근원은 서니은.

그녀가 현재의 삶에 존재하지 않았더라면 오늘 걸이 가져온 소식에 화부터 치밀었을 것이다. 거슬러 올라간 시간이 그날의 끔찍한 고통을 불러들였을 것이다.

니은이라는 존재가 마음을 느슨하게 풀어 주었다. 상황을 관망할 수 있도록 만들었다. 더구나 이명이 사라진 뒤로는 다른 문제들조차 부차적인 것으로 느껴졌다. 과거의 시공간과 직면하고도 이명이 다시 찾아들지 않는다는 것을 알게 된 것도 니은 덕분이었다.

그러므로 모든 문제의 해답도 서니은.

"참, 이거."

걸이 주머니에서 꺼낸 봉투를 유번 앞에 내밀었다.

"뭐야?"

물으며 집어 들었다. '훈데르트바서' 전시회 티켓이었다.

"서니은 씨가 훈데르트바서 좋아한다더라고."

"그건 또 어떻게 알았어?"

"저번에 친구 왔을 때 알아 놨지. 서니은 씨한테 이거 주면
서 점수 좀 따려고 했더니만. 그냥 형이 구한 걸로 해. 간만에
서울 나들이도 하고. 형 서울 가 본 지도 오래됐잖아? 한 10년
쯤 됐나?"

대학 다닐 때였으니까, 거의 그쯤 됐다.

"10년이면 강산도 변한다는데, 형 너무 오랜만에 서울 가서
어리바리 헤매는 거 아닌지 몰라."

걸이 크크 웃어 댔다.

"고맙다."

"서울 오면 내 방에서 자. 이 몸은 지방 촬영 핑계 대고 타
이밍 적절하게 빠져 드릴 테니깐."

"그 지저분한 델 왜 가."

"그럼 호텔? 단아하신 서니은 씨가 잘도 따라가겠다. 재주
있음 함 데려가 보시던가."

유번은 빈 캔을 걸에게 던졌다. 걸이 날렵하게 피하며 혀까
지 날름거렸다. 차에서 내릴 때만 해도 곧 터져 버릴 폭탄 같
더니, 지금은 천진난만한 악동이다.

고맙다, 내 동생.

진심을 가슴에만 새겼다.

⁂

옆에서 인기척이 났다. 고개를 들자 곁에 앉은 모래가 보였다. 말끄러미 보는 눈에 미미한 불안이 담겼다.

니은은 가만히 웃어 보였다.

"혼자 심심했지?"

"아니요."

"아까 유걸 아저씨랑 무슨 이야기했어?"

대답 대신 모래가 스케치북에 그린 그림을 니은에게 보여 주었다.

"그림 그렸구나? 누구야?"

"엄마랑 아빠랑 할머니예요."

세상에 없어 같이 살 수 없는 가족들을 그림에 담은 아이 마음이 안쓰러웠다.

"와, 잘 그렸다. 이름표도 있네?"

"잊어 먹지 않으려고요."

맘이 짠했다.

"그랬구나."

"아저씨가 이거 보고 얼굴이 이상해졌어요. 내가 너무 못 그려서 그랬나 봐요."

"아니야. 언니가 보기엔 아주 잘 그렸는데? 이름도 또박또박 잘 썼고."

"근데 아저씨는 아빠 이름 뭐라고 쓴 거냐고 두 번이나 물어봤어요."

글씨 크기가 좀 작긴 했지만 못 알아볼 정도는 아니었다.

"아저씨가 모래랑 더 친해지고 싶어서 그랬나 보다."

끄덕이던 모래의 눈길이 배터리와 분리된 휴대폰으로 향했다. 니은은 발치에 내버려 둔 휴대폰과 배터리를 주웠다.

"아파요?"

아이의 물음이 마음을 건드렸다. 휴대폰에 대해 물은 것일 텐데도 코끝이 시큰했다.

"아니, 괜찮아. 이렇게 다시 끼우면 돼."

니은은 배터리를 제자리에 넣었다.

"아프면 호, 해 줘야 돼요."

"그렇구나. 자. 호, 해 줘."

휴대폰을 내밀자 모래가 고개를 저었다. 모래와 눈빛이 마주쳤다. 아이의 맑은 눈이 말하는 바를 알아들었다.

"나?"

끄덕이고는 모래가 제 가슴에다 손을 얹고서 말했다.

"우리 언니가요. 마음이 아플 때는 여기다 호, 해 줘야 낫는다고 했어요."

니은도 고개를 끄덕였다.

"그럼 모래가 언니한테 호, 해 줄래?"

쇄골 아래에 아이의 여린 숨결이 닿았다. 따듯했다. 생각지 못한 위로에 심란하던 마음이 물결치듯 떠내려갔다.

휴대폰이 울렸다. 유번이었다.

니은은 명랑하게 받았다.

"니은이에요!"

퇴근해 함께 가려 걸을 기다리라 하고, 유번은 사무실로 왔다. 관리소장에게 사직 의사를 밝히기 위해서였다.

사직서를 받아 든 소장이 선선히 고개를 끄덕였다. 갑작스러워 난색을 표하지 않을까 했기에 뜻밖이었다.

"이젠 괜찮아진 거냐?"

무엇을 묻고 있는지 몰라 되물었다.

"네?"

"아니다. 괜찮아졌으니 나가겠다는 거겠지. 그간 많이 힘들었을 텐데, 잘됐다. 너도 이젠 네 길을 가야지."

가슴에 어떤 울림이 스쳤다.

"알고 계셨습니까?"

"뭘 말이냐?"

"제가……."

이명 때문에 이 섬에 들어와 지냈던 것 말입니다.

"너희 아버지에 대해서라면 안다."

끝내 이명을 입에 담지 않으려는 소장의 배려가 고마웠다.

소장은 그다지 섬세한 타입이 아니었다. 걸핏하면 직원들을 들볶는 상사에다 흔하디흔한 중년 남자. 때때로 속물이라고도 판단했었다. 몇 년을 겪고도 사람을 아는 건 피상적일 수밖에 없다는 사실이 묘한 깨달음을 주었다.

"은파에서 너희 아버지 모르는 사람이 어디 있겠냐. 은파 출신 건축가로서 귀향해서 지역에 좋은 일도 많이 하신 분이고. 갑작스레 그렇게 됐을 땐 모두 내 일처럼 안타까워들 했지."

"네⋯⋯."

"괜찮아졌다니 말인데. 실은 여기 사택 설계도 너희 아버지가 하셨다."

유번은 소스라쳤다.

"까맣게 몰랐지? 너 마음 쓸까 봐 부러 말 안 했다. 시공은 다른 데서 맡았지만 너희 아버지 설계도를 그대로 받아 지었다."

지난 기억들과 연결되는 모든 공간을 기를 쓰고 외면해 왔다. 그런데 아버지가 설계한 건물에서 살아왔다니.

알았다면 분명 스트레스로 작용했을 것이다. 몰랐으므로 지금껏 편히 거주할 수 있었을 터. 앎과 모름 사이의 깃털 같은 차이가 허탈했다. 원효의 해골에 담긴 물과 다를 바 무엇이랴.

"장유번."

"네, 소장님."

"기분이 어떠냐?"

"얼떨떨합니다."

"결국 다 마음먹기에 달린 거 아니겠나 싶다."

손쉽게 던지는 말로 들리지는 않았다. 끄덕일 수밖에 없었다.

"그나저나 섬 구석에 틀어박혀서 너처럼 성실하게 일할 청년이 있으려나 모르겠다."

"후임자를 구할 때까지는 있겠습니다."

"그래 주면 나야 고맙지."

소장이 유번의 어깨를 툭툭 두드렸다.

\)))))))),

저녁 무렵, 한 여자가 오렌지 하모니카의 카페 문을 열어젖혔다. 긴 생머리에 도전적인 눈매, 꽤 예쁜 데다 어디서 본 듯한 얼굴. 배우인가 싶어 기억을 더듬는데, 여자가 따지듯 물었다.

"모래 어디 있어요?"

할머니는 내실에서 저녁을 차리는 중이었고, 모래는 할머니 방에서 TV를 보고 있을 것이다.

"누구신……?"

니은의 물음을 다 듣지도 않고 여자가 앙칼지게 소리 질렀다.

"모래야! 모래야! 정모래!"

거침없이 안으로 걸어 들어가는 여자를 니은도 다급히 뒤따랐다. 내실로 향하는 복도와 2층으로 오르는 계단이 만나는 지점에서 여자가 뚝 멈춰 섰다. 복도 끝 뒷문이 열리며 유번과 걸이 들어서고 있었다.

"정하늘?"

놀라움이 실린 걸의 목소리가 건너왔다. 여자가 걸을 쏘아보았다.

3

돌풍이 지나간 것 같았다.

모래는 그날 저녁 하늘이란 여자애가 데리고 갔다. 할머니의 만류도 소용없었다. 그 밤에 걸도 서울로 올라가 버렸다.

그리고 며칠이 흘렀다. 오렌지 하모니카는 다시 평화로워졌다. 적어도 표면적으로는 그랬다.

하지만 유번에게는 해소하지 못한 앙금이 남았다. 그날은 경황이 없어 미처 다루지 못한 부분들을 풀어야 했다.

유번은 걸에게 먼저 전화를 걸었다. 시간이 흘렀으므로 지금쯤은 차분해졌으리라 생각했다.

"잘 지내?"

―오래 참았네?

대뜸 건너온 말에 유번은 미소 지었다.

"참은 거 알면 말해 봐."

—언젠가 내가 얘기한 적 있지? 기다리는 여자가 있다고. 정하늘이 그 애야.

짐작이 맞아떨어졌다.

"열아홉 살이라던데."

—알아.

"알면서 그래?"

—그러니까 기다린다는 거잖아.

난감했다. 나이도 나이지만, 가출을 밥 먹듯이 하는 애라는 얘길 할머니한테 들었기 때문이었다. 친언니임을 알면서도 모래를 못 데려가게 할머니가 막으셨던 이유였다. 언니랍시고 데려가 봐야 빈집에 모래 혼자 방치되기 십상이란 판단이었다.

만약 모래와 하늘이 정말 그 남자의 딸이라면 문제는 더 복잡해진다. 하늘이 모래를 데려가 버리는 바람에 할머니에게 아직 그 부분을 묻진 않았다. 할머니 심기가 몹시 불편해 보였기도 했고, 데려갔으니 더는 상관없어질 테니까.

그런데 그것으로 끝이 아니라 앞으로 걸과 연관된다면?

"만약에……."

말을 꺼내자마자 눈치챈 걸이 가로막았다.

—그 얘긴 하지 말자, 형.

설혹 그렇다 해도 걸이 마음을 정리하지는 못할 것임을 알았다. 딜레마에 갇혀 있을 걸의 괴로움도 알겠다. 다시금 착잡해졌지만 더 물을 수도 없었다. 전화상으로보다는 만나서 대화를 나누는 편이 나을 것 같았다.

—서울엔 언제 올 거야?

걸의 어조가 밝게 바뀌었다.

"다음 주에 휴무 잡아서 가려고."

—사표 냈다고 안 했어?

"냈어. 사람 구할 때까지만 있을 거야."

—김 군인지 알바하는 애 있잖아. 이참에 걔 정규직으로 올려 주라고 해.

"곧 군대 가."

—쯧쯧, 불쌍해라. 기다려 줄 여친은 있대?

"네 걱정이나 해. 너 혹시 열렬히 짝사랑 중인 건 아니겠지?"

—무슨 소리! 내가 짝사랑 따위나 할 인간으로 보여?

"그 반대지. 너 추종하던 여자들이 은파에만 해도 열두 명은 되잖아."

걸이 낄낄 웃었다.

그래서 더 걱정이지, 안 하던 짓을 하니까.

걸과 마주치고도 반가움이나 설렘이라고는 없이 냉랭하던 하늘의 표정이 떠올랐다. 누구 맘대로 모래를 데려왔느냐며 할머니에게 쏘아붙이는 품이 보통내기가 아닌 듯도 싶었다. 그런 면에선 확실히 걸의 취향이긴 했다.

—형도 만만찮았어. 아빠 사무실에 도시락 싸 들고 찾아가

아버님, 아버님 하면서 아양 떨던 걔 기억 안 나? 이름이 뭐더라? 미나? 걔 진짜 역대급 스토커였는데. 몸매 하난 끝내주긴 했지만. 형 그런 스타일 좋아하잖아. 선 고운 애. 서니은 씨도 그렇…….

"그만하자."

니은을 한데 묶는 게 마땅찮아 짧게 잘랐다. 니은이 선 고운 건 사실이지만.

전화를 끊으려는데 걸이 물었다.

—괜찮은 거지, 형?

"괜찮아. 이젠 안 물어봐도 돼."

—오케이. 서울 오면 연락해.

"그래."

통화를 마친 유번에게 김 군이 주뼛주뼛 다가왔다. 옆에 와서도 발끝으로 땅만 툭툭 차 댔다.

"왜?"

"형 진짜 그만둬요?"

"서운한 얼굴인데?"

"서운하지 그럼, 만세라도 부를 줄 알았어요?"

툴툴거리는 김 군의 마음이 유번에게도 와닿았다.

"너도 군대 갈 거잖아."

"날짜 확정도 안 됐는데요, 뭘."

"나도 그래. 사택에 처박혀 지낼 사람 구하는 게 어디 쉽겠어?"

"그렇죠?"

금세 반색하는 김 군을 보며 유번은 웃었다. 일할 때 야무진 면은 없어도 귀여운 구석이 있는 녀석이었다. 작년부터 함께 지내며 정도 제법 들었다. 다정하게 대해 주지 못했는데도 붙임성이 좋아 이내 달라붙곤 했다.

"나보다 스쿠터가 더 아쉬운 건 아니겠지?"

김 군이 화들짝 놀라며 손사래를 쳤다.

"절대, 절대로 아니에요, 형."

"이중 부정은 강한 긍정이라던데."

"글쎄, 그거 아니라니까요?"

유번은 웃으며 돌아섰다.

나갈 때 김 군에게 스쿠터를 넘길 생각이었다. 이유는 하나, 서니은. 니은이 스쿠터를 싫어하고 걱정하니까. 앞으로도 스쿠터는 타지 않을 생각이었다. 매사에 니은을 중심으로 돌아가는 생각들이 신기하면서도 즐거웠다.

생각난 김에 니은에게 전화했더니 통화 중이었다. 문자를 넣었다.

〈보고 싶다, 서니은.〉

⟩⟩⟩⟩⟩⟩⟩⟩、

며칠 사이 할머니가 눈에 띄게 심드렁해졌다. 하늘이 모래를 데려간 뒤부터다. 궁금해지는 것들이 있었지만 니은으로선 묻기도 조심스러웠다.

"여긴 어떻게……. 나 보고 싶어 온 거야?"

의아함과 반가움이 교차하던 그날 저녁 걸의 말을 떠올리면, 생각의 촉수는 쉽사리 뻗었다. 모래의 언니, 하늘이 걸에게 여자라는 것. 열아홉 살이라는 하늘의 나이가 맘에 걸렸지만 평생 그 나이로 머물러 있을 것도 아닌데, 하며 걸의 편에서 보기도 했다.

모래를 비롯한 오렌지 하모니카의 여러 일들 때문에 엄마를 잊었다. 전화가 다시 오지도 않았다. 이따금 니은은 휴대폰을 확인하곤 했다. 받지 못한 전화가 있을까 봐. 자신의 행동이 불안한 기다림인지, 여전한 그리움인지는 알지 못했다.

저녁이면 어김없이 유번이 왔다. 할머니와 함께 저녁을 먹고 나면 옥탑방에서 둘이서만 시간을 보냈다. 벽에 등을 기대고 앉아 음악을 듣거나, 머리를 맞대고 화집을 보거나, 유번이 들려주는 옛이야기들에 귀를 기울였다.

유번의 어린 시절 이야기를 듣고 있으면 따뜻한 물에 몸을 담근 듯 나른해졌다. 아껴 둔 사탕처럼 한 알 한 알 꺼내 먹을 추억을 가진 유번이 얼마쯤은 부럽기도 했다. 혼자가 아니라 사이좋은 동생이 있다는 점도. 부모님을 동시에 잃고도 걸과 함께라서 견뎌 낼 수 있었으리라. 힘들 때 서로에게 등을 기댈 수 있었으리라.

니은은 유번이 사 준 스케치북에 오빠를 그렸다. 첫 시도였다. 세상에 없지만 사랑하는 사람을 그리고 기억하려 했던 모래에게서 모티브를 얻은 셈이었다. 처음엔 오빠랑 똑같이 그렸다. 차차 캐리커처로 진화했다. 그러자 애니메이션 속 캐릭터 같아졌다. 슬픔이 배제된 이미지가 마음에 들었다.

오빠 캐릭터에 모자를 씌웠다. 모자에다 모래가 그랬듯이 이름표를 그려 넣었다. 기억, 이라 썼다가 지우고 새로 썼다.

여기

'역이'를 소리 나는 대로 이어 붙인 이름. 지금 여기, 은파와 오렌지 하모니카까지 담아낸 중의적인 느낌이라 마음에 들었다. 오늘 저녁 유번이 오면 보여 줘야겠다.

흐뭇해져 있을 때 은실한테서 문자가 왔다.

〈서니은. 별일 없지?〉

주춤거림이 느껴지는, 은실답지 않은 문자였다. 할머니가 또 전화를 한 걸까, 더럭 걱정스러웠다.

니은은 서둘러 은실에게 전화를 걸었다.

"할머니가 또 전화하셨어?"

—아니. 그때 이후론 전화하신 적 없어.

"근데 갑자기 왜 별일을 묻고 그래?"

―그냥. 너 잘 있나 해서.

"그럼 전화를 하지, 왜 조심조심 문자를 해?"

―조심조심 안 했는데?

조심조심 하고 있다, 분명히. 우렁차던 목소리에 막이 한 겹 덮인 것 같으니 말이다.

"은실아. 너 무슨 일 있어?"

―무슨 일은. 그런 거 없어, 나. 아무 일 없이 너무 심심해서 죽을 지경이다, 야.

"진짜?"

―그럼, 진짜지.

그러고도 은실은 평소처럼 수다를 늘어놓지 않는다. 고개를 갸웃하고 있는데, 은실이 입을 뗐다.

―너희 엄마…….

절로 긴장이 됐다.

"응."

―한국 들어오셨더라.

"그런가 봐. 넌 어떻게 알았어? 혹시 우리 엄마가 너한테도 연락하……."

―어제 너희 엄마 책 나왔어. 다음 준가? 작가 사인회도 있나 보던데.

"아."

신간이 곧 나올 거란 소식은 지난달에 이곳에 들렀던 엄마의 작가 친구에게 전해 들었다. 며칠 전의 통화에서 엄마는 일언반구도 없었지만 개의치 않기로 했다. 엄마든 엄마 책이든 먼 나라의 풍문처럼 생각해 버리면 되니까. 그게 속 편할 테니까.

—아직, 안 봤지?

"책? 출간 소식도 지금 들었는데, 뭘."

—야. 너 정말 외국 나가 사는 것 같다. 인터넷도 안 되는 아프리카 오지쯤?

웃음이 났다.

"아프리카가 아니라 오렌지 하모니카."

—아프리카든, 오렌지 하모니카든 부디 평화롭게 잘 지내라.

"그래, 너도 평화롭게 잘 지내."

통화는 웃으며 마무리했는데도 은실의 당부가 묘하게 뒷덜미를 잡아당겼다. 니은은 휴대폰을 열었다. 포털 사이트 검색어 순위에서 엄마 이름을 발견했다. 터치하자 여러 개의 기사가 떴다. 그중 하나를 클릭했다.

함소진 작가. 10년의 고통스런 침묵을 깨고 걸출한 신작 〈푼크 툼(Punctum)〉 출간. 작가 후기에서 지난 세월의 심경 낱낱이 밝혀……

기사를 다 읽지 못하고 일어섰다. 먼 나라의 일들로만 밀어

둘 수가 없었다. 의미 모를 소설 제목은 둘째고, 심경을 낱낱이 밝혔다는 작가 후기가 더 궁금했다. 아니, 보기도 전에 가슴부터 불길하게 뛰었다. 니은은 할머니께 외출 허락을 받고 서점으로 달려갔다.

베스트셀러 코너에 엄마가 낸 책들이 쌓여 있었다. 책 표지가 섬뜩하게 붉었다. 한 권을 집어 들었다. 띠지에 적힌 문구들이 강렬했다. 책을 펼치기도 전에 마음이 떨렸다. 니은은 책을 들고 서점 구석으로 갔다. 가슴에 손을 얹고 심호흡을 한 다음 책 말미를 펼쳤다. 엄마가 쓴 작가 후기를 읽었다.

오빠 이야기가 주를 이룰 거라 생각했다. 아니었다. 대부분이 니은 이야기였다. 지난 10년 동안 딸이 얼마나 미웠는지를 절절히 고백한 글이었다. 딸의 일기장을 본 순간부터 시작된 미움. 그 미움과 싸우느라 소진해 버린 세월이었다.

니은은 숨을 쉴 수 없었다. 다리가 후들거렸다. 미움에 대해서는 어렴풋이 느끼고 있었다. 다만 인정하고 싶지 않았을 뿐이다. 아니기를 간절히 바랐다. 그래서 그날을 가슴에 품고만 있었다.

끝내 몰랐으면 했던 엄마가 이미 알고 있었던 거였다. 열세 살의 겨울, 니은이 쓴 일기에는 오빠가 죽던 날이 기록돼 있었다. 헬멧 이야기도 털어놓았다. 죄책감은 조금도 덜어지지 않았지만 어린 영혼의 발버둥이었다.

책을 하도 움켜쥐어 책장이 구겨졌다. 니은은 계산대까지 기계적으로 걸어갔다. 책값을 내고 서점을 나섰다. 유번과 함께일 땐 정겹던 은파의 거리가 갑자기 막막했다. 어디로 가야 될지 방향 감각마저 없어졌다.

니은은 무작정 걸었다. 기울어 가는 오후의 볕이 온몸을 뜨겁게 달구었다. 어지러웠다. 멈춰 있는 택시에 올랐다. 출발하고도 말이 없는 니은에게 기사가 어디로 갈지를 물었다.

"오룡도요."

지금 생각나는 단 한 사람.

유번이 있는 곳. 그 섬으로 가고 싶었다. 유번의 품에 숨고 싶었다. 울고 싶었다.

>>>>>>>.

해가 길어 한낮처럼 환한 퇴근길이었다.

오룡도 공원 입구, 섬으로 드는 출렁다리 위에 익숙한 실루엣이 보였다. 블루 스트라이프 티셔츠에 하얀 반바지, 그리고 섬에서의 첫날 매고 있던 조그만 크로스백.

니은이었다.

마음이 반짝였다. 보고 싶다는 문자에 답이 없더니, 이리로 달려오려고 그랬나 보다.

유번은 뛸 듯이 걸어가 니은과의 거리를 단숨에 좁혔다. 앞에 서자 니은이 걸음을 멈추고 유번을 올려다보았다. 말간 눈빛, 해쓱한 얼굴. 가슴이 내려앉았다.

"서니은."

무슨 일이냐는 물음을 담아 불렀다.

"엄마가…… 알고 있었어요."

"……뭘?"

"내가 그랬다는 거, 엄마가 알고 있었어."

무엇을 말하고 있는 것인지 감이 왔다.

"나 때문이라는 거. 오빠가 나 때문에 죽었다는 거. 10년 전 그때부터 엄마는 다 알고 있었어요. 그래서 나를…… 미워했어."

'미워했어'라는 말을 눈물방울처럼 뚝 떨어뜨리고서도 니은은 말갛게 서 있기만 했다.

유번은 니은을 끌어안았다. 품 안에 들고서야 니은은 어깨를 들먹이며 여리게 훌쩍였다. 애틋했다. 더욱 깊이 껴안았다.

얼마 뒤 니은이 유번의 품에서 몸을 뗐다. 젖은 얼굴을 손등으로 닦았다. 눈물이 지나간 낯이 너무 맑아 애처로웠다. 유번은 니은의 뺨을 가만 쓸었다. 아직 남은 습기가 손에 스몄다.

"사람들이 다 쳐다봤겠다."

니은이 맥없이 중얼거렸다.

"보면 어때서."

나직이 대꾸했다. 니은이 눈을 들어 유번을 보았다. 유번은 니은에게 말해 주었다.

"괜찮아."

니은의 이마에 들러붙은 머리카락을 쓸어 넘기며.

"뭐든."

빈 이마에다 입술을 누르며.

"서니은이니까."

니은이 끄덕였다. 입술에 미소가 어렸다. 유번도 미소 지었다.

니은의 손을 잡고 섬을 향해 다리를 되짚어 건넜다. 산책로를 버리고 해변으로 접어들었다. 섬 가장자리를 휘돌아 걷다가 편편한 바위 위에 나란히 앉았다. 파도가 꾸준히 밀려왔다가 멀어졌다. 바람에 섞인 파도 소리가 시원했다.

"이렇게 하염없이 바다만 바라보며 앉아 있곤 했어."

"혼자서요?"

"응."

"외로웠겠다."

파도 소리로 이명을 덮으며 버티던 시간들. 누구와도 나눌 수 없어 외로웠다. 걸이, 할머니가 아픈 게 싫었다. 니은의 외로움은 둘이 나눌 수 있었으면 좋겠다. 덜어 내 줄 수 있었으면 좋겠다. 내가 아파도.

유번의 휴대폰이 진동했다. 할머니 전화였다.

—니은이가 나간 지 한참 됐는데 안 들어오네. 전화도 안 받고. 혹시 너랑 같이 있어?

"네, 같이 있어요."

—그럼 됐다. 끊자.

"할머니."

─응?

"오늘은 혼밥 하셔야겠어요."

─그래, 알았다.

니은은 그새 바위 아래로 내려가 바닷물에 두 발을 담그고 있었다. 물결이 니은의 발목 근처에서 찰랑댔다.

유번은 니은의 모습을 사진에 담았다. 문득 뒤를 돌아본 니은이 유번에게 웃어 보였다. 아련한 웃음은 두 눈에 담겼다.

니은에게 가려 일어서는데, 들이친 파도가 니은의 다리를 적셨다. 니은이 으앗, 낮은 외마디 소리를 냈다. 유번은 니은 곁으로 가 미끄러지지 않도록 손을 잡아 주었다.

"어떡해."

니은이 울먹이는 입을 만들었다. 그러고 보니 벗어 둔 운동화가 온데간데없었다. 파도에 휩쓸려 떠내려가 버린 모양이었다. 유번은 웃으며 놀렸다.

"집에 못 가겠다, 서니은."

"그럼 사택으로."

"용감한데?"

"사택 안은 어떤지 무지 궁금했거든요."

"남자들만 우글거려도?"

"아니. 남자는 장유번 한 사람뿐."

"맘에 들었어."

니은이 웃었다. 좀 전보다 환해졌다.

유번은 몸을 낮춰 니은에게 등을 보였다. 니은이 망설임 없이 업혔다. 해변을 벗어나 제3 산책로로 들어섰다.

"무겁죠."

"완전."

"칫. 또 그래."

유번은 웃었다.

"웃음소리 완전 듣기 좋은 거 알아요?"

"고마워."

"그럼 자주 웃⋯⋯."

"나한테 와 줘서."

아플 때 나한테 제일 먼저 달려와 줘서. 내 품에서 울어 줘서. 내 삶에 나타나 줘서.

"나도 고마워요."

"난 아무것도 해 준 게 없는데?"

"여기 있어 줬잖아요. 내가 달려올 수 있게. 그리고 이렇게, 내 옆에 같이."

"무거운데 업어도 주고?"

"응!"

명랑한 대답이 유번을 미소 짓게 했다.

"지금까지 난 울 자격도 없다고 생각했어요. 눈물이 고이면 얼른 닦아 내고, 닦아 내고, 닦아 내고. 흘러내릴 틈도 없이 늘 그랬어요. 그런데 오늘은 마음껏 울었어."

"잘했어, 서니은. 잘했어."

니은이 유번의 목을 더 꼭 껴안았다. 조금도 무겁지 않았다.

등을 채운 니은의 무게가 고마웠다. 사택으로 오르는 길이 힘겹지도 멀지도 않았다.

혼자가 아니니까. 둘이서 같이 있으니까.

\}}}}}}}.

사택에서 밤을 맞이했다.

유번의 방에서, 니은은 지난번에는 못다 한 엄마와 아빠 이야기를 유번에게 해 주었다. 함께 살아온 날들과, 따로 지내온 날들과, 혼자였던 날들까지 전부 다.

유번이 손을 꼭 잡은 채 니은의 외로웠던 시간들을 들어 주었다. 신작에 실린 작가 후기와 엄마 전화를 받았던 날의 감정도 있는 그대로 말했다. 막힌 속이 뚫리듯 개운한 면도 있었다. 함께 속상해하고 화내 주는 유번이 세상에 하나밖에 없는 내 편 같았다.

"고자질한 기분이야."

"더 해도 돼."

"생각나면 또 할게요."

"다 들어 줄 테니 생각날 때마다 해."

"응."

유번이 니은과 손깍지를 꼈다. 손과 손의 든든한 결합이 좋았다.

"이제 배고프다."

"라면 끓여 줄까?"

"좋아요!"

방을 나간 유번이 방문을 열고 니은을 불러냈다. 니은은 방문 틈으로 얼굴만 살짝 내밀었다.

"아무도 없어. 나와."

거실에 유번 말고는 정말 아무도 없었다. 여러 개의 방들도 다 문이 닫혀 있고 사람 기척이라곤 들리지 않았다.

"다 어디 갔어요?"

"김 군이 옆집으로 다 데리고 갔어."

"우리 둘만 있으라고요?"

"현관에 자물쇠도 걸어 놨을걸?"

"헤. 진짜요?"

"마구 기뻐한다."

니은은 활짝 웃었다. 아니거든요? 그러지도 않았다. 진짜로 기쁘니까. 다른 건 다 잊을 수 있게 오직 둘이라서. 라면 물을 올리는 유번의 얼굴에도 웃음이 번져 있었다.

예정에 없던 방문객을 번거로워하기는커녕 둘만의 오붓한 시간을 위해 집 한 채를 오롯이 비워 준 직원들. 남들도 저토록 살뜰히 배려해 주는데, 싶어 니은은 잠깐 울컥했다.

단둘뿐인 공간인데도 유번은 욕망의 날카로운 발톱들을 드러내지 않았다. 다정히 어루만지는 눈빛으로만 니은을 보았다. 더운 숨결과 짙은 손길에 몸이 달뜨는 순간들도 물론 좋았다. 하지만 오늘은 가족처럼, 그리고 오빠처럼 구는 유번에게 신뢰감이 더욱 깊어졌다.

유번이 끓여 준 라면을 먹으며 니은은 다시 맑아졌다. 태어나 먹어 본 중에 가장 맛있는 라면이었다.

><<<<<<<<<

새벽이 왔다.

잠들지 못한 채 보낸 밤이었다. 곁에 잠든 니은 때문이었다. 밤엔 만지고 싶은 열망으로 힘겨웠는데, 지금은 태아처럼 웅크린 니은의 몸이 안쓰러웠다. 이마를 쓸어 주었다. 지난밤의 열망과는 다른 손길이었다. 니은이 몸을 뒤챘다. 유번은 아기 어르듯 니은의 등을 토닥였다.

조심스레 니은 곁을 벗어나 방을 나섰다. 사택 뒤편 숲에는 안개가 자욱했다. 심호흡을 했다. 폐 깊은 데까지 젖어드는 듯했다. 눈을 감고 한동안 머물렀다.

자박자박 숨죽인 발소리가 다가왔다. 유번은 눈 감은 그대로 서서 니은을 기다렸다. 등허리로 감겨드는 두 손. 그제야 눈을 떴다. 등에다 머리를 기댄 채 니은이 물었다.

"뭐 하고 있었어요?"

"안개 바라기?"

등에서 니은의 웃음이 느껴졌다. 따뜻했다.

"잘 잤어?"

"나 금세 잠들었죠?"

"어이없을 만큼."

"진짜로요?"

"만지는데 깨지도 않아."

"나 만졌어요?"

"마구."

"거짓말. 그랬음 내가 몰랐을 리 없잖아요."

유번은 조용히 웃었다. 거짓말 맞다. 만질 수가 없어서 괴로웠으니까.

"유번 씨는 한숨도 못 잤겠네?"

"아마도."

"어떡해. 내가 괜히 와서는."

유번은 허리에 둘러진 두 팔을 풀어내고 니은 쪽으로 돌아섰다. 갓 잠에서 깬 니은은 들꽃 같았다. 수줍게 웃으며 니은이 말했다.

"그렇게 열심히 들여다보지 마요."

"내 맘이야."

"눈곱 있을지 몰라."

"그럼 떼 줄게."

니은이 유번에게로 몸을 묻었다. 유번은 니은의 머리카락을 쓸었다.

"어릴 때 우리 오빠가 나 세수시켜 준 적 있어요. 다섯 살? 여섯 살? 아마 그쯤이었나 봐요. 외갓집 마당에서. 그땐 오빠도 겨우 초등학생 아이였는데. 나한테는 되게 큰 사람이었어.

뭐든 다 해 주는 그런."

"이제부터는 오빠 대신 내가. 어때?"

"응, 좋아요."

"나도 좋아."

"응?"

"서니은."

가슴팍에서 고소한 웃음소리가 났다. 유번은 품에 든 니은을 더욱 꼭 껴안았다. 니은이 엄살을 부렸다.

"아얏."

"벌이야."

"혼자만 잠들어 버린?"

"다음에도 또 그러면 가만두지 않겠어."

"응, 가만두지 마요."

몸이 뜨거워졌다. 틈 없이 몸을 겹친 채이니 니은이 고스란히 느낄 텐데. 그러나 놓아주기 싫다. 밤이라면 좋겠다. 시간이 거꾸로 흘러갔으면.

품 안의 니은이 고요해졌다. 먼 하늘이 희부윰했다. 새벽이 물러가며 아침이 다가오고 있었다.

4

출발 시간보다 역에 일찍 도착했다. 훈데르트바서의 전시를 보러 서울로 가는 날이었다. 니은이 플랫폼에 나가서 기다리자고 했다.

철로를 바라보는 나무 의자에 유번은 니은과 나란히 앉았다. 높다란 차양이 드리운 그늘 덕분에 덥지는 않았다. 바람도 적당히 불어왔다. 몇 걸음 앞 철로 위로는 햇볕이 쨍하게 쏟아졌다.

"아이스크림 먹을래요?"

니은이 물었다.

"사 올게."

일어서려는 유번을 니은이 잡아 앉혔다.

"내가요."

총총 뛰어가는 니은의 뒷모습이 바람개비 같았다. 주변의 잡다한 것들이 다 흐릿해지고 니은만이 선명했다. 유번은 휴대폰을 꺼내 그 모습을 찍었다. 화면 속에서 니은은 손끝으로 문지르면 번져 버릴 것처럼 멀었다.

곧 니은이 아이스크림 콘 두 개를 양손에 하나씩 들고 뛰어왔다.

"왜 그렇게 뛰어다녀? 넘어지겠다."

니은이 부드럽게 웃었다. 그러곤 콘 하나를 유번에게 건네며 말했다.

"그냥 막 신이 나서 그런가 봐요."

"여행 가는 기분?"

"응. 좋은 사람이랑 같이."

유번은 웃으며 아이스크림을 베어 물었다. 니은도 옆에 앉아 아이스크림을 먹으며 두 발을 즐겁게 달랑거렸다. 지금 니은이 신고 있는 하얀 스니커즈는 며칠 전 유번이 사 준 것이었다. 바다에 빠뜨린 운동화가 어디쯤 흘러갔을까를 생각하는데, 니은이 말했다.

"은실이가 유번 씨한테 운동화 값 계산해 주래요. 신발은 선물 받는 거 아니라고. 사 준 신발 신고 도망친다나 뭐라나."

"그런 거 안 믿어."

호기롭게 말했지만 마음 한구석이 꺼림칙했다.

"영수증이 어디 있더라?"

진지한 표정으로 주머니를 뒤지는 척하자 니은이 소리 내어 웃었다.

"나도 안 믿어요, 그런 거."

단단한 말이 흐뭇했다. 유번은 짐짓 다짐을 두었다.

"도망치면 죽는다?"

"그런 말을 이렇게나 덤덤하게 하는 남자라니!"

"덤덤하게 안 하면 무서워서 진짜로 도망칠까 봐."

"도망치고 싶어도 갈 데가 없는 걸? 그러니까 걱정 안 해도 돼요."

마음이 찡했다. 고아라는 말에 얼마나 많은 감정과 시간들이 내포돼 있었는지를 새삼 알겠다. 유번은 니은의 손을 끌어다 쥐었다.

"생각하고 또 생각해 봤어."

"뭘요?"

"10년 전 그날."

"아."

"그건 사고라고, 누군가의 어떤 행동과는 상관없이 일어날 일은 일어난다고 말해 버릴 수 있으면 편리하겠지만……. 내가 서니은의 오빠였다면, 내가 만일 서기역이었다면 그날에 대해서 두 가지 경우의 수를 생각해 봤을 것 같아. 하나는 동생을 잘 달래서 헬멧을 받아 나갔어야 했다는 것."

"또 하나는요?"

"또 하나는 동생과 함께 집에 머물렀어야 했다는 것. 혼자 있는 게 싫었던 어린 동생의 마음을 헤아렸으면 더 좋았을 거라고, 오토바이를 타는 즐거움은 다른 날로 미루어도 좋았을 거라고. 시간을 돌이킬 수만 있다면 오빠는 아마 그렇게 생각했을 것 같아."

발끝에만 시선을 둔 채로 니은이 가만히 끄덕였다.

"나라면 몇 번이고 스스로를 돌이켜 봤지, 동생 탓 같은 건 절대 하지 않았을 거야."

"우리 오빠도요. 우리 오빠도 내 탓 같은 건 안 했을 거예요."

"그리고 철저하게 주관적인 관점에서 따지고 싶은 게 있어."

"그게 뭔데요?"

"굳이 책임 소재를 따져야 한다면 헬멧에만 원인을 두는 건 부당하다. 고등학생에게 오토바이를 사 준 사람에게는 과연 책임이 없을까?"

"우리 할머니랑 비슷한 관점인데요?"

니은의 뺨에 은은히 어리는 웃음이 애잔했다.

"이제 결론. 쉽고 흔한 위로의 말로 들릴지도 모르지만, 그럼에도 불구하고 해 주고 싶은 말이 있어. 아니, 꼭 해야겠어. 오빠를 대신해서 하는 말이라고 생각해도 좋아."

니은이 고개를 돌려 유번을 바라보았다. 니은의 두 눈을 들여다보며 유번은 진심을 담아 말했다.

"니은아, 네 잘못이 아니야."

니은이 고개를 끄덕였다. 한 번, 두 번, 세 번……. 끄덕이

고 또 끄덕였다. 끄덕이며 받아들여 주어서 고마웠다. 니은의
두 눈이 촉촉해졌다.

유번은 니은의 눈가에 고인 눈물을 손끝으로 닦아 냈다. 웃
음 지닌 입술에 입을 맞추었다. 아주 짧은 스침이었다.

"때와 장소를 안 가려요."

니은이 곱게 타박했다.

"상관없잖아? 천 년쯤 사는 것도 아닌데. 때를 미루지 말고,
장소도 가리지 말고, 매 순간 원하는 대로."

"매 순간 자신을 위해서 살기?"

"서니은은 절대적으로 이기적일 필요가 있어."

"그럼 마음껏 이기적으로."

말을 마침과 동시에 니은의 입술이 유번에게 부딪쳐 왔다.
금세 물러가려는 입술을 놓아주지 않고 깊이 머금었다. 아이
스크림 맛이 났다.

서울행 기차가 들어오고 있었다. 니은이 의자에서 일어나
아이처럼 발을 굴렀다. 고속 열차가 일으키는 바람이 니은의
머리카락을 흩날렸다. 불현듯 조바심이 일었다. 유번은 니은
에게 다가가 허리에 팔을 휘감았다. 니은의 몸이 저항 없이 유
번 옆에 맞붙었다.

"이기적인 장유번 씨."

"맘에 든다는 거지?"

"응!"

손과 팔과 옆구리에 느껴지는 생생한 감촉. 맘이 놓였다.

"네 잘못이 아니야."

엄마한테서 가장 듣고 싶었던 그 말을 오늘 유번에게서 들었다.

유번의 말에 귀 기울이느라 녹아내린 아이스크림처럼 가슴에 아프게 맺혀 있던 것들이 사르르 녹아내렸다.

어딘가에서 오빠가 모든 걸 지켜보고 있었다면 분명 유번처럼 말했을 것이다. 그 믿음에는 한 치의 의심도 들지 않았다. 살아 있는 동안에 니은에게는 언제나 그런 오빠였으니까.

지금껏 미처 생각해 보지 못했던 부분을 유번이 제대로 짚어 준 셈이었다. 오빠 시점에서 바라보고 생각해 준 유번의 섬세한 마음 씀씀이가 눈물겹도록 고마웠다.

유번의 주관적인 견해에 대해서는 부연 설명을 생략했다. 할머니가 오토바이 사 준 엄마를 탓했다고, 새끼 명 재촉한 어미라며 험한 소리로 몰아붙였다고, 원래도 좋지 않던 사이가 아주 틀어진 게 그때부터였다고 유번에게 늘어놓을 수 없었다.

사택에서의 밤.

니은은 유번에게 많은 말들을 해 주었지만, 하지 못한 말들이 남아 있었다. 할머니와 관련된 이야기들이 특히 그랬다. 유번의 할머니와는 너무도 비교가 돼 창피했다. 듣고 나면 지독한 집안이라며 질려 하진 않을까 두려웠다.

이제부터는 좋은 말들만 해 주고 싶었다. 언제나 환하게 웃어 주고 싶었다. 유번이 들어 마음 아플 이야기는 되도록 하지 않으리라 다짐했다. 듣고 나서 맘이 무거워질 이야기도 하고 싶지 않았다.

유번 앞에서 반짝이는 모습으로만 존재하고 싶었다. 고맙다는 유번에게 찬란한 선물로만 살고 싶었다.

기차는 시간을 뒤로 밀어내듯 빠르게 달렸다.

기차 안에서도 서울에 내려서도 유번은 니은을 혼자인 채로 두지 않았다. 니은에게서 잠시도 손을 떼지 않았다. 손깍지를 끼고 있거나 허리에 팔을 깊이 두르거나.

말할 수 없이 행복했다.

>>>>>>>,

참 오랜만에 인사동에 왔다.

햇빛 눈부신 거리를 니은과 같이 한가롭게 걸었다.

눈에 들어오는 모든 것들이 반짝였다. 혼자였다면 흑백 영상처럼 느껴졌을 것이다. 곁에 존재하는 니은이 고마웠다.

세상을 반짝이게 하는 특별한 한 사람.

니은에게도 자신이 그런 존재이고 싶었다.

문득 니은이 걸음을 늦췄다. 니은의 눈길이 가 닿은 곳은 빈티지한 공예품들로 가득 찬 가게였다. 유번은 니은의 손을 끌고 안으로 들어섰다.

눈을 빛내며 둘러보던 니은이 깃털 장식이 독특한 반다나를 집어 들었다.

"이거 어때요?"

"줘 봐."

유번은 반다나를 니은의 머리에다 둘러 주었다. 목덜미에서 살랑거리는 머리카락이 유번의 손끝을 어지럽혔다. 잠시 감았던 눈을 뜨고 니은이 물었다.

"예뻐요?"

예쁘다. 누구에게도 보여 주고 싶지 않을 만큼.

"인디언 같은데."

"예쁜 인디언?"

"추장."

니은이 입을 곱게 비죽였다. 유번은 웃으며 덧붙였다.

"……의 여자."

"할아버지 추장은 아니겠죠?"

"물론. 부족들 중에서 가장 용맹스럽고 멋진 추장이겠지."

"그럼 좋아요. 기꺼이 추장의 여자가 되겠어요."

제법 비장하게 다짐하는 니은의 이마에 입술을 눌렀다.

"용맹스러운 걸요?"

눈웃음 지으며 니은이 속삭였다. 사랑스러웠다.

니은이 두 번째로 고른 것은 팔찌였다. 푸른 빛깔의 돌이

색색의 매듭으로 연결되어 신비로웠다.

"맘에 들어?"

"응."

유번은 같은 걸로 두 개를 샀다. 니은의 손목에는 유번이, 유번의 손목에는 니은이. 서로에게 팔찌를 채워 주었다.

"커플 팔찌다."

뿌듯해하는 니은에게 넌지시 일렀다.

"수갑일걸?"

"이렇게 예쁜 수갑이라면 언제든지."

즐거운 대답이 흐뭇했다. 니은과 함께 웃었다.

은파로 돌아가면 니은에게 반지를 사 줘야겠다고 생각했다. 커플 반지로 니은을 곁에다 꽁꽁 묶어 두고 싶다고도 생각했다.

꽁꽁 묶어 두고 싶다고도 생각했다.

인사동에서 점심을 먹고 오후 늦게야 훈데르트바서의 특별전이 열리고 있는 미술관에 도착했다. 평일인데도 사람들이 적지 않았다.

안으로 들어가기 직전, 니은에게 문자 한 통이 날아들었다.

〈전화 주세요.〉

발신자는 도 실장이었다. 무시하고 싶었지만 할머니의 상황이 궁금했다. 이참에 딱 부러지게 말해 두고 싶기도 했다.

"전화 좀 하고 올게요."

"누구?"

유번의 물음에서 걱정이 엿보였다. 문자 하나까지 신경 쓰이게 해 미안했다. 니은은 반짝 웃으며 대답해 주었다.

"할머니 비서예요. 아, 우리 할머니요."

유번이 더 묻지 않고 끄덕였다.

건물을 벗어나 계단을 내려가던 니은은 멈칫 섰다. 곁을 스쳐 지나간 여자 때문이었다. 정확하게는 여자의 손목에 그려진 까만 도마뱀이 눈에 확 들어와서.

뒤돌아보았다. 어느새 여자는 계단 위로 사라져 갔다. 얼굴을 본다 해도 아슴푸레할 터였다. 게다가 반갑게 인사를 건넬 만한 사이도 아니었다.

그렇지만 기분이 묘했다. 골목 끝 카페의 흡연 벤치에서 잠시 만났던 사람을 여기서 우연히 마주치다니. 그땐 앙증맞은 도마뱀이 헤나라고 생각했는데, 지금도 선명한 걸 보니 타투였나 보다.

니은은 나무 그늘 아래에서 도 실장에게 전화를 걸었다.

─도국입니다.

"저 서니은인데요."

─서니은 씨. 곤란한 일 생기기 전에 돌아오시는 게 좋을 겁니다.

"도 실장님."

―네.

"도 실장님은 정말 그 일이 진행되기를 바라시는 건가요? 아니, 가능하다고 생각하세요?"

―불가능할 이유도 없다고 생각합니다만.

도무지 감정이 느껴지지 않는 말투여서 속내를 모르겠다. 할머니의 전폭적 신뢰에 대한 보답인지, 할머니의 재산이 목적인 건지, 아니면…….

"혹시……."

'저를 좋아하세요?'라고 물으려다 말았다. 그럴 리도 없거니와, 그렇다 해도 달라질 것은 없으니 말이다.

―그곳까지 가서 서니은 씨를 곤란하게 만들고 싶지 않습니다.

"그곳, 이라니요?"

―은파. 오렌지 하모니카.

알아냈구나. 어쩌면 진작 알아냈을지도 모른다. 지난번에 경고한 대로 기다려 주었을 뿐이겠지.

"능력 좋으시네요."

차갑게 빈정거렸다.

―회장님께선 충분히 기다리셨습니다.

"저는 동물이 아니에요."

동물 짝짓기시키듯 그렇게는 못 해요.

"그리고 도 실장님도요. 그렇지 않나요?"

답이 없었다. 수긍일까.

"그러니까 도 실장님께서 할머니를 설득해 주셨으면 좋겠어요. 부탁드릴게요."

역시 대답은 없었다. 니은은 먼저 전화를 끊었다. 대답 없음에 일말의 희망을 걸었다.

기다리고 있을 유번을 생각하며 니은은 계단을 뛰어올라 갔다. 미술관 출입구 근처에 서 있는 유번이 보였다. 뛰어가려다 멈춰 섰다. 유번은 혼자가 아니었다.

뜻밖이었다.

서양화 전공자에게 영 엉뚱한 곳이라고는 할 수 없지만, 하필이면 오늘 이 시점에 마주치다니. 얼마 전 걸과 통화 중에 전화기 너머로 건너온 이름을 들었을 때에야 옛 기억을 잠깐 떠올렸었다.

"잘 지냈어요, 선배?"

예전에 비해 톤 다운된 목소리다. 두 손을 앞으로 모아 손목을 가지런히 감싸 쥐고 있어 다소곳한 분위기를 풍겼다. 유번은 턱을 끄덕이고는 되물었다.

"너는?"

"나도 잘 지내고 있어요."

유번은 다시금 끄덕였다. 의례적인 안부 말고는 딱히 할 말도 없었다. 친구도 연인도 아니었던 관계이니 당연했다. 그땐 눈앞에 나타날 때마다 성가시고 귀찮았지만, 그 무렵 감정을 불러들일 필요까진 없을 테다.

"엄청 오랜만인데 하나도 안 어색하네."

웃음을 띠며 말하는 미나에게 유번은 건조하게 대꾸했다.

"어색해질 사이는 아니지."

"그런가…… 사실은 나, 봄에도 선배 봤어요."

봤다는 말에 신경이 쓰였다. 설마 또 그러는 건 아니겠지. 흘러간 세월이 얼만데. 유번은 더 묻지 않았다.

"그때도 괜찮아 보여 맘이 놓였어요. 그리고 지금도. 정말 다행이에요."

유번은 미간을 찌푸린 채 물었다.

"무슨 소리야?"

"선배가 이명으로 오래 고생했던 거, 나도 알아요."

하아. 유번의 입에서 긴 한숨이 터져 나왔다. 자신도 함부로 입에 올리지 않는 이명을 스스럼없이 말하는 미나가 짜증스러웠다. 어디서 누구한테 들었는지, 어떻게 알아냈는지를 캐내다가는 화를 내게 될 것 같아 억지로 눌렀다.

"팔찌, 예쁘네요."

말에 어린 것은 선망. 대화를 이어 나가고 싶은 의도가 엿보였다. 커플 팔찌라고 대꾸하진 않았다. 니은과의 세세한 일들을 미나와 섞고 싶지 않으니까.

유번은 니은이 어디쯤 오나 하고 고개를 돌렸다. 저만치 계단 초입에 선 니은의 옆모습이 보였다. 눈길이 어디로 닿아 있는지는 알 수 없었다. 부신 햇빛 때문일까. 먼 실루엣이 봄날의 아지랑이처럼 아련했다. 저도 모르게 손이 뻗어 나갈 뻔했다.

"일행이 있나 봐요."

미나가 말했다. 유번은 니은에게 둔 시선을 돌리지 않았다.

"그럼 난 먼저 들어갈게요."

"그래."

무심히 대꾸했다.

"만나서 반가웠어요, 선배. 이런 재미난 우연 또 생겼으면 좋겠다."

혹여 여지라도 주게 될 것 같아 아무 대꾸도 하지 않았다. 미나의 구둣발 소리가 등 뒤에서 울렸다. 유번은 니은에게로 걸어갔다.

"무슨 통화를 이렇게 오래 해?"

"오래 안 했는데."

유번은 니은의 손을 끌어다 쥐었다. 함께 걸음을 떼며 니은이 지나가는 말인 듯 물었다.

"누구예요?"

"후배."

"아아."

끄덕이고선 니은이 다시 물어 왔다.

"어떤 후배요?"

"고등학교."

같은 대학에 전공도 같지만 그것까지 말할 필요를 느끼지 못했다. 유번의 휴학 이후 미나가 입학했으니 학교를 같이 다닌 적도 없었다. 졸업하지 못했으므로 대학 후배라는 느낌 또한 들지 않았다.

"친했어요?"

니은의 세 번째 물음에 웃음이 났다. 은근히 신경 쓰고 있다는 느낌이 싫지 않았다. 니은이 대답을 기다리는 듯 말끄러미 쳐다보았다. 유번은 여유 있게 물었다.

"친했으면?"

"친했으면 뭐. 그냥 그런가 보다, 하는 거지."

"질투 모드 아니고?"

"칫. 아니거든요?"

"할머님 비서라는 사람, 훈훈하게 생긴 젊은 남자는 아니겠지?"

니은에게 반격해 보았다. 니은이 웃으며 되물었다.

"남자면요?"

"통화 금지야."

"질투 모드 제대론데요?"

유번은 니은의 손가락 사이로 파고들어 깍지를 꼈다. 긍정의 대답이었다. 니은 주변에 괜찮은 남자가 있다는 생각만으로도 싫었다. 깍지 낀 손에 힘을 주었다. 니은의 뺨에 부드러운 웃음이 번졌다.

전시장 안에서도 유번은 손깍지를 풀지 않았다.

언제 어디서든 둘이서 같이. 떼려야 뗄 수 없는 그림자 같은. 오래된 단짝이라는 느낌이 참 좋았다.

"내가 훈데르트바서 좋아하는 건 어떻게 알았어요?"

"다 아는 수가 있지."

"그러니까 어떤 수를 썼냐고요."

"왜, 좋아?"

지금 유번이 훈데르트바서에 대해 묻고 있다는 것을 안다. 그런데도 니은은 두근거렸다. 날씬한 단검을 목에다 대고 단도직입적으로 묻고 있는 것 같았다.

내가 왜 좋아?

그렇다면 무엇이라 대답할까. 뭐라고 대답해야 정확할까. 찰나의 고민은 이내 물러갔다. 니은은 머릿속에 떠오른 노랫말로 답을 대신했다.

"좋은 건 그냥 좋은 거예요. 이유 같은 거 없어요. 그렇게 좋은 데 이유가 있으면 그건 진짜로 좋은 게 아닌 거죠."

"노래잖아, 그거."

웃음 띤 유번에게 니은도 웃으며 끄덕여 주었다. 유번이 뒤를 이어 '그냥 좋은 사람'의 멜로디를 나지막이 흥얼거렸다. 멜로디에 몸을 싣듯 나른히 걸었다.

훈데르트바서의 작품들이 오늘따라 더욱 특별하게 느껴졌다. 유번과 함께여서 그러할 터였다.

니은은 이따금 유번의 어깨에 머리를 기대기도 했다. 전시장 어딘가에 있을 도마뱀 타투 여자를 의식해서일지도 몰랐다. 하지만 여자는 더 이상 눈에 띄지 않았다.

\}}}}}}}.

멀리서도 얼굴과 이름이 담긴 커다란 포스터가 보였다. 함소진 작가는 그 아래의 책상 앞에 앉아 있었다. 사인을 받으려 책을 들고 줄지어 선 사람들도 꽤 많았다.

사인회에 오자고 한 것은 니은이었다. 그런데 가까이 다가가지는 않았다. 먼발치에서 지켜만 보았다. 유번은 조용히 니은 곁을 지켰다.

책에다 사인을 해 주며 독자들과 인사를 나누는 니은 어머니의 표정이 밝았다. 간간이 활짝 웃기도 했다.

유번으로 말하자면, 함소진이라는 작가로 인지하던 때와는 기분이 달랐다. 니은을 낳아 준 사람이라는 사실과 상처를 안긴 사람이라는 것. 두 가지가 상충해서 바라보는 마음이 복잡했다.

"저 멀리, 우리 엄마를 소개합니다."

장난처럼 니은이 말했다. 유번도 가볍게 받았다.

"여기서나마 큰절이라도 올려야 하나?"

니은이 웃었다. 가만 바라보다가 중얼거렸다.

"엄마가 웃네요."

"독자들 앞에서 인상 쓰고 있을 순 없잖아."

"그렇죠."

"섭섭해?"

"아니. 웃는 얼굴 보니까 오히려 맘이 놓여요. 저렇게 환한 얼굴, 10년 만에 봐요. 다시 글도 쓸 수 있게 됐고 다시 웃을 수도 있게 됐으니까, 내 어깨에 놓여 있던 짐들이 사라진 것 같아요."

유번은 니은의 어깨를 감싸 안았다. 유번에게 몸을 기댄 채 니은이 말을 이었다.

"작가 후기 읽고 엄마 마음 알게 된 이후로 차라리 편안해 졌어요. 기다리지도, 그리워하지도, 기대하지도 않을 수 있게 됐으니까. 희망 고문 따위 더 이상 안 해도 되니까. 엄마가 마음 아플까 봐 하지 못했던 말도 이젠 할 수 있게 되었으니까. 늘 조마조마했던 마음, 툭 내려놓은 기분. 엄마 눈치 살피고 마음 기웃거리고 그런 거, 이젠 더 안 해도 되니. 사랑받으려 애쓰지 않아도 되는 거, 정말 편안해요."

"하나를 잃으면 다른 하나를 얻는 거지. 그 다른 하나가 서 니은한테는 더 유익했으면 좋겠다."

"응. 명백히 그런 것 같아요."

"그럼 좋은 쪽으로만 생각해. 불편하고 힘들고 아팠던 쪽은 지나간 시간들 속에 떠내려 보내고."

"그러려고요."

일순 니은이 몸을 바로 세웠다. 니은의 어깨가 딱딱해지는 게 느껴졌다. 유번은 니은의 시선을 따라갔다. 함소진 작가가 이쪽으로 눈길을 두고 있었다. 니은과 눈길이 마주친 것이었다.

수 초 동안 니은에게로 닿아 있던 시선이 돌아갔다. 아무 일도 없었다는 듯 태연하게. 니은을 향해 반가운 눈짓이나 손짓, 어떠한 움직임도 없었다. 함소진 작가로서 그 자리에 그대로 머물러 있었다. 독자들에게 건네는 웃음도 여전했다.

긴장이 풀렸는지 니은이 옅은 숨을 내쉬었다. 화가 나려고 했다. 당장 뛰어가 따지고 싶었다. 딸에게도 지켜야 할 예의라는 게 있다고 말해 주고 싶었다.

하지만 그런 일을 벌여 니은을 더 심란하게 만들 수는 없었다. 이제 겨우 편안해진 니은의 마음에 돌을 던질 수는 없었다.

최선은 때와 장소에 따라 방법을 달리하는 법. 지금 유번이 택한 최선은, 더 이상 외롭지 않도록 니은과 함께 있어 주는 것. 마음의 헤묵은 허기를 채워 주는 것.

"배고프지?"

"응."

"밥 먹으러 가자."

니은이 끄덕였다. 유번은 니은의 손을 꽉 쥐었다.

저녁 식사 후, 유번과 함께 걸의 집에 들렀다. 혼자 지내기에 알맞은 크기의 원룸이었다. 걸이 초대했다고 들었는데, 정작 당사자는 없었다.

"와. 생각보다 깔끔한데요?"

니은의 감탄에 유번도 동의했다.

"우리 온다고 대청소라도 한 모양이지."

"근데 유걸 씨는 어디 갔어요?"

"전화해 보자."

유번이 침대에 걸터앉아 걸과 통화하는 사이, 니은은 실내를 둘러보았다. 정말 맘먹고 대청소를 했는지 말끔하게 정돈되어 있었다.

책상 위에 놓인 액자가 눈을 끌었다. 바닷가에서의 여름날이 담긴 가족사진이었다. 부모님과 유걸, 그리고 유번. 네 사람 모두 더없이 행복해 보였다.

유번의 머리카락 색은 지금보다 훨씬 밝았다. 얼굴에 넘치는 웃음이 눈부셨다. 머리 위로 내리쬐는 햇빛이 만져질 듯했다. 유번은 아마도 열아홉이나 스무 살쯤, 걸에게선 풋풋한 고등학생 티가 났다.

응?

니은은 액자를 집어 들었다. 사진 속 유번을 자세히 들여다보았다. 민소매 티셔츠 차림인 유번의 어깨에 까맣게 수놓인 무늬, 도마뱀이었다.

어느새 등 뒤로 다가온 유번이 두 팔로 니은의 허리를 감아 안았다. 상체가 겹쳐지자 온몸으로 날카로운 감각들이 치달렸다. 목덜미에서 유번의 입술과 숨결이 느껴졌다. 더운 숨은 귓불에도 머물렀다. 눈이 스르르 감겼다.

"유걸 씨는요?"

몸을 틀며 겨우 물었다. 유번은 니은을 가둔 두 팔을 풀어 내지 않았다.

"못 와."

"안 오는 거 아니고요?"

"그럴지도?"

"초대가 아니라 덫이었어."

낮은 웃음소리가 귓가에 울렸다. 아득했다. 유번의 속삭임이 다가들었다.

"스무 살의 장유번을 보고 있었어?"

"스무 살이었구나."

"세상 무서울 게 없던 시절."

"나랑 반대였네요? 스무 살 때 난 세상이 혹독하다는 걸 알아 가고 있었는데."

유번이 '걱정 말아요, 그대'의 한 소절을 나직이 읊조렸다.

"노래 부를 때 목소리 무지 좋아."

"말할 때는 안 좋고?"

말할 때도 당연히 좋지만, 노래할 때 한결 그윽해지는 느낌이다. 이렇게 뒤에서 몸을 가두어 안은 채 귓가로 파고드는 노랫소리라서 더 그럴지도 모르겠다. 달콤한 현기증을 다스리며 니은은 비로소 물었다.

"어깨에 귀여운 이 도마뱀. 헤나예요?"

"타투."

"아."

"뭐지? 그 '아' 는."

뭘까. 위치는 다르지만 똑같은 도마뱀을 타투로 나눠 가진 관계에 대한 의문? 한때 그만큼 특별했다 한들 지나간 시간일 뿐이니 마음 쓰지 말자는 다짐? 첫사랑은 이루어지지 않는다는 속설에 대한 안도감?

미술관에서 꽤나 심각해 보이던 두 사람이 떠올랐다. 훔쳐보는 것 같아서 외면하려 애썼는데.

이럴 줄 알았으면 꼼꼼히 살펴볼 것을 그랬다. 다가가 유번 곁에 서 있을 걸 그랬다. 보란 듯이 유번의 팔이라도 다정하게 낄 것을 그랬다. 유번의 여자로서 그녀에게 인사를 건넬 걸 그랬다.

"그럼 지금도 있겠네요?"

"보여 달라고?"

"응."

"싫어."

"왜 싫은데요?"

"어릴 때 치기라 부끄러워서."

"평생 안 보여 줄 거예요?"

유번이 웃음과 더불어 항복하듯 대답했다.

"그럴 순 없겠지."

니은도 웃었다. 문득 어떤 상상이 머릿속을 채웠다. 남자의 벗은 몸과 마주하는 상상. 그 남자는 유번.

유번이 천천히 니은을 돌려세웠다. 눈빛이 얽혔다.

"내 거예요."

"……뭐가?"

"장유번."

유번의 얼굴에 나른한 웃음이 번졌다. 니은은 유번의 목을 감아 안으며 발돋움을 했다. 입술이 서로 얽혔다.

한동안 입술의 대화만 이어졌다. 젖은 소리들이 공간을 가득 채웠다. 불빛이 없었으면 좋겠다고 생각했다. 좀 더 어두웠으면. 그래서 서로에게 마음껏 대담해질 수 있으면 좋겠다고.

촉촉한 열기 속으로 노랫소리가 끼어들었다. 니은의 휴대폰이 내는 소리였다.

"받지 마."

유번이 속삭였다.

"응…….."

숨 쉬듯 대답했다. 유번의 입술이 목덜미로 내려왔다. 니은은 저도 모르게 목을 뒤로 조금 젖혔다. 목덜미 여기저기가 젖은 채로 반짝였다. 휴대폰이 다시 울어 댔다. 여간 성가신 게 아니었다.

"끈질긴데?"

웃으며 유번이 불평했다. 니은도 동의했다.

"그러게요."

"벨소리 바꾸자."

"내가 좋아하는 노랜데요?"

"왜 좋아?"

유번이 다시금 도전적으로 물어 왔다.

"섹시해서?"

'가사'가 를 생략한 대답에 유번이 흥미롭다는 듯 되물었다.

"도대체 어느 부분이?"

니은은 웃음을 머금고서 대답했다.

"고집스럽게 다 차지하려 들 때. 지금처럼."

유번의 입술에 고요한 미소가 번졌다. 섹시했다. 입술이 쇄
골로 내려왔다. 그리고 점점 더 아래로도. 어지러웠다. 니은은
흐린 숨을 내쉬었다. 단추가 두 개까지 풀어졌을 때, 휴대폰이
세 번째로 울렸다.

니은은 결국 휴대폰을 확인했다. 은실이었다.

—야, 너 서울 왔다면서!

반갑게 뛰어드는 은실에게 짜증을 낼 수도 없었다.

"응, 서울이야. 어떻게 알았어?"

—방금 오렌지 하모니카 할머니랑 통화했거든. 저번에 할
머니가 부탁하신 원피스 샀거든. 사진 보여 드렸더니 맘에 든
다고 좋아하시더라. 근데 너 서울까지 와서 나 안 보고 가려고

했어? 완전 섭섭하다. 흑흑.

"나름 바빴어. 미안."

—지금 어디야?

"유걸 씨 집이야."

—셋이 같이?

"아니, 둘이."

—둘만의 달콤한 시간에 내가 방해꾼이 돼 버린 거야?

눈치 빠른 은실한테 잡아떼 봐야 소용없을 터였다. 니은은
그냥 웃었다. 반짝이던 순간들은 이미 물러난 뒤였다. 은실이
보고 싶기도 했다. 유번에게 눈빛을 보내자 끄덕여 주었다. 은
실과 약속을 잡고 전화를 끊었다.

"작정하고 집을 비워 준 유걸 씨한테는 미안하지만, 오늘은
꽝. 다음 기회에."

니은은 부러 장난스럽게 말했다. 유번이 환히 웃었다. 다음
으로 유예하게 돼 더 아슬아슬해진 기분. 나쁘지 않았다.

"다음 기회 수락. 단, 단서가 있어."

"뭔데요?"

"반드시 휴대폰이 안 터지는 곳이어야 한다는 거."

니은도 환하게 웃었다.

5

'은파에서 밤'으로 휴대폰 벨소리를 바꾸었다.

제목에서 풍기는 느낌과는 달리 듣고 있으면 묘하게 위로가 되던 곡, '루저'. 가사의 어느 대목은 유번에게 중의적으로 말했듯이 섹시하기도 했지만. 은파에서는 노래 대신 유번이 위로가 되어 주었으니까.

"그리고 장유번이 더 섹시하니까."

웃으며 덧붙인 말에 유번이 입꼬리를 올렸다. 보고 있으면 마음에 기쁨과 설렘이 함께 차오르는 웃음. 니은은 발돋움해 유번에게 입을 맞추었다. 유번이 니은의 허리를 감아 안아 도망치지 못하게 가두었다. 행복했다.

이곳은 그간 미뤄만 두었던 은파의 대표적인 명소, 절벽 길. 깎아지른 절벽들 사이로 아찔하게 뻗은 출렁다리 한가운데에서 유번과 같이.

발밑으로는 아득한 벼랑. 눈 뜨면 세룰리안블루의 하늘. 모였다가 흩어지며 온갖 그림을 만들어 내는 흰 구름들. 한여름이라서 더 눈부신 햇빛, 햇빛, 햇빛. 그리고 귓가로 스며드는 유번의 목소리.

"오늘까지 100일."

니은은 고개를 들고 유번과 눈을 맞추었다.

"진짜로요?"

미소 띤 채 유번이 끄덕였다.

"몰랐어요, 난. 날짜를 세고 있었다니. 섬세한데요?"

"맘에 들어?"

"완전!"

"그래서 말인데……."

"잠깐. 혹시 여기서 100일 기념 번지 점프 같은 거 하자는 얘긴 아니겠죠?"

유번이 소리 내어 웃었다.

"여긴 그런 거 없어. 안심해."

"그럼 뭐예요? 무슨 말 하려고 했어요?"

"가방 열어 봐."

니은은 크로스백을 열었다. 한눈에 들어오는 낯선 물건은 반지 케이스였다. 번지는 웃음을 참을 수가 없었다. 유번도 미소 짓고 있었다.

"나 몰래 언제 이런 예쁜 짓을 했어요?"

"커플링이야."

웃음기 없이 담백한 말이었다. 뭉클해져서 니은은 고개만 끄덕였다.

유번이 케이스를 열었다. 나란히 앉은 두 개의 반지가 단아했다. 맘에 꼭 들었다. 니은은 왼손을 들어 올렸다. 유번이 약지에다 반지를 끼워 주었다. 곧 유번의 손에도 똑같은 반지가 자리 잡았다.

"고마워요."

"받아 줘서 나도 고마워."

"100일 기념으로 나는 무슨 선물을 주지?"

"이미 받았어."

"응?"

"선물은 너야. 서니은."

"앗. 그런 느끼한 멘트를."

"처음부터 그랬어."

유번의 말이 가슴에 꽂혔다. '오늘부터 1일'에 대해 '오늘까지 7일'로 답하던 유번이 생각났다. 그 순간에도 농담이 아니었던가 보다. 다시금 맘이 뭉클했다.

"우리는 온도 차이가 거의 나지 않는 사이 같아요."

"서니은도 처음부터 그랬다는 뜻이야?"

"그것도 그렇고. 뭐랄까, 유번 씨하고 나는 처음부터 서로 엇비슷한 온도로 데워져 왔던 것 같아요. 어느 한쪽이 서두르며 앞서가지도 않고, 다른 한쪽이 부담스러워하며 뒷걸음질

치지도 않고. 지금껏 둘이서 늘 같은 온도를 유지해 온 관계랄
까?"

"연인."

'사이'와 '관계'를 '연인'으로 정정하는 유번을 보며 마음
이 달콤해졌다. 곧게 다가드는 눈빛이 새삼 수줍었다. 니은은
눈을 내리깔았다. 눈두덩으로 입술이 찾아들었다. 시공간을
잊을 만큼 부드러웠다.

니은은 반지가 끼워진 손을 펴 들었다. 반지에 햇빛이 닿아
반짝였다.

발 저 아래로는 아직도 깊고 먼 땅이, 지나가야 할 출렁다
리는 여전히 절반이나 남았다. 그러나 두렵지 않았다. 유번이
곁에 있으니까. 든든히 지켜 주니까.

"외롭지 않아."

좋아한다는 말보다 더 진솔한 고백이었다. 지금 이 마음이
유번에게 가서 스며들기를 바랐다.

유번이 니은의 손을 찾아 쥐었다. 손가락 사이사이로 유번
의 손가락들이 파고들었다. 두 손이 빈틈없이 겹치며 하나가
됐다.

그대로 걸음을 뗐다. 걸음걸음마다 허공에 높다랗게 뜬 다
리가 흔들렸다. 외로움도, 두려움도 걷혔으므로 세상 모든 것
들이 아름다웠다.

할머니의 전화를 받은 것은 '또와'에서였다. 니은과 마주 앉아 서로를 그리고 있던 중이었다.

"네, 할머니."

―번아. 지금 좀 올 수 있겠어?

할머니 목소리가 심상찮았다. 유번은 느긋하게 기대었던 몸을 바로 했다.

"무슨 일이에요?"

―서울에서 손님이 오셨다.

서울이란 소리에 맞은편의 니은을 건너다보았다. 니은도 스케치를 멈추고 드로잉 북 너머로 유번을 넘겨다보았다.

"누군데요?"

―너희 엄마 친구라는데, 난 처음 보는 사람이라.

니은과 관련된 사람이 아니어서 일단 맘이 놓였다. 한편으론 할머니가 모르는 어머니의 친구라는 점이 거리꼈다.

―근데 난데없이 유작전 얘길 하네.

"유작전이요?"

―그래. 여기 있는 그림도 받으러 왔다는데, 아무래도 네가 와 봐야 될 것 같다.

"근처에 있어요. 지금 갈게요."

니은도 드로잉 북을 챙겨 유번과 함께 일어섰다.

오렌지 하모니카까지 걸어가는 길에 니은이 물어 왔다.

"유작전이라면, 어머님?"

"음. 서울에서 어머니 친구분이 오셨다나 봐."

"아아."

잠시 조용하던 니은이 또 물었다.

"그런데 얼굴이 왜 그래요?"

"어떤데?"

"뭔가 께름칙한 느낌이 보여."

"정확하네."

"왜 그런 느낌이 드는데요?"

"글쎄, 왜 그럴까. 가 보면 알겠지."

어머니와 할머니는 유대가 특별했다. 젊어서 혼자되신 할머니였다. 세상에 단둘뿐인 가족이자 친구처럼 사이좋은 모녀였다. 그러니 할머니가 모르는 친구가 있을 턱이 만무했다. 유작전을 빌미로 어머니의 작품들을 이용하려는 것은 아닌지 의심스러울 수밖에 없었다.

할머니를 찾아온 사람이 남자라는 사실에 유번의 의심은 더더욱 깊어졌다. 당연히 유번도 본 적 없는 사람이었다.

일어난 남자가 유번에게 악수를 청했다. 유번은 내밀어진 손을 슬쩍 잡았다 놓았다. 할머니 옆에 앉자 남자가 말했다.

"멋진 청년이 되었군요."

인사치레라기엔 어감이 깊었다. 유번을 보는 눈매도 그윽했다. 달갑지 않았다.

"저희 어머니와는 어떻게 아는 분이신지."

"친굽니다."

할머니가 남자한테서 받은 명함을 슬며시 유번에게 건넸다. 남자의 이름은 이현오. 서울에서 갤러리를 운영하는 모양이었다.

"제가 아는 한 어머니께 선생님 같은 친구는 없습니다만."

남자가 니은을 일별했다. 니은 앞에서 말을 계속해도 되느냐는 듯이. 유번은 일어서려는 니은의 팔을 잡아 도로 앉혔다. 그리고 남자에게 말했다.

"가족이 될 사람입니다."

뭐든 니은이 들어도 상관없다는 뜻이었다. 남자가 고개를 끄덕였다.

"가족들은 모르겠지만, 사실은 오래된 친굽니다."

"오래된……?"

유번은 혼잣말처럼 되뇌었다.

"언젠가 적당한 때가 되면 유작전을 열어 달라고, 생전에 제게 부탁하셨습니다."

할머니가 유번을 돌아보았다. 처음 듣는 소리라고 말하는 눈빛이었다. 유번 역시 마찬가지였다. 더구나 그런 부탁이라면 남이 아닌 자식들에게 하는 게 마땅했다.

"우리 딸은 나한테 비밀 같은 거 없는 아인데."

할머니가 중얼거렸다. 남자에게 존재의 증명을 요구하는 것처럼 들렸다. 남자가 입을 열었다.

"유번 군이 여섯 살 때, 처음 만났습니다."

일반적인 의미에서의 '친구'가 아님을 남자의 말투에서 직감했다. 너무 놀라면 할 말이 떠오르지 않듯 지금의 유번이 그랬다. 남자의 말이 차분히 이어졌다.

"유번 군을 테마로 '오렌지 하모니카' 연작을 그리던 시절이었지요."

"연작이요?"

"네."

할머니와 다시 눈길이 부딪쳤다. 할머니 얼굴에도 당황스러움이 역력했다.

유번이 알기로 '오렌지 하모니카'는 이곳 옥탑방에 걸어 놓은 그림 하나뿐이었다. 게스트 하우스 이름도 그 그림에서 따왔다. 어머니가 유난히 아끼던 작품이었다. 아들에 대한 사랑이라고 믿어 의심치 않았다.

"그럼 나머지 작품들은 지금……."

"제가 갖고 있습니다."

남자의 대답에 할머니가 무거운 숨을 내쉬었다. 기가 막혔을 것이다. 유번도 할머니 심정과 같았다.

"좀 전에 어르신께도 말씀드렸다시피 서울, 제 갤러리에서 유작전을 진행하고자 합니다. 그러려면 여기 있는 그림도 함께 거는 편이 좋을 듯하여 실례를 무릅쓰고 이렇게 찾아왔습니다. '오렌지 하모니카' 연작들 중에서도 은채가 가장 아끼던 작품이라……."

"아니요."

유번은 강경하게 남자의 말을 저지했다. 어머니를 '은채'라고 지칭하는 남자를 도무지 믿을 수 없었다. 아니, 싫었다.

"저는 그 유작전에 대해서 찬성할 수 없습니다."

"번아."

할머니 시선이 뺨에 와 닿았다. 유번은 남자를 쏘아보며 말을 이었다.

"유작전 주최자로 인해 고인의 명예를 훼손할 가능성이 충분하기 때문입니다."

돌아가신 분께는 진실을 확인할 수 없으므로, 일방적인 주장만으로 위험 부담을 떠안고 유작전을 진행할 수는 없다는 것이 유번의 생각이었다. 설혹 이 남자의 말이 사실이라 해도 새삼스레 미술계에 까발릴 까닭이 없었다. 화가 고은채는 건축가 장선욱의 아내로서만 기억되어야 했다.

"동생하고는 생각이 다르네요."

여기 오기 전에 걸을 먼저 만났다? 그리고 걸은 이 남자가 진행하려는 유작전에 긍정적이다?

의혹에 찬 유번의 시선을 읽기라도 한 듯 남자가 눈으로 끄덕였다.

유번은 자리를 떨치고 일어났다. 울화가 치밀었다. 초면인 이 남자, 걸, 어머니. 셋 중 누구에게로 향한 울화인지 스스로도 판별할 수 없었다. 정원으로 나서자 뒤따라 나온 니은이 가만히 팔을 잡았다.

"더워. 들어가."

"같이 있을래요."

"전화 좀 하고 들어갈 테니까 들어가 있어."

"유걸 씨한테요?"

"음."

"마구 화내지 마요."

"마구 화낼 건데."

"그럴까 봐 따라 나왔잖아요. 그러지 마요. 화부터 내면 속에 든 얘기 못 해요. 서로 감정만 상하지. 형제간에 의 상하면 뭐가 좋아. 세상에 둘뿐인데. 화내지 마요. 응?"

성심을 다해 청하는 니은이 고마웠다.

"알았어. 노력해 볼게."

"진짜?"

"진짜."

니은이 웃었다. 그러고는 양손 검지로 제 입가에 곡선을 그려 보였다. 웃으라는 명령에 기꺼이 응했다. 그제야 니은이 안으로 들어갔다.

유번은 숨을 깊게 들이마시고 내쉰 다음, 걸에게 전화를 걸었다.

—유번 씨.

끝을 늘인 부름이 능청스러웠다. 이러니 대뜸 언성을 높이거나 정색도 못 하겠다.

"어디야?"

—통영. 촬영하러 왔어.

"운전 중인 건 아니지?"

—아냐. 왜?

"너 이현오라는 사람 알아?"

만났느냐는 질문을 건너뛴 것도 어떤 직감 때문이었다. 몰랐던 존재와 직면한 후, 걸의 통상적 반응은 유번에게 곧장 전화를 해 감정을 터뜨리는 쪽이었을 터. 만나고도 잠잠했다는 건 이미 알고 있었다는 뜻. 대답을 기다리며 유번은 불안했다.

—알아.

깔끔한 대답. 마음이 무거워졌다.

"언제부터 알았어?"

—오래됐어.

이현오의 표현과 겹친다. 일종의 배신감 같은 것이 몰려왔다. 유번은 화를 내지 않으려 입을 악물었다.

—그분 거기 갔구나. 만났어?

"유작전을 하겠다고 그림을 달라던데."

—형.

"나는 찬성 못 한다고 했어."

—형.

"내가 모르는 게 또 뭐가 남았지?"

—나는 엄마 이해해.

"뭐?"

—엄마가 행복했던 시절은 얼마 안 됐어. 아빠는 엄마를 자기 사업에 이용했지. 엄마는 순수하게 그림만 하면서 살고 싶었던 사람이야. 형도 알다시피 아빠는 엄마를 그렇게 살게 놔

두질 않았어. 순수 미술의 가치를 인정하지 않았다고. 엄마 작업과 엄마 작품을 그 자체로 인정해 준 사람은 따로 있었어.

"그게 이현오라고?"

─아빠는…… 엄마를 외롭게 했어.

'외롭지 않아'라고 말하던 니은의 목소리가 떠올랐다. 마음 저 깊숙한 데로 파장이 일었다.

─내 작품을 인정해 주는 사람에게 마음 흐르는 거, 나는 이해해.

"나는……."

모르겠다. 지금은 너무도 혼란스러워서 생각의 갈피를 잡을 수가 없다. 어째서 동생인 너도 알고 있던 부분을 내가 몰랐던 건지. 그게 어떻게 가능한 일인지 도대체 모르겠다.

─형, 괜찮아?

걱정 실린 물음이 혼란을 다독였다.

"괜찮아."

─여기 촬영 마치는 대로 갈게. 내일 만나서 얘기해.

"그래."

─진짜 괜찮은 거지?

창가에 서서 이편을 내다보고 있는 니은에게 눈길이 닿았다. 니은이 조금 웃었다. 유번은 미소 지어 보였다. 전화 속 걸에게는 담담히 말했다.

"내일 보자."

전화를 끊고도 유번은 휴대폰을 쥔 채 정원에서 서성거렸다. 남자에게 무슨 말을 해야 좋을지 아직도 마음이 복잡했다. 문이 열리는 소리가 났다. 니은인 줄 알고 돌아섰더니, 이현오였다.

이현오가 유번에게 다가왔다. 유번은 그 자리에 선 채 지그시 남자를 응시했다. 이현오가 먼저 입을 뗐다.

"혹여 오해가 있을까 해서."

"무슨……?"

"유번 군의 어머니와 나는 남들이 흔히 생각할 수 있는 그런 관계는 아니었습니다."

어떤 말인지는 단번에 알아들었다. 그렇다고 해서 심란한 마음이 가시는 것은 아니었다. 보통 상상하기 쉬운 그렇고 그런 사이가 아니라서 더욱 특별한 관계였다고 항변하는 것처럼 들렸다.

"어머니한테는 마음의 공간이 필요했던 겁니다."

맥락은 알겠다. 다만 그 공간을 가족 외의 사람에게서 얻었다는 데에 쓸쓸함이 사무쳤다. 하지만 세상에 없는 분. 서운함을 토로할 수도, 다그칠 수도 없는 일이었다.

"이해를 강요하지 마세요."

"그렇게 들렸다면 미안해요."

"시간이 필요합니다."

"그렇겠지요."

"유작전에 대해서는 가족들과 더 의논해 본 뒤에 결정하겠습니다."

이현오가 끄덕였다.

>>>>>>>>

누구에게나 혼자 품은 비밀이 있는 걸까. 끝까지 자기만의 몫으로 남겨지기를 바라는 이야기가.

옥탑방에서 내려온 그림 '오렌지 하모니카'를 바라보며 니은은 생각에 잠겼다.

처음 이 그림을 들여다보던 날 들었던 걸의 말이 새롭게 다가들었다. 그날 걸은 그랬었다. '어머니의 화양연화'라고. 그러니까 유번의 어머니가 가장 행복했던 나날들은 유번이 여섯 살이던 무렵, 꼭 거기까지였을까.

할머니가 내실에서 카페로 나왔다. 멋스럽게 챙 넓은 모자를 쓰고 손에는 레이스 양산도 들었다.

"할머니, 어디 나가시게요?"

"모래한테 좀 가 보려고."

모래한테 갈 때는 양손 가득 먹을거리를 챙겨 가던 할머니인지라 양산만 들려 있는 손이 좀 의아했다.

"오늘은 반찬이랑 안 챙겨 가세요?"

"잘 안 먹더라고. 마른 반찬 종류는 냉장고에서 굳어 가고, 김치는 너무 시어져서 못 먹겠고. 가서 장 봐다 저녁 해서 같이 먹고 와야겠어."

아홉 살짜리 애가 스스로 밥을 잘 챙겨 먹어도 이상한 일.

일찍 철든 아이로 자라는 것도 싫지만 자주 끼니를 거르는 건 더 안쓰럽다.

"모래 보고 싶다."

"모래도 네 얘기해. 방학도 했겠다, 여기 데려다 놓으면 좋으련만."

그러지 못하는 이유는 매일 저녁 이리로 퇴근해 오는 유번 때문이다. 할머니는 모래에 대해 시시콜콜 캐묻지 않고 입 다물고 있는 유번을 어려워하는 눈치였다.

할머니가 나가고 얼마 지나지 않아 유번이 왔다. 하마터면 할머니와 스칠 뻔했다.

"우와. 일찍 왔네요?"

"보고 싶어서."

툭 던지는 말에 맘이 환해졌다. 니은은 활짝 웃었다. 유번의 얼굴에도 웃음이 퍼졌다.

"사표 냈다고 너무 설렁설렁 일하는 거 아니에요?"

"그래야 사람을 빨리 구하지."

"하긴. 사표 낸 지가 언젠데 여태. 그냥 확 나와 버려요."

짐짓 진지하게 말하자 유번이 웃으며 대답했다.

"그렇잖아도 사람 구하든 못 구하든 8월까지만 있을 거라고 했어. 달 여사는?"

"아. 잠깐 나가셨어요."

"잠깐 어디?"

"그…… 친구 만나러."

유번의 얼굴에서 웃음기가 가셨다.

"또 거기 가신 거야?"

"심기 불편하신 장유번 씨."

장난스럽게 받았더니 유번이 어이없다는 듯 웃음을 흘렸다. 입술을 물들이는 웃음이 새삼 보기 좋았다.

"웃으니까 5만 배는 더 멋있잖아요. 그렇게 아끼지 말고 본격적으로 웃어 볼래요?"

입가에 머무는 웃음이 훨씬 또렷해졌다. 니은은 유번에게 다가가 허리에 두 팔을 감았다. 유번의 두 손이 튼튼한 넝쿨처럼 등허리에 감겼다. 눈앞의 유번을 올려다보며 환히 웃어 보였다.

"그냥 봉사 활동 가셨다고 생각하면 안 되나?"

"알았어."

"응? 이토록 선선한 대답을."

"어떤 사연이 있는지는 모르지만 어린애한테는 아무런 죄가 없다. 또 그 말 하려고 했잖아."

"잔소리 듣기 싫어서 미리 선수 치는 거구나?"

대답은 웃음이었다. 고요히 번지는 웃음이 설레게 만들었다. 니은은 발돋움해 유번에게 입을 맞췄다. 스치고 물러나려는 입술을 유번이 잡아챘다. 잠시 입술이 섞이는 소리만 촉촉했다.

"달 여사 없으니까 대담해지는데?"

"그래서 싫어요?"

"그럴 리가."

"할머니 모래랑 저녁 드시고 오실 거예요."

"신난다, 이거지?"

"응!"

웃음 짓던 유번의 눈길이 벽 쪽 선반에 세워 둔 그림으로 향했다.

"그분, 내일 오신다고 해서 내려다 놨어요."

유번의 눈빛에 착잡한 기운이 서렸다. 니은은 유번의 손을 잡고 그림 앞으로 이끌었다. 그림 속 어린 유번을 보며 물었다.

"여섯 살 때의 장유번. 기억나요?"

"그날의 분위기랑 이 그림 그리던 어머니 얼굴이 어렴풋이 기억나. 마치 옛 영화의 한 장면처럼 아련하게."

"아마 환하게 웃고 계셨을 것 같아요."

"맞아, 그랬던 것 같아."

"유번 씨도 환히 웃고 있었을 테고. 세상을 다 가진 듯 행복해 보이잖아요."

끄덕이며 유번이 미소 지었다.

"가장 행복했던 시간 속에 사랑하는 아들을 담아서 간직하고 싶으셨나 봐요. 그래서 그 순간을 그리고 또 그려 연작으로 남기지 않으셨을까요?"

"유작전이 아니었다면 어머니의 행복한 그 순간들을 영원히 못 볼 수도 있었겠지?"

"그러니까 다행이라고만 생각해요. 쓸쓸한 마음은 접어 두고."

"쓸쓸한 마음까진 아닌데."

"거짓말. 유걸 씨랑 어머니 이야기 나눈 뒤로 유번 씨 좀 그래 보였어요."

"서니은 눈에 그래 보였다면 인정."

니은은 유번의 허리에 팔을 감고 몸을 기댔다. 어깨 위로 유번의 손길이 얹혔다.

"그러고 보면 유번 씨 어머님, 나름 공평하셨어."

"무슨 뜻이야?"

"큰아들에게는 둘만의 행복한 시간을 담은 작품을 안겨 주셨고, 작은아들에게는 특별한 친구라는 비밀을 나눠 주셨으니까."

인정한다는 듯 유번이 낮게 웃었다. 웃음소리를 들을 수 있어 좋았다. 유번의 마음을 조금이나마 다독여 줄 수 있어서 기뻤다.

유번의 휴대폰이 울린 것은 둘이서 같이 저녁 준비를 할 때였다. 전화를 받는 유번의 표정이 심상찮았다. 얼핏 여자 목소리가 들린 것 같았다. 유번이 니은을 의식하듯 휴대폰을 들고 테라스로 나갔다. 테라스에서 마저 통화를 하고 들어온 유번이 말했다.

"나가 봐야겠는데."

"누군데요?"

"김 군이……."

"김 군이 왜요? 공원에 무슨 일 생겼대요?"

눈으로만 끄덕이곤 서둘러 나서는 유번에게 니은은 더 묻지 못했다. 마음 한쪽에 떠오르는 얼굴을 애써 뭉갰다. 함께 떠오르는 도마뱀 타투도.

6

병실 앞에서 유번은 걸음을 멈췄다.

뒷덜미에 꽂히는 시선에 고개를 돌렸다. 아무도 없었다.

니은이 아닐까 싶었던 거다. 지금 니은은 오렌지 하모니카에 있을 텐데도. 깜짝 등장해 입술을 내밀기라도 하면 난처했을 텐데도.

김 군의 사고 소식을 듣던 날 저녁, 유번은 니은과 함께였다. 전화 속에서 듣는 김 군의 이름 석 자가 귀에 설었다. 만날 김 군이라고만 불러서 그랬을 것이다.

하필이면 오토바이 사고여서 그날은 물론 며칠이 지난 지금까지도 니은에게는 숨겼다. 니은의 트라우마를 헤집게 될까봐.

병실 문을 열었다. 깁스한 한쪽 다리를 올려 매단 김 군이 들어서는 유번을 보고 활짝 웃었다. 유번은 과일 바구니와 주스 상자를 탁자에 내려놓았다.

"자꾸 안 와도 되는데."

김 군이 머리를 긁적이며 미안해했다.

"그놈의 스쿠터 넘겨준 죄로. 오고 싶어 오는 거 아니니까 마음 쓸 거 없어."

"그게 어디 형 잘못인가요? 날마다 스쿠터 탐낸 건 난데."

넉살 좋게 대꾸하는 김 군을 보니 마음의 무게가 조금은 덜 했다.

"몸은 좀 어때?"

"보시다시피 멀쩡해요. 다리만 빼고요."

"이러다 너 군대 안 가는 거 아냐?"

"안 가는 게 아니라 못 가는 거죠, 형."

"좋기도 하겠다."

"이런 게 바로 전화위복이라는 거 아니겠어요?"

싱글거리는 김 군에게 주스를 건넸다. 단숨에 마시고는 김 군이 물었다.

"형, 요즘 고민 있어요?"

"왜?"

"얼굴이 영 푸석해서요."

고민이라.

예상치 못한 일들이 최근에 여럿 터졌다. 어머니의 남자 친구와 유작전 진행을 필두로 김 군의 사고까지. 지금껏 혼자만 몰랐던 인물과 사실. 때문에 결과도 갈등이 좀 있었다. 시간이야 걸리겠지만 어쨌든 소화는 될 일들이다. 니은의 다정한 위로도 큰 힘이 됐다.

더 신경이 쓰이는 일은 모래를 찾아가곤 하는 할머니였다. 돌봐 주는 일 자체가 아니라 모래에 대한 할머니의 태도가 의혹을 싹 틔웠다. 모르는 무엇이 또 있는 건지 파헤치고 싶은 마음과 외면한 채 묻어 두고 싶은 마음.

"나 때문에 그러는 건 아니겠고. 안물안궁, 그분이랑 무슨 문제라도 생긴 거예요?"

"신경 꺼라."

"혼자 끙끙 앓지 말고 나한테라도 얘기해 봐요. 혹시 알아요? 단순한 내 머리에서 뭔가 그럴싸한 해결책이 튀어나올지."

"단순한 건 아는구나?"

김 군이 헤헤 웃었다.

유번은 창가로 걸어갔다. 창 너머는 한여름이었다. 유난히 다사다난했던 이 여름이 지나면 오렌지 하모니카에서 니은과 매일매일 함께일 터. 눈 감았다 뜨면 가을이거나 아예 겨울쯤이라면 좋겠다. 마음 쓰이는 일들은 다 지나가 있도록.

"좀 자요, 형."

김 군의 권유가 잠꼬대처럼 들려왔다.

유번은 소파에 등을 기댔다. 요 며칠 잠을 설친 탓에 뻑뻑해진 눈을 감았다.

유리창 저편에 낯익은 얼굴이 보였다.

니은은 마른걸레를 손에 쥔 채 정원을 가로질러 걸어오는 여자를 바라보았다. 여자도 니은을 발견했는지 주춤했다.

니은은 걸레를 놓아두고 현관문을 열었다. 바깥의 더운 공기가 훅 밀려들었다. 니은이 한 걸음, 여자가 한 걸음 서로에게 다가섰다. 여자가 먼저 입을 뗐다.

"우리, 만난 적 있죠?"

고개를 끄덕이고는 대답했다.

"네, 두 번."

"두 번?"

고개를 갸웃하는 여자에게 니은은 설명해 주었다.

"미술관에서, 그리고 카페 앞 벤치에서."

"카페 앞 벤치?"

"담배를 권하셨잖아요. 첫사랑 이야기도 하시고."

"아!"

그제야 생각난 듯 미소 짓던 여자가 손을 내밀며 말했다.

"미나예요."

이름을 인지하는 순간, 막연하던 누군가가 구체적 인물로 바뀐다. 그렇다면 상대에게도 나를 인식시키는 것이 마땅하겠지.

"서니은이에요."

또박또박 이름을 일러 주며 미나가 내민 손을 잡았다. 어쩔 수 없이 손목의 도마뱀에 눈이 갔다. 손을 가져가며 미나가 다시금 미소를 지었다.

"여기서 만나다니 뜻밖이네요. 창을 닦고 있던 것 같았는데."

"아르바이트하고 있어요."

"언제부터요?"

"봄부터요."

"특별한 인연이네요."

누가 누구와 특별한 인연이라는 말인지 맥락을 생각해야 했다. 미나가 덧붙였다.

"서니은 씨와 장유번."

"아."

뭐랄까, 색깔이 잘 보이지 않는 여자였다. 눈빛이나 표정만으론 호의인지 적의인지 분간하기가 어렵다. 첫사랑이던 사람의 연인과 정면으로 마주쳤을 때 대체로 어떤 감정에 사로잡힐까. 아무래도 호의 쪽은 힘들지 않을까.

"여긴 어떻게……."

"집에 내려왔다가 간만에 할머니께 인사나 드리고 갈까 했는데, 안 그러는 게 낫겠다. 그렇죠?"

대답을 요구하는 물음이 아닌 것 같아 가만있었다.

"그럼."

웃으며 고개를 까딱하고선 미나가 돌아섰다. 할머니와도 알고 지내던 사이였을 텐데 들어와 뵙고 가라고 붙들기도, 이대로 그냥 보내기도 애매했다. 몇 걸음 안 가서 미나가 되돌아섰다.

"이렇게 세 번이나 만나진 것도 인연인데, 우리 얘기 좀 나눌까요?"

미나의 제안에 니은은 망설였다. 알고 싶은 것들이 있긴 했다. 얼마 전 유번이 전화를 받고 급히 달려 나갔던 밤, 전화를 건 이가 혹시 미나였는지. 도마뱀 타투의 사연도 궁금했다. 유번이 타투 얘기를 꺼리는 듯해서 더욱 그랬다.

"유번 선배에 대해 서니은 씨도 꼭 알아 둬야 될 이야기가 있어요."

'서니은 씨도'라고 말했다. 나만 모르는 것이 있다는 얘기처럼 들렸다. 발목이 걸리는 느낌이 들었지만 내칠 수가 없었다.

"좋아요."

미나가 카페 '오늘'에 가 있겠다고 했다. 니은은 끄덕였다. 미나를 보내고 내실의 할머니한테 외출 허락을 받으러 갔다.

"할머니, 저 좀 나갔다 올게요."

"데이트하려고?"

할머니가 반색했다.

"아니에요, 할머니. 요 앞에 잠깐……."

주차장으로 차 들어서는 소리가 났다.

"어. 손님 오시나 보다."

나가려는 니은을 할머니가 떠밀었다.

"내가 나갈 테니, 넌 얼른 가."

할머니가 바삐 뒷문으로 걸어갔다. 뒷모습이 문득 애틋했다.

"할머니!"

"왜?"

돌아선 할머니를 향해 니은은 두 손을 가슴팍에 모아 하트를 만들어 보였다. 할머니도 환하게 웃으며 두 손으로 하트를 그렸다.

휴대폰 울리는 소리에 눈을 떴다. 김 군의 병실 소파에 비스듬히 누운 채였다. 눈 감고 앉아 있다 잠들었나 보았다. 유번은 휴대폰을 확인했다. 낯선 번호였다.

—장유번 씨?

이름을 정확히 대는 목소리도 낯설었다.

"네. 누구십니까?"

전화 속 남자가 이름을 밝혔다. 7년 전 은파 경찰서에서 근무했던 형사라고도 했다. 유번은 소파에서 몸을 일으켰다.

—7년 전 장선욱 씨 부부 교통사고 건으로 문의를 하셨다고 들었습니다.

모래에 대한 할머니 태도가 아무래도 이상해서 은파 경찰서에 찾아갔었다. 당시의 담당자가 그만두었다고 하여 그냥 돌아왔는데, 연락이 닿은 모양이었다.

"네, 맞습니다."

—장선욱 씨 아드님 되십니까?

"네."

남자가 한숨을 내쉬었다.

—이제 와서 그 일을 파헤쳐 봐야 서로 이로울 게 없을 텐데요.

유번은 팽팽히 긴장했다.

"파헤쳐야만 할 뭔가가 있다는 뜻입니까?"

다시금 긴 한숨을 뿜고는 남자가 말했다.

—전화상으로는 곤란하고, 정 듣고 싶다면 이쪽으로 오세요.

남자가 현재 근무지를 일러 주었다. 강원도였다.

카페 안은 어두침침했다.

미나가 구석 자리에 앉아 맥주를 마시고 있었다. 니은이 미나의 맞은편에 앉자 친밀한 물음이 건너왔다.

"니은 씨도 맥주?"

"아뇨. 저는 근무 중이라서요."

훗, 웃고서 미나가 말했다.

"닮았어요."

"네?"

"유번 선배랑 서니은 씨."

걸한테서도 들었던 말이다. 다른 사람들에게 그리 보인다는 게 싫지 않았다. 니은은 웃으며 말했다.

"제가 한참 달리죠."

"생김새 말고 스타일 말하는 거예요. 단정한 분위기."

"아."

인정받는 느낌. 니은은 웃음으로 답했다.

주문한 오렌지 주스가 나왔다. 새콤달콤하고 시원했다. 얼음 알갱이 하나를 입에 물었다.

"선배한테 제 얘기 들었나 봐요."

"네."

"뭐라고 하던가요?"

"고등학교 후배라고요."

"거기까지만?"

니은은 미나를 빤히 쳐다보았다. 거기까지 아니고 다른 무엇이 더 있다 해도 이미 지나간 시간들이었다. 옛 추억을 자랑하려는 거라면 의미 없는 일이 되리라는 말을 해 주고 싶었다.

"나한테 궁금한 거 없어요?"

미나가 물었다. 도마뱀 타투를 과시하듯 손을 탁자 위에 올려 두고 있었다.

니은은 미소만 지었다. 도마뱀에 대해서 캐묻는 순간 지는 거라고 생각했다. 그래서 참았다. 미치도록 궁금해지면 유번에게 직접 물어볼 참이었다.

"아까 저한테 그러셨죠. 유번 씨에 대해 제가 꼭 알아야 될 이야기가 있다고. 그 말 때문에 나왔는데 방금 마음이 바뀌었어요."

"어떻게요?"

"그게 뭐든 유번 씨한테 들어야겠다고."

미나가 조용히 웃었다. 니은도 미소를 잃지 않았다.

"선배는 아마, 절대로 말하지 않을 걸요?"

'아마'와 '절대로' 사이에서 니은은 살짝 혼란스러웠다. 어느 쪽에 더 무게 중심을 놓아야 할지 자신이 안 섰다. 스스로에게 대입해 보았다. 유번에게 절대로 말하지 않을 이야기가 있는지. 오래 생각할 것도 없이, 있었다. 할머니의 기막힌 계획, 그리고 도 실장.

"니은 씨가 나를 오해하는 것 같아서 미리 말해 두자면요. 두 사람 사이에다 돌 던져 흔들어 놓고 싶다거나 끼어들고 싶다거나, 그런 마음 조금도 없어요."

미나가 잔을 비웠다.

"나는…… 유번 신배가 다시 행복해졌으면 좋겠어요."

다시, 라는 말이 마음을 건드렸다.

"서니은 씨 행복까지는 빌어 줄 맘이 안 생기지만."

말해 놓고 미나가 자조적으로 웃었다. 니은도 웃으며 말을 보탰다.

"솔직하시네요."

"서니은 씨가 왕창 재수 없는 타입이었음 좋았을 텐데. 하긴 뭐, 그런 여자였음 애초에 유번 선배가 눈길도 안 줬겠죠. 나한테 그랬던 것처럼."

말끝에 맴도는 웃음이 쓸쓸했다. 첫사랑이자 외사랑이구나, 짐작했다. 그날의 눈물도 이해가 됐다. 마음이 놓이는 한편 도마뱀 타투에 대한 의문은 여전히 남았다.

"유번 씨가 저한테 절대로 말하지 않을 이야기. 손목에 그 도마뱀에 대해서일까요?"

"도마뱀."

미나가 힘없이 웃고서 중얼거렸다.

"이따위가 뭐라고."

"유번 씨 어깨에도 도마뱀이 있던 걸요."

"알아요. 그걸 따라 새긴 거니까. 선배는 몰라요. 끝까지 몰랐으면 해요. 내 도마뱀을 선배한테 들키면 창피스러울 거예요. 나를 경멸할지도 모르죠."

경멸까지 각오할 정도라면 유번을 몹시 성가시게 만들었던 전력이 있었던 걸까.

"선배한테는 말 안 할 거죠?"

"그럴게요. 그런데……."

타투 얘기가 아니라니 더욱 궁금증이 일었다. 결국 묻고 말았다.

"제가 알아야 될 이야기라는 게 뭐예요?"

"유번 선배, 이명을 앓고 있어요."

"이명이요?"

머리가 멍했다. 겪어 본 적은 없지만 무척 고통스럽다고 들었다. 겉으로 드러나는 증상도 없어 오로지 본인 혼자서만 감당해야 한다고.

"알죠? 어떤 건지."

니은은 간신히 고개를 끄덕였다. 미나의 말이 이어졌다.

"7년 전 선배 부모님 사고 이후로 내내. 이명 때문에 그림을 그릴 수 없어 학교도 그만뒀죠. 대학 선배이기도 해요. 저랑 전공도 같고요. 서양화."

"그럼 원인이……."

"스트레스요."

그간 유번에게 마음 쓰이게 한 순간들이 많았을 텐데. 걱정 끼친 일들도.

"이제 괜찮아진 줄만 알았는데, 아닌가 봐요. 오늘도 병원에서 선배를 봤거든요."

"오늘도요?"

"네, 아빠 만나러 갔다가. 아빠가 은파 제일 병원에서 일하세요. 유번 선배 담당 의사는 아니지만. 실은 아까도 선배 할머니께 말씀드려야 하나 고민하면서 갔던 거였어요."

전혀 몰랐다. 현재 진행형인 유번의 고통을 까맣게 모르고 있었다. 자책과 안타까움이 함께 밀려들었다.

"그동안 니은 씨 앞에서 괜찮은 척하면서 지내 온 것은 아닌지. 그러느라 얼마나 힘들었을지 많이 걱정돼요. 니은 씨가 알고 있으면, 아무래도 모를 때보다는 도움이 되지 않을까 생각해요. 무엇보다도 스트레스 상황을 최대한 피해야 하니까."

미나의 말들이 머릿속에서 유빙처럼 떠다녔다. 니은은 주스 잔을 들었다. 다시 얼음 한 알을 깨물었다. 시렸다.

고속버스 터미널에서 유번은 니은에게 전화를 걸었다.

—유번 씨.

명랑한 '니은이에요!' 대신 차분히 이름을 불러왔다. 유번도 가만히 이름을 불러 보았다.

"니은아."

—듣기 좋다.

심야 방송 디제이의 목소리 같다. 여느 때의 니은과는 좀 다르다.

"목소리가 왜 그래? 어디 아파?"

—아프긴요. 배고파서 그런가 봐요.

"점심 안 먹었어?"

—응.

"여태 안 먹고 뭐 했어. 달 여사가 밥도 굶기고 일만 시키는 거야?"

정색하는 시늉을 했더니, 니은이 나지막이 웃었다.

─그럴 리가요. 이제 먹을 거예요.

"두 그릇 먹어."

─알았어요. 유번 씨는요? 밥 먹었어요?

"먹었어."

─지금, 어디예요?

"지금……."

고속버스에 오르기 전이었다. 난데없는 강원도행을 말해 주었다간 할머니 귀에 들어갈 확률이 100%. 다녀와서 말하기로 했다. 지금 니은에게 과정을 설명하기가 복잡했다. 진실 확인을 앞둔 마음 또한 더할 나위 없이 심란했다.

"섬에 일이 좀 생겨서, 오늘 저녁엔 못 갈 것 같아."

─아…….

여운이 끌리는 '아'였다. 더 말하고 싶었으나 출발을 앞둔 버스에 올라야 했다.

"화요일에 봅시다."

첫 데이트의 기억을 불러들였다. 마침 내일이 화요일이기도 했다.

─좋아요.

귓가에 니은의 웃음소리가 가지런했다.

새까만 세단이 니은 앞으로 미끄러져 왔다.

차창이 내려가며 운전석에 앉은 남자의 얼굴이 보였다. 도 실장이었다. 엎친 데 덮치는 격이라더니 한꺼번에 닥쳐오는구나 싶었다.

오렌지 하모니카로 들어가는 골목이 지척이었다. 외면하고 걸어 들어가 봐야 소용없을 터였다. 니은은 차에 앉은 도 실장을 바라보았다.

"타시죠."

시선은 앞으로 둔 채 도 실장이 말했다. 거절해서 안으로 따라 들어오게 하는 것보다는 오렌지 하모니카에서 조금이라도 멀어지는 편이 나을 듯했다. 차에 오르자 도 실장이 행선지를 말했다.

"근처에 공원이 있더군요."

니은은 짧게 대답했다.

"네."

차가 근린공원으로 향했다. 오렌지 하모니카로 무작정 들이닥치지 않아서 그나마 다행이라고 생각했다.

할머니 뒤에서 어떤 일들에 몸담고 있는지 자세히는 몰라도 표면적으로는 법의 테두리 안에 서 있는 사람이었다. 할머니야 납치라도 해서 데려오라고 했을 테지만, 그런 식으로 처리하지 않으리라는 믿음도 있었다.

도 실장이 공원 앞 주차장에 차를 댔다. 차 안이 새삼 서늘하게 느껴졌다.

"할머니께는 말씀드렸어요?"

"네."

"뭐라고 하세요?"

"충격받으신 것 같더군요."

충격이라. 충성스러운 오른팔이 감히 할머니 의사에 반하는 말을 해서? 그런 정도로 충격까지 받으실 분은 아닌데.

"믿지 못하셔서 사진을 보여 드렸습니다."

"……네?"

니은은 도 실장을 쳐다보았다. 도 실장의 얼굴은 여전히 정면으로만 향해 있었다.

"무슨 사진을요?"

유번과 함께인 모습을 몰래 찍어 가기라도 했다는 것일까. 불쾌했다. 따지려 입을 막 떼려는데, 도 실장이 냉정한 어조로 말했다.

"약혼식 사진 말입니다."

니은은 비로소 경악했다. 처음부터 잘못 짚었다. 할머니라는 호칭에서 혼동이 있었던 거였다.

"오렌지 하모니카 할머니를 만나셨다는 거예요?"

"경고했을 텐데요."

"누, 누구 맘대로 그런 짓을……."

가슴이 떨려와 말을 제대로 잇지 못했다.

"약혼자라고 말씀드렸고, 약혼식 사진도 보여 드렸습니다."

숨이 막혔다. 할머니의 놀란 얼굴이 눈에 선했다.

"몇 번이나 말했지만 이렇게 하기 전에 돌아오셨으면 좋았을 겁니다."

그날, 할머니 저택의 별채에서 마련된 그 자리가 약혼식이라는 것을 니은은 몰랐다. 알았으면 그전에 할머니 집을 나왔을 것이다. 할머니는 예를 갖춰 참석해야 하는 행사라고 하면서 니은이 입어야 할 옷까지 준비해 주었다.

하지만 할머니를 방문한 손님 같은 건 없었다. 뭔가 이상하다는 것을 깨닫고서야 니은은 자리를 박차고 일어섰다. 그러나 할머니의 사람들에 의해 길이 막혔다. 실무를 담당하는 그들은 험악한 겉모습부터가 도 실장과는 다른 부류였다. 일방적인 약혼식은 다행히 금세 끝났다.

그 밤 니은은 할머니를 아주 등졌다. 억지로 껴야 했던 반지는 책상에 올려 두었다. 엉터리 약혼식 따위, 기억에서 지워 버리면 그만이라고 생각했다. 도 실장의 손가락에는 그날의 반지가 자리 잡고 있었다.

"도 실장님은 제 약혼자가 아니에요."

"그렇습니까?"

무심한 듯 되묻더니 도 실장이 사진 한 장을 내밀었다. 화려한 케이크가 놓인 테이블. 도 실장과 나란히 앉은 니은. 누가 봐도 약혼식의 한 장면이었다. 사진 속 나비 날개 같은 연분홍 원피스가 끔찍했다.

니은은 사진을 찢었다. 찢고 또 찢었다. 사진의 잔해들이 손 안에서 사라지지 않았다.

휴대폰이 울었다. 유번의 할머니였다. 도 실장이 차에서 내렸다. 떨리는 손길로 전화를 받았다.

─은아.

할머니의 다정한 부름이 마음을 찢었다.

─도국이란 사람, 너희 할머니 비서 맞아?

"네……. 맞아요."

─그렇구나. 차라리 사기꾼이었음 싶었는데. 너 처음 여기 왔을 때, 뭔가 사연이 있을 거라 짐작은 했었다. 말하고 싶어 하지 않는 일을 캐물어 상처 주고 싶지 않았지.

죄송해서 몸 둘 바를 모르겠다. 무슨 말부터 해야 좋을지도 모르겠다.

─은아.

"네, 할머니."

대답하는 목소리에 울먹임이 뱄다.

─하고 싶은 말이 많겠지.

"……네."

─가거라.

눈시울이 뜨거워졌다.

─가서 다 정리하자. 그게 뭐든 말끔히 정리해 놓고 다시 와. 우리 번이 또 아파하는 모습…… 나는 못 본다.

"할머니……."

─내 맘이야 너 못 가게 잡아 두고 싶다만, 지금 내 욕심만 앞세우는 건 순리가 아니지 싶다. 곪은 덴 터뜨려야지. 눈 가

리고 모른 체한다고 해결될 일도 아니고, 멀리 도망쳐 와 숨는다고 끝날 일도 아니지. 기다릴 테니, 올라가서 너희 할머니랑 찬찬히 의논해. 그리고 잘 마무리 짓고 꼭 다시 돌아와. 알았지?

차마 대답할 수 없었다. 눈이 젖었다. 전화 속 할머니가 떠났다. 무릎 위로 눈물방울이 떨어졌다. 도 실장이 차로 돌아왔다. 티슈가 건너왔다. 받지 않았다.

잠시 머물러 있던 차가 출발했다.

은파에서 밤

1

비가 내리기 시작했다.

니은은 마루에 나와 앉아 비를 바라보았다. 할머니의 집, 넓고 깊은 정원이 비로 젖어 들고 있었다. 손에 쥔 휴대폰이 노래를 불렀다.

은파에서 밤.

발신자는 유번.

전화를 받기 전에 니은은 입을 여러 모양으로 움직여 웃는 연습을 했다.

"니은이에요."

맑게 다가섰다.

—서니은.

"응."

—잘 지내고 있어?

"잘 지내고 있어요. 유번 씨는요?"

—나도. 나도 잘 지내고 있어.

잘 지낸다는 거짓말에도 서로 익숙해졌다. 이럴 땐 유번의 덤덤한 말투가 도움이 됐다. 감정을 함부로 드러내는 남자였으면 견디기가 더 힘들었을 것이다. 잘 지내는 척 담담히 안부를 묻고 답하는 일도 어려웠을 것이다.

—보고 싶다.

"응."

—갈까?

응, 하고 선뜻 대답하지 못하겠다. 와도 반가이 들여놓을 수 없을 테니까. 만나러 뛰어나갈 수도 없을 테니까. 담장은 하염없이 높고, 대문은 할머니의 사람들로 막혀 있다.

"내가 갈게요."

오늘도 유번은 '언제?'라고 묻지 않는다. 집에 생겼다는 일이 무엇인지 캐지도 않는다. 다만 기다린다. 먼 은파에서. 그의 다정한 할머니처럼.

상세히 물어 왔어도 있는 그대로 답해 주진 않았을 것이다. 유번에게 이명을 재촉하고 싶진 않으니까.

—비가 오네.

"응, 여기도요."

—비 오고 나면 여름이 다 지나가겠다.

"응."

―니은아.

"응?"

―내가 도와줄 일이 없을까?

먹먹해졌다. 그리고 말할 수 없이 미안했다.

"없어요."

―진짜 없어?

"응, 진짜 없어요. 그러니까 마음 쓰지 마요. 유번 씨가 그러면 내가 더 힘들고 속상할 거예요."

―서니은.

"응?"

―아프지 마.

니은은 최대한 환하게 웃었다. 유번에게는 보이지 않을 테지만 웃음의 기운이 고스란히 건너갔으면 했다.

"알았어요. 나 내려갈 때까지 유번 씨도 아프지 마요."

―그래.

"약속."

―약속.

정원 안으로 들어선 도우미 아주머니가 니은에게 말했다.

"아버지 오셨어."

니은은 고개를 끄덕여 보였다. 아빠와 통화한 지 한 시간쯤 됐다. 무슨 그런 말도 안 되는 소릴 하느냐며 믿으려 하지 않더니만 즉시 달려와 주었다. 그러니까 조금은 기대를 걸어 봐도 좋을까. 그래, 조금은.

"아빠 오셨나 봐요. 안채에 들어가 봐야겠어요."

—안채라니. 별당 아씨야?

니은은 모처럼 소리 내어 웃었다.

—한복 차려 입고 있는 건 아니지? 조신하게 걷다가 치맛자락 밟고 막 넘어지고.

"칫, 아닐걸요?"

유번의 웃음소리도 들렸다. 나지막한 노랫소리를 닮아 더 듣기 좋은 소리. 웃음 담긴 얼굴도 보고 싶다.

그럼에도 보고 싶다는 말은 하지 않는다. 만나면 그때 다 쏟아 내려고. 보고 싶었다고 열 번이고, 백 번이고 말해 주려고.

—한복 사진 요망.

"나 한복 없는데?"

—별당 아씨가 뭐 그래?

"현대판 별당 아씨라서 그래요, 뭐."

—그럼 지금 모습 그대로 전송해 봐.

"안 돼. 나 지금 얼굴 부었단 말이에요."

—밤새 술 펐어?

니은은 또 소리 내어 웃어 버렸다.

—듣기 좋다. 서니은 웃음소리.

귓가의 유번이 아련해졌다.

"서니은."

담 너머로 가닿지 못한 이름이 빗속에서 외로이 공명했다. 집에 일이 생겨 니은이 급히 서울로 올라갔다고 할머니가 전했다. 곧 은파로 돌아올 거라고, 니은을 믿는다고도 했다. 유번 역시 니은을 믿었다.

참으로 긴 열흘이었다. 니은이 없는 은파에서는 시간도 느리게만 흘렀다. 차라리 다행일지도 몰랐다. 힘든 모습을 보이지 않고 혼자 추스를 수 있으니까.

강원도에 다녀온 이후로 유번은 주로 섬에서만 지냈다. 가해자와 피해자가 뒤바뀌었다는 엄청난 진실을 받아들이기에는 시간이 필요했다. 사실과 진실 사이에서 큰 폭으로 진동하던 추가 차츰 고요해져 가는 중이었다. 결국 시간이 약인 걸까.

진짜 특효약은 니은일지도 모르겠다. 이렇게 니은의 목소리와 웃음소리를 듣는 것. 귓가에 니은이 스며드는 것.

유번은 우산을 치켜들었다. 길을 따라 기다랗게 이어지는 담장이 보였다. 견고한 담장 저편에 갇혀 있을 니은을 생각했다. 니은이 감당해야 했을 지난 10년의 세월을 생각했다. 그리고 자신의 7년 세월을 되짚었다.

미움과 죄책감. 둘 중 어느 쪽이 더 견디기 쉬웠을까. 지나온 7년의 나날들이 어느 쪽으로 채워지는 게 더 나았을까.

미움은 외부로 향해 마음껏 발산할 수 있다. 하지만 죄책감은 내부로 향해 스스로를 차근차근 좀먹고 파괴한다. 죄책감을 껴안은 채 살아왔던 니은의 세월을 이제야 뼛속까지 알겠다.

상실을 견디는 방식으로 둘 중 하나를 택할 수 있다면, 죄책감 쪽보다는 미움 쪽이 남겨진 사람을 강하게 지탱해 주지 않을까. 어쩌면 니은의 어머니도 생존 방식으로 미움을 선택했던 것은 아닐까.

선택지가 하나뿐이라면 혼란도 없을 터. 미움의 대상이 사라져 버렸다고 여겼을 때는 그나마 나았던 것 같다. 이제 새롭게 받아 든 죄책감의 무게를 어떻게 감당해야 할까. 어떤 식으로 처리해야 좋을까.

모래에게서 어린 날 자신의 모습을 보았다던 니은의 말이 떠올랐다. 모래의 말간 눈망울도 함께.

돌아선 유번은 걸음을 옮겼다. 우산 위를 때리는 빗소리가 낭랑했다.

\>}}}}}},

할머니 앞에서 화내는 아빠를 처음 봤다. 할머니야 눈 하나 깜짝하지 않았지만. 할머니가 아빠 명의의 건물들을 들먹였을 때, 아빠는 늘 그랬듯이 무릎을 꿇고 머리를 조아렸다. 그럴 줄 알고 있었다. 부질없는 기대였다.

딸의 소망보다는 자기 몫의 재산이 더 소중한 사람이니. 잘 알면서도 잠시 기대를 품었더랬다. 그래도 아빠라서, 자식 이기는 부모 없다고들 하니까 기대를 걸었더랬다. 오늘 아빠를 이긴 건 돈이다. 돈을 화수분처럼 내어 주는 건물들이다.

"미안하다, 니은아."

할머니 방에서 물러 나온 아빠가 푸념조로 말했다. 아빠는 니은과 눈을 마주치지 못했다. 상관없었다. 미안하다는 말을 들은 것도 처음. 그쯤의 의미로 됐다.

"도국, 저 새끼가 너한테 딴 맘 품고 있는 줄은 몰랐다. 나이도 열 살이나 많은 놈이 언감생심 주인집 손녀를 넘봐? 은혜를 원수로 갚아도 유분수지. 지 놈 따위가 어디서 감히."

그러고는 쌍욕을 연거푸 해 댔다. 듣기 거북했지만 책망할 기운도 없었다. 니은은 아빠를 빤히 쳐다보았다. 니은의 눈빛을 받고서야 아빠가 험한 입을 다물었다.

"아무리 그래도 약혼식을 그따위로 치러서야 되겠나. 부모도 안 부르고 말이지. 저놈이야 고아라서 그렇다 쳐도, 너야 부모가 두 눈 시퍼렇게 뜨고 살아 있는데."

한숨이 나왔다. 니은은 아빠한테서 돌아섰다.

"아빠 가는데 인사도 안 하냐?"

등으로 볼멘소리가 뛰어들었지만 무시했다. 방으로 돌아와 니은은 휴대폰을 만지작거렸다. 며칠 내내 지녀 온 망설임이었다. 지난번 작가 사인회가 있던 날이 떠올랐다. 어떤 일이 있어도 엄마한테는 손 내밀지 않으리라 다짐했는데.

니은은 심호흡을 한 다음 엄마에게 전화를 걸었다. 신호가 오래 울렸다. 그만 끊을까 하던 차에야 목소리가 들렸다. 잠결인 듯싶었다.

"엄마."

―니은이구나.

차분한 음성. 짜증 내지 않아 줘서 맘이 놓였다.

―밤에 잠을 못 잤어.

"이따 할까?"

―아니야. 일어났어야 해. 무슨 일이야?

용건이 없으면 연락하지 않는 모녀 관계, 용건이 있어도 몇 날 며칠을 망설여야 하는 사이가 서글펐다.

니은은 마음을 다잡았다. 밉건 곱건 지금은 엄마 도움이 절실히 필요한 순간이었다. 정상적이고 상식적인 사고방식이 간절했다. 돈밖에 모르는 사채업자라며 할머니를 경멸해 왔던 엄마니까 적어도 아빠 같진 않을 테다.

"할머니가……."

막상 입을 떼니 울컥했다. 어린 날로 되돌아간 것 같았다. 오빠가 찬란히 살아 있던 날들, 행복한 가족들 속에서 어리광을 피웠던 시간들로.

―할머니가 왜? 너 집에 들어갔다면서.

하나 남은 동아줄에 매달리듯 자초지종을 털어놓았다. 어처구니없는 약혼식에 대해서도 말했다. 듣고 난 엄마가 미친 노인네라고 욕할 줄 알았다. 자기만 옳은 줄 아는 고집쟁이라고 화낼 줄 알았다.

―니은아.

침착한 부름이 폭풍 전야라고 생각했지만.

―도 실장 정도면 나쁘지 않아.

니은은 어리둥절해졌다.

"무슨……?"

―학벌에서나 인물에서나 너한테 넘치면 넘쳤지, 빠지진
않는다. 뿐이야? 너희 할머니 신뢰를 한 몸에 받고 있는 사람
아니니. 네 아빠가 도무지 사람 구실을 못 하니까 도 실장을
아들로 삼으실 모양인데. 그렇다 해도 생판 남한테 그 재산 다
물려주기는 싫으니 너하고 짝지으려는 거네. 데릴사위로 들이
려는 거지. 그럼 결국 다 네 몫이 되는 건데, 그렇게 울고불고
할 일도 아니다.

기가 막혀서 말이 안 나왔다.

―철없이 굴지 말고 현실적으로 생각해. 만날 쓸모없는 애
취급하더니, 그래도 핏줄이라고 손잡으시려는 거잖아. 너밖에
없으니 할머니도 어쩔 수 없겠지만.

"좋아하는 사람이 있어."

후우, 엄마의 깊은 한숨이 귀를 채웠다.

―서점에서 그 남자?

"응. 나를 많이 아껴 주는 사람이야. 나를 환히 웃게 하고,
같이 있으면 세상 모든 시름이 다 잊혀."

―너희 아빠도 그랬어. 그런데 어떻게 됐니?

말문이 막혔다. 엄마의 두 마디가 내포한 의미를 누구보다

도 잘 아니까.

엄마를 공주처럼 떠받들던 아빠는 오빠가 세상을 떠난 이후로 최악의 남편이 됐다. 할머니와 합세해서 엄마를 탓했고, 날마다 술에 취해 집을 엉망으로 만들었다. 엄마에게 손찌검까지는 못하고, 분풀이로 집 안의 물건들을 마구 부쉈다. 아빠의 그런 행위들이 엄마를 향한 분노의 감정임을 니은은 어린 마음에도 알 수 있었다.

상실의 슬픔을 다루기 위한 희생양이 필요했던 것인지도 몰랐다. 일찌감치 아빠와 선을 그음으로써 억울한 희생양 노릇을 그만둔 것에 대해서는 지금도 엄마의 선택이 옳았다고 생각한다. 그런 아빠와 계속 한집에 살았다면 성장기가 몇 배는 더 황폐해졌을 것이다. 폭력은 어떤 형태로든 진화하니까.

—너희 아빠, 다른 건 아무것도 안 봤어. 나 생각해 주는 마음 하나만 봤어. 너희 할머니는 애당초 날 싫어했지. 순하디순한 자기 아들을 내 맘대로 휘두를 거라면서. 나 잘났네, 하는 작가 며느리 같은 건 필요 없다고, 시녀처럼 기고 엎드릴 여자를 원했지. 그래도 난 너희 아빠를 믿었어. 나를 귀히 여기는 마음이 보였으니까. 그런데⋯⋯.

유번의 할머니는 다르다고 말하고 싶었다. 따듯이 안아 주고, 손잡아 주는 분이라 말하고 싶었다. 그분이 너무도 보고 싶었다. 따듯한 품에 안겨 울고 싶었다.

—닥쳐 봐야 아는 거야. 끔찍한 절망 앞에서 서로 등을 기댈 수 있는 사람인지, 서로의 슬픔을 다독여 줄 수 있는 사람

인지 닥쳐 보기 전에는 몰라. 그러니 어떡할래? 도박이라도 하고 싶어? 니은아, 살아 보니까 마음 그거 정말 별거 아니더라. 믿었다가 발등 찍히면 더 아파. 더 힘겨워. 그냥 특별한 기대 없이 시작한 관계가 평온하고, 시련에도 더 잘 버텨. 할머니 재산은 옵션이라 생각해. 돈에 홀린다는 생각은 말라는 거야. 지금 반짝이는 그 마음이 평생 갈 것 같지? 차라리 오래 갈 평화를 택해. 도 실장, 그 사람 괜찮아. 어떤 경우에도 가정의 평화를 깨뜨리지 않을 사람이야. 상대에게 책임 떠넘기지도 않을 사람이고.

엄마한테서 이렇게 많은 말들을 들어 본 기억이 있었던가. 마음을 굳게 닫아 둔 채로는 하지 않았을 이야기들.

그러나 슬펐다. 엄마가 제일 먼저 했어야 할 말은 이와는 다른 것이어야 했다.

네가 좋아한다는 그 사람, 어떤 사람이니? 하고 물어봐 주는 것. 관심 기울여 주는 것. 할머니 때문에 많이 속상하겠구나, 하고 끄덕여 주는 것. 설득하기 전에 같이 화내 주는 것.

이제 더는 바라지 않겠다. 엄마 말들이 진심에서 우러난 마음일지라도 지금은 무의미하니까. 다른 때에 이런 말들을 들었다면 어땠을지 모르지만 지금은 또 다른 칼날일 뿐. 그러므로 엄마라는 동아줄을 잘라야 했다.

"알았어."

담담히 말하고 전화를 끊었다. 마음자리에서 엄마를 떠나보냈다. 빈자리가 구멍으로 남았다. 가슴 속 구멍은 누구도 메워 주지 않는다. 스스로 채워야 한다. 누구의 도움도 기대하지 않 겠다. 매듭은 혼자 풀어야 한다.

니은은 안채로 향했다. 내딛는 걸음마다 결연했다. 할머니 방 앞에 섰다. 열린 문에 드리운 발 너머 꼿꼿한 자태로 앉아 있는 할머니가 보였다. 티끌 하나 없이 반들거리는 마루에 무 릎을 꿇었다.

"뭐 하는 짓거리야?"

서릿발 같은 음성이 건너왔다.

"왜 이러는지는 할머니가 더 잘 아시겠지요."

"철딱서니 없기는. 너 해될 일은 안 한다."

"이미 하셨잖아요."

"한 치 앞만 살피지 말고, 길게 봐라."

"엄마랑 같은 말씀을 하시네요."

"뭐라?"

"저는 할머니가 설계한 할머니의 삶이 아니라 제가 꿈꾸는 제 삶을 살겠어요. 할머니 계획이 설령 사랑일지라도 말이에 요. 걷다가 넘어지면 넘어지고, 아프면 아파하면서 제가 선택 한 길을 걷겠어요. 그럴 수 있도록 저를 놓아주세요."

오래 품어 왔던 생각처럼 말들이 술술 흘러나왔다. 주눅 들 거나 움츠러들지도 않았다.

"나를 상대로 기 싸움이라도 하겠다는 거냐?"

니은은 방 안의 할머니를 가만 바라보았다. 끄덕임이었다.

애초에 이랬어야 했다. 멀리 도망쳐 버리면 어떻게든 해결

돼 있겠지, 쉽게 낙관하지 말았어야 했다. 할머니와 정면으로 마주했어야 했다. 두려움에 도전했어야 했다.

"어디 한번 해 봐라. 네가 나를 이길 수 있는지."

선전 포고 같았다.

지금부터 감당해야 할 것은 눈앞의 시간. 니은은 무릎 위에 올려 둔 두 손을 꽉 움켜쥐었다.

⟩⟩⟩⟩⟩⟩⟩⟩⟩⟩

모래의 집은 옹색했다. 비좁은 주방 건너편 방 안에서 아이는 혼자였다. 밥상엔 먹다 남은 밥과 반찬이 말라붙어 있었다.

문간에 선 유번을 보고 모래가 일어나 꾸벅 고개를 숙였다. 경계심은 안 보였다. 유번을 알아본다는 뜻이었다.

"언니는?"

"일하러 갔어요. 아르바이트요. 밤에 와요."

유번은 끄덕였다. 동생만 두고 가출해 버린 게 아니라 다행이다.

"니은 언니는 서울 갔지요? 언제 와요?"

할머니한테서 들었나 보다.

"곧. 곧 올 거야."

"니은 언니 보고 싶어요."

"나도 그래."

친하지도 않은 어린애 앞에서 솔직해졌다. 모래가 조금 웃었다.

"밥 먹었어?"

"네."

허술하기 짝이 없는 밥상을 건너다보자 모래가 대답을 고쳤
다.

"아니요."

"그럼 아저씨랑 같이 밥 먹을까?"

"아저씨 아니잖아요."

"너보다 스무 살이나 많으니까 아저씨 맞아."

아이가 조금 더 웃었다.

"할머니랑 같이 먹어요."

"그럴까?"

모래가 힘껏 끄덕였다.

유번은 문 밖으로 나왔다. 아이도 금세 뒤따랐다. 촘촘한 다
세대 주택들 사이를 빠져나왔다. 비 그친 저녁 하늘에 연한 빛
깔의 무지개가 떴다. 오렌지 하모니카까지 모래와 나란히 걸
었다.

〰〰〰〰

밤이 깊었다.

그사이 할머니 방으로는 저녁상이 들어갔다가 나왔다. 간격
을 두고 찻상도 오갔다. 그때마다 도우미 아주머니가 니은을

힐끔거렸다. 쯧쯧, 혀를 차기도 했다.

마루 저 끝, 눅눅한 어둠을 배경으로 도 실장이 서 있었다. 니은이 자리를 잡고 앉던 시점부터였을 것이다. 벌서듯 지키고 선 도 실장을 니은은 개의치 않았다. 다리와 발에 감각이 없어진 지는 오래였다. 저리고 아프다가 차츰 무감해졌다.

방은 환하고, 마루는 어두웠다. 할머니 방에서 퍼지는 불빛이 아득하게 느껴졌다. 배고픔은 몰랐으나 때때로 현기증이 몰려들었다. 무력해진 통증이 형태를 바꾼 것인지도 몰랐다.

"문 닫아라."

할머니가 명령했다. 도우미 아주머니가 종종걸음으로 뛰어왔다. 내내 열려 있던 방문이 닫혔다. 이부자리 펼쳐지는 소리가 희미하게 들려왔다.

고풍스런 벽시계가 열두 번을 울었다. 그러고도 시간이 한참을 흘렀다. 닫힌 창호지 문 저편엔 여전히 빛들이 아른댔다.

갈증이 심했다. 머리가 앞으로 조금 기울었다. 머리통이 남의 것인 듯 무거웠다. 머리를 바닥에다 대고 싶었다. 눕고 싶었다. 편안히 잠들고 싶었다. 먼 남녘의 도시, 은파와 그 바다가 그리웠다. 유번이 보고 싶었다.

툭.

눈물 한 방울이 마루 위로 떨어졌다. 유번을 생각하지 말걸 그랬다. 매듭을 풀기 전에는 잊고 있을 걸 그랬다.

툭, 투둑.

마루에 눈물이 번졌다. 니은은 입술을 깨물었다. 발자국 소리가 들렸다. 마루 끝부터 다가온 발소리는 니은 바로 옆에서 멈췄다. 그만 일어나라고 말하려는 듯했다.

며칠 전 도 실장의 말이 떠올랐다.

"내가 그 제안을 거절해야 할 이유가 무엇입니까?"

니은과 결혼하라는 할머니의 제안. 도 실장이 거절해야 할 이유를 니은조차도 대기가 어려웠다.

"회장님."

도 실장이 불렀지만 할머니는 대답하지 않았다.

"들어가겠습니다."

대답을 기다리지 않고 도 실장이 방문을 열었다. 할머니는 낮은 책상 앞에 앉은 채였다. 방으로 걸어 들어간 도 실장이 할머니 앞에 무릎을 굽혔다.

"잘 시간이다."

"드릴 말씀이 있습니다."

"내일 해."

"지금 하겠습니다."

잠시 침묵이 지나갔다. 도 실장의 몸에 가려 못마땅해 있을 할머니 표정은 보이지 않았다.

도 실장이 입을 열었다.

"여자가 있습니다."

"그래서?"

"그래서 서니은 씨와는 결혼할 수 없습니다."

할머니가 코웃음을 쳤다.

"여자야 정리하면 될 일. 상관없다."

"못 합니다."

"뭐?"

"정리할 수 없습니다."

"네가 제정신이 아닌 게로구나."

"죄송합니다."

돌연 둔탁한 소리가 울렸다. 도 실장의 얼굴을 때리고 떨어진 것은 할머니 책상 위에 있던 인주 통이었다. 도 실장은 꿈쩍도 하지 않았다.

방 안과 마루가 다시 고요해졌다.

2

할머니가 창가에 앉은 유번 곁으로 왔다.

창 너머 정원에서는 모래가 나비를 따라 꽃과 꽃 사이를 오가는 중이었다. 나비는 잡힐 듯 말 듯, 그렇다고 높이 날아오르지도 않고 모래 주위를 어른댔다.

지난밤 모래는 오렌지 하모니카에서 잤다. 저녁을 먹이고 나서도 돌려보내지 않은 것은 유번이었다.

"모래를 다 데려오고, 어쩐 일이야?"

담담한 물음에 유번도 덤덤히 답했다.

"그러게요."

다 알고 계셨느냐고 묻는 일은 하지 않기로 했다. 묻혀 있던 진실에 대해서는 세월이 좀 더 흐른 뒤에 나누어도 좋을 것이다. 서로에게 상처를 덜 입히기 위해서라도. 새삼 상처를 주고받기엔 남은 시간들이 너무 아까우니까. 함께 보낼 시간들이 소중하니까.

지금은 그저 주어진 대로 현재 할 수 있는 일을 해 보는 것. 아주 작은 걸음일지라도 괜찮을 것이다. 최선이 아니라 해도 상관없다. 최선이 언제나 최상의 결과를 보장하는 것은 아닐 테니까.

"그나저나 하늘이가 파르르해선 뛰어올 때가 됐는데."

"모래 찾으려요?"

"그래."

"온 김에 밥이나 먹고 가라고 하죠. 할머니 된장찌개랑."

"그럴까?"

할머니가 나지막이 웃었다. 유번도 미소 지었다. 잠시 모래만 바라보던 할머니가 노랫말 읊조리듯 중얼거렸다.

"우리 니은이 보고 싶다."

저도요, 라는 말이 목 안에서 간질거렸다. 어깨에 할머니 손길이 올라왔다. 그대로 머물렀다. 따뜻했다.

니은은 할머니 앞에 다소곳이 앉았다. 할머니는 니은을 외면했다. 방이 서늘하다 싶을 만큼 시원한데도 할머니는 연신 부채질을 해 댔다. 신경질적인 손놀림에서 심경이 읽혔다. 어젯밤 도 실장의 항명이 마음에 깊은 생채기를 남겼으리라.

"할머니."

대답은 없었다. 각오했으므로 아무렇지 않았다.

"저 내일 은파에 내려가요."

"이제 와서 허락이라도 받겠다는 거야?"

"허락 안 해 주셔도 가요."

"쓸모없는 것."

할머니가 맵게 내뱉었다. 하루 이틀 들어 온 소리도 아니어서 상관없었다. 끝내 쓸모없게 여겨 주는 편이 차라리 나을 거라 생각해 왔었다. 하지만 지금 니은의 마음은 여태까지와는 조금 달랐다.

할머니를 얼어붙은 빙벽이라고만 생각했다. 어떻게든 올라가 볼 시도 같은 건 하지 않았더랬다. 그럴 마음이 눈곱만큼도 없었더랬다.

그런데 지난밤 할머니의 태도를 보고 약간의 희망이 생겼다. 온몸에 철갑을 두르고 살아온 듯한 할머니도 상처라는 것을 입는다는 사실.

노력해 보면 어떨까, 하는 마음이 생겼다. 언젠가 은실이 했던 말처럼 할머니 마음을 얻으려 애써 보면 어떨까, 하는 마음 말이다. 은실은 할머니의 재산에 방점을 두었지만 니은은 진심이 목적이었다.

지금껏 한 번도 시도하지 않던 노력을 이제 해 볼 생각이다. 유번의 할머니한테 흠뻑 주었던 마음을 조금만 나누면 가능하지 않을까 여겼다. 결과에 연연하지 않고 한 번쯤은 시도

해 보고 싶었다. 그래야 맘이 편안할 것 같았다.

"은파에서 하룻밤만 자고, 모레 다시 돌아올게요."

"올 필요 없다."

어조가 사뭇 싸늘했다. 예전 같으면 잡아 두려 하지 않는 걸 다행스럽게 여겼을 텐데 지금은 달랐다.

"돌아와서 제 마음 알아주실 때까지 할머니 옆에 있으려고요."

할머니가 인상을 썼다. 칼날 같은 눈빛에 마음이 오그라들었다. 니은은 제자리로 올라가 앉은 인주 통으로 눈을 두었다. 도 실장의 이마에서 흐르던 피가 생생했다.

"저한테는 아무것도 던지지 마세요, 할머니. 예쁘지도 않은 얼굴에 흉까지 지면 곤란하잖아요."

애써 웃음을 담아 말했다. 여기가 오렌지 하모니카라고 상상했다. 앞에 앉은 이가 유번의 할머니라고도 생각했다. 당분간은 그렇게라도 마음을 속여 보는 게 도움이 될 터였다.

"보기 싫다. 나가라."

"잘 다녀올게요."

니은은 할머니 방에서 물러나왔다. 안채를 나서다 도 실장과 마주쳤다. 이마에 붙인 반창고가 눈에 들어왔다.

"많이 아프셨죠?"

"아닙니다."

"저 때문에 그렇게……. 죄송해요."

묵례하고 지나쳐 가는 도 실장에게 물었다.

"왜 그러셨어요?"

걸음을 멈춘 도 실장은 등을 보인 채 서 있었다.

"할머니가 다 그만두고 나가라고 하면 어쩌려고 그러셨어요. 저 때문에 위험을 무릅쓸 이유까진 없으셨을 텐데, 할머니께 왜 그런 말씀을 하셨어요?"

도 실장은 묵묵했다. 답을 반드시 들어야 될 이유는 없었다. 할머니에게 가장 필요한 사람은 아들도 손녀도 아닌 도 실장일 테니까. 그리고 어쩌면 도 실장 본인도 그걸 알고 있을 테니까.

"도 실장님."

도 실장이 고개를 반쯤 틀어 니은을 보았다. 니은은 공손히 몸을 숙이고 어제는 미처 하지 못했던 인사를 했다.

"고맙습니다."

3

은파에 도착했다.

니은은 오렌지 하모니카로 먼저 달려갔다. 유번을 보고 싶은 마음만큼이나 유번의 할머니가 보고 싶었다. 따뜻한 품에다 얼굴을 묻으면 울음이 터질지도 몰랐다. 울지 않으리라 다짐했다. 울면 할머니가 마음 아파할 테니까. 미안해할 테니까.

골목을 지나 정원을 가로질러 카페로 드는 문을 열었다. 창가에 앉아 있던 할머니가 벌떡 일어섰다.

"니은아!"

"할머니!"

거리가 금세 좁혀졌다. 니은은 할머니 가슴으로 파고들었다. 포근했다. 할머니가 몇 번이고 니은의 등을 토닥였다.

"저 왔어요, 할머니."

"그래, 잘 왔다. 한참 기다려야 될 줄 알았는데 이렇게나 빨리. 고맙다. 잘했다. 정말 잘 왔다."

울컥했다. 웃음 지으며 맘을 달랬다.

"보고 싶었어요, 할머니."

"나도 너 보고 싶었다. 사실은 네가 영영 오지 않을까 봐 걱정했다."

니은은 할머니 품에서 얼굴을 떼고 할머니를 바라보았다.

"그 사람이랑 결혼하지 않으면 너한테는 1원 한 푼 안 준다고 하셨다더라. 그 사람하고 결혼하면 전 재산을 너한테 물려준다고 그러셨대. 그러니 내가 널 무작정 잡아 두기만 할 수 있었겠어?"

"세상에. 그래서 제가 갈등하고 고민할 줄 아셨던 거예요?"

"돈 싫다는 사람 못 봤다. 너한테도 선택권을 줘야 정당한 거지."

새침해진 할머니에게 니은은 웃으며 말했다.

"저는 할머니가 제일 좋아요."

"진짜야?"

"네, 진짜예요."

"번이보다 더?"

"음, 어쩌면요?"

"거짓말이라도 듣기는 좋다."

"거짓말 아닌데요?"

"거짓말인 거 다 알거든?"

할머니가 살짝 눈을 흘겼다. 웃음으로 환해진 얼굴이었다. 니은도 활짝 웃으며 말했다.

"할머니, 저 배고파요. 할머니가 해 주신 된장찌개 먹고 싶어요."

"오냐. 어서 들어가 밥 먹자."

할머니와 함께 내실로 들어갔다. 니은을 식탁 앞에 앉혀 두고 할머니가 뚝딱 밥상을 차렸다. 니은은 된장찌개부터 한 술 떴다.

"역시 할머니 솜씨는 최고예요."

니은은 엄지를 척 올렸다. 할머니가 흐뭇해진 표정으로 반찬들을 자꾸만 니은 쪽으로 밀어 놓았다.

"많이 먹어."

"할머니도 많이 드세요. 근데 할머니, 혹시 다이어트 하셨어요? 얼굴이 거의 반쪽이 되셨어요."

"다이어트 같은 걸 내가 왜 해. 먹는 낙만큼 좋은 게 어디 있다고. 그동안 밥 친구가 없으니까 영 밥맛이 없어 그랬지."

"죄송해요, 할머니."

"죄송하긴 뭘. 네가 그러고 싶어 그런 것도 아닌데."

"할머니, 저 당분간 할머니 밥 친구 노릇 못 할 것 같아요."

할머니 얼굴에서 웃음이 가셨다.

"저 내일 다시 서울 가려고요. 가서 저희 할머니 마음 말랑말랑해지게 열심히 노력해 보려고요. 지금은 저희 할머니 마음을 부러뜨려 놓은 셈이거든요. 부러진 자리 약 바르고 다 나을 때까지 할머니랑 부대껴 보려고요. 그래도 안 되면 할 수 없지만 시도는 해 보려고요."

할머니가 고개를 주억거렸다.

"우리 니은이가 그새 속이 더 여물어져 왔네. 잘 생각했다. 싫다고 언제까지 외면하며 살 수 있을까. 할 수 있는 데까진 해 봐야지. 정 밀어내면 그땐 어쩔 수 없는 거고."

"네. 저도 그렇게 생각해요. 저희 할머니하고 시간을 보내면서 여기서 할머니랑 지냈던 것처럼 서울에서도 마음을 열어 보려고요."

손 위로 할머니의 손이 얹혔다. 가만가만 쓰다듬는 손길이 마음을 어루만졌다.

"은아, 너 온 거 우리 번이 아직 모르지?"

"네. 깜짝 놀라게 해 주려고요."

"두근두근!"

소녀처럼 눈을 빛내는 할머니를 마주 보며 니은은 환히 웃었다.

※※※※※

그림들 속에서 니은이 환했다.

밤의 벤치에서, 어둠과 빛이 교차하는 골목에서, 편의점 창가에서, 꽃길 위에서, 바다가 보이는 카페에서, 하늘이 새파란 해변에서, 천사의 날개가 그려진 벽에서, 도시의 밤 풍경이 찬란한 전망대에서, 퓨전 식당 '또와'에서, 밤을 달리는 시티 투어 버스에서.

골목 끝 카페 '오늘'에서, 아름다운 동백정에서, 축제의 불꽃 속에서, 밤바다 위의 케이블카에서, '은파에서 밤'이 아득히 울려 퍼지던 밤의 섬에서, 아침의 기차역에서, 햇빛 눈부신 인사동 거리에서, 훈데르트바서를 만난 미술관에서, 아찔한 높이의 출렁다리에서. 그리고 오렌지 하모니카 곳곳에서.

유번은 자신이 담아낸 그림 속의 모든 니은을 추억처럼 지켜보았다. 하나같이 소중했다. 니은이 돌아오면 선물할 것이다. 다시 시작한 그림을 니은의 모습들로 완성할 수 있어 의미 깊었다.

니은이 없는 오늘 하루도 잘 견뎠다. 기다림이 있으니 내일도 잘 지낼 수 있겠지만 너무 길지는 않았으면 좋겠다. 다시 서울로 달려가 니은의 할머니네 집 기나긴 담장을 넘어 버리지 않도록. 기어이 그런 짓을 벌여 니은이 난처해지지 않도록.

마음을 다지듯 유번은 스케치북을 차분히 접었다.

섬에 저녁이 내리기 시작했다.

꼬마 기차가 방파제를 끼고 천천히 굴러갔다. 긴 방파제 너머로 지는 해를 껴안은 바다가 아름다웠다. 섬이 가까워졌다. 처음인 듯 두근거렸다.

"안녕."

그 첫날처럼 니은은 나직이 속삭였다. 오늘은 섬에게 건네는 인사였다.

꼬마 기차에서 내려섰다. 짧은 출렁다리를 지나 섬으로 들어섰다. 우거진 나무들이 초록의 숲을 이루었다. 나뭇잎들 사이로 조각난 하늘이 연한 빛을 뿌렸다.

전망대까지 한달음에 달려 올라갔다. 숨이 찼다. 가슴이 터질 것 같았다. 봄의 두근거림과 여름의 반짝임, 둘 다 유번으로 인한 마음이었다. 올봄, 이곳에 오지 않았더라면 평생 만나지 못했을 느낌들.

전망대 옆에 예쁘장한 사택 두 채가 보였다. 니은은 거친 숨을 가다듬었다. 유번이 있을 사택 가까이로 한 걸음씩 걸어갔다. 어딘가에서 밥 짓는 냄새가 흘러나왔다.

문을 두드리자 동료 직원이 나왔다. 니은을 보곤 표정이 환해졌다. 기억하는 모양인지 인사도 하기 전에 안을 향해 큰 소리로 이름을 불렀다.

"장유번!"

가슴이 두방망이질을 했다. 니은은 날뛰는 가슴팍에 두 손을 얹었다. 방을 나서는 유번의 모습이 사람들 틈으로 비쳤다. 눈을 감았다 떴더니, 니은 앞에 유번이 서 있었다. 유번의 얼굴에 놀라움과 반가움과 기쁨이 교차했다.

"왔어요."

벅차서 겨우 한마디를 했다.

"고마워."

목멘 소리가 마음을 찔렀다. 니은은 활짝 웃어 보였다. 유번이 두 팔을 넓게 열었다. 망설임 없이 유번의 품으로 뛰어들었다. 그리고 눈을 감았다. 품이 너무도 깊어 동료들의 박수와 환호 소리가 아련하게만 들렸다. 유번은 오래도록 니은을 품고 있었다.

"괜찮아요?"

가슴에 대고 속삭여 물었다.

유번이 품을 열어 니은의 눈을 들여다보았다. 의문을 담고 흔들리는 눈빛을 니은은 말끄러미 바라다보았다. '이명'을 굳이 입에 올리지는 않았다. 무엇을 묻고 있는지 알아들으리라 생각했다. 잠시 묵묵하던 유번이 힘주어 대답했다.

"괜찮아."

니은은 끄덕이며 마음을 건넸다.

"고마워요."

유번이 미소 지었다. 품이 다시금 빠듯해졌다. 아늑했다. 지금은 서로를 꼭 안아 줄 때. 못다 한 이야기를 나눌 시간은 충분했다.

아름다운 바닷가 도시, 은파에 밤이 다가오고 있었다.

에필로그

오늘은 오렌지 하모니카 식구들이 가족 여행을 떠나는 날입니다.

식구들 소개가 필요할 것 같군요. 두근두근 봄과 반짝반짝 여름으로부터 여러 해가 흘렀거든요.

먼저 오렌지 하모니카의 터줏대감이신 달 여사님.

최근 달 여사님은 고사랑으로 이름을 바꾸었습니다.

사랑이라니. 팔순을 코앞에 두신 분치고는 유아스러운 이름이죠. 사랑이 넘치는 오렌지 하모니카라서 그렇게 바꿀 수밖에 없었다네요?

저야 뭐, 딱히 불만은 없습니다. 달 여사님 본인이 만족하고 즐거워하면 그것으로 된 것 아니겠어요?

우리의 달 여사님은 여전히 유쾌하고 건강하십니다.

평일에는 집에서 지내며 씩씩하게 봉사 활동도 다니시고, 주말에는 오렌지 하모니카에 와서 가족들과 함께 보냅니다. 식구들한테 맛있는 음식을 해 먹이는 재미가 쏠쏠하다고 그러시네요.

장담하신 대로 100세까지는 끄떡없으실 거라 믿어 의심치 않습니다.

다음은 세상에서 제일 사랑하는 우리 형, 장유번 씨.

서른 살이 되던 해 1월, 아리따운 여성분과 결혼해서 품절남이 되었습니다.

겨울날의 결혼식도 생각보다 봐 줄 만하더군요. 창밖엔 곱게 눈이 내리고, 두 사람은 서로를 마주 보고.

문 밖 세상이 추우니까 따뜻한 집 안에서 둘이서만 도란도란.

신혼이 참으로 행복해 보였습니다.

형은 다시 그림을 그리고 있습니다. 물론 형수님과 같이요. 서로 아이디어도 나누고 열정도 주고받으면서 날마다 조금씩 작품을 완성해 나가고 있지요.

조만간 부부의 전시회를 열 계획이랍니다. 둘 중 누구의 그림이 더 눈길을 끌지, 기대가 됩니다.

형의 소중한 아내이자 인생 동반자인 우리 형수님, 서니은 씨.

그해 가을 내내 서울에서 지내며 형의 애를 태웠던 기억이 새삼스럽네요.

그땐 저도 덩달아 조바심이 났더랬지요. 혹여 형수님 발이 아주 묶일까 봐. 형 곁으로, 은파로 다시 돌아오지 못할까 봐 말이에요.

결론부터 말하자면 형수님의 시도는 긍정적인 결실을 얻지는 못했습니다. 형수님네 할머니께서 워낙 완강하셨거든요.

은파에서의 결혼식 때도 형수님 할머니는 참석하지 않았습니다. 부모님 두 분만 오셨죠. 서로 데면데면하셨지만 와 주신 것만으로도 형수님한테는 의미가 있었으리라 생각합니다.

친정 식구들과 자주 왕래하지는 않지만 형수님은 더 이상 외로워하진 않는답니다. 형수님은 은파에 진짜 가족들이 생겼다고 말하거든요. 오렌지 하모니카가 진짜 집이라고도 말하고요.

우리 형을 극진히 사랑해 주고, 형만큼이나 우리 달 여사님을 아껴 주는 형수님. 참 고맙습니다.

슬슬 나오는 걸 보니 여행 떠날 준비들을 다 끝낸 모양입니다.

"삼촌!"

아차차. 오렌지 하모니카 최고의 사랑둥이를 잊을 뻔했네요.

장유번과 서니은의 합작품!

장유번의 멋진 곳과 서니은의 예쁜 데를 골고루 물려받은 다섯 살 꼬맹이를 화면 가득 담습니다. 형 부부의 하나뿐인 아들이 활짝 웃고 있네요.

녀석이 웃으면 저도 따라 웃게 돼요. 오렌지 하모니카의 기쁨 바이러스랄까요?

오렌지 하모니카 식구들이 차례로 영상 속에 담깁니다. 모두 환히 웃고 있네요. 하나같이 행복한 얼굴입니다.

참, 오늘부터 오렌지 하모니카 식구들을 태우고 여행길에 오를 차 소개도 빠뜨리면 안 되겠죠.

오늘을 위해 형이 마련한 캠핑카를 소개합니다.

가족들이 만장일치로 지어 붙인 이름은 '오렌지 하모니카'입니다. 캠핑카 옆면에다 영문으로 이렇게 써 두었군요.

orange harmony car

하하하.

우리 가족들을 담은 이 다큐의 제목은 무엇으로 붙여야 센스 있을까, 저도 즐겁게 고민해 봐야겠습니다.

모두들 캠핑카 '오렌지 하모니카'에 올랐네요. 출발 직전입니다. 이제 전 카메라를 내려놓고 힘껏 손을 흔들어 주렵니다.

다들 여행을 떠나고 나면 게스트 하우스 '오렌지 하모니카'는 누가 지키느냐고요?

걱정 마세요. 저 장유걸이 있잖아요.

그리고 저를 도와줄 참한 알바도 미리 구해 두었고요. 참한데다 세상 예쁘기까지 하답니다. 그 알바가 누구냐고요? 그건 비밀.

눈치 빠른 분들이라면 이미 짐작들 하셨을 테죠?

드디어 출발!

오렌지 하모니카 식구들의 즐거운 가족 여행을 기원합니다!

—fin

재작년 봄, 남쪽의 바닷가 도시로 가족 여행을 다녀왔다.

저녁 무렵 걸어서 들어간 작은 섬이 무척이나 아름다웠다. 전망대 곁에는 예쁘장한 집들이 자리 잡고 있었다. 섬 여기저기를 걸으며 문득 어떤 상상이 다가들었다.

혼자 여행 온 여자가 발을 다쳐 이 섬의 어둔 숲에 고립된다. 밤에 순찰을 돌던 관리 직원 남자가 그녀를 발견하고 손을 내민다.

이 이야기는 그때 품은 상상을 씨앗으로 시작되었다.

분위기와 이미지는 그 도시와 섬에서 비롯되었지만, 이야기를 좀 더 자유롭게 풀어 가기 위해서 가상의 공간으로 재구성했다. 아련하고 은은한 느낌의 그 도시 이름을 담아내기 위해 고심한 끝에 '은파'라 지었다.

그때 묵었던 골목 안 게스트 하우스의 정경도 게스트 하우스 '오렌지 하모니카'에 담겼다. 소담한 다락방, 환상적인 밤의 옥상 정원, 고즈넉한 1층 카페. 떠나던 날 캘리그래피로 받은 우리 가족들의 이름과 폴라로이드 사진의 기억까지.

이 글을 쓰던 작년엔 여러모로 건강이 좋지 않았다.

당장 입원 치료를 요할 만큼의 중병은 아니었지만, 세 가지 다 삶의 질을 급격히 떨어뜨리는 종류였다. 그중 하나가 이명이었다. 이명으로 인한 유번의 심리는 당시의 내 마음을 짚어서 그렸다.

병원에 갔던 날, 나이 지긋한 의사 선생님이 내게 했던 말이 생각난다.

이명이 올 때 귀 기울이려 들지 말고, TV를 보거나 음악을 듣거나 다른 일에 마음을 돌리도록 노력해라. 귓속에서 어떤 소리가 울리는지 얼마나 지속되는지 헤아리려 들지 마라. 되도록 이명 자체를 의식하지 마라.

그게 가당키나 한 얘기냐고 불평하고 싶기도 했다. 하지만 의사의 대수롭지 않다는 표정과 어조가 마음을 가라앉혀 주었던 것 같다. 심각한 얼굴이었다면 덩달아 깊은 걱정과 시름에 빠져들었을 것이다. 결과적으로 이명에 더더욱 얽매이고 말았을 것이다.

그 처방을 잘 따른 덕분인지, 스트레스를 피하며 마음을 편히 가지고 즐겁게 살려 애썼던 때문인지, 글을 마칠 즈음엔 이명이 거의 사라져 있었다.

그동안 '이명'이란 말을 입에 올리지 않았다. 의식에서 아주 지워 버리고 싶어서였다. 괜찮으냐는 물음에는 괜찮다고 대답했다. 그렇지만 여전히 두렵다. 어느 순간 갑자기 다시금 닥쳐올까 봐.

유번이 아주 괜찮아졌듯이 나도, 그리고 이명으로 고생하는 사람들 모두가 아주 괜찮아졌으면 좋겠다. 꼭 그랬으면 좋겠다.

작년 봄부터 여름까지 썼던 글을 해가 바뀌어서야 세상으로 내보낸다.

글을 한창 써 나갈 무렵, 그 바닷가 도시를 대표하듯 널리 불리던 노래를 대신해 '은파에서 밤'이라는 노래 가사를 지었다. 떠오르는 멜로디들을 모아 곡도 붙였다. 내가 만든 노래를 흥얼거리며 글 속 인물들에게 이입했던 기억이 난다.

그땐 책 말미에 악보를 실어도 재미있겠다고 생각했지만, 허술한 곡을 덧붙여 오히려 여운을 망칠까 두려워 참기로 한다. 공들여 악보 그릴 시간에 글이나 더 다듬지 그래? 하는 목소리가 들리는 것도 같으니 말이다.

사실 니은과 유번의 이야기에 더해 주변 인물들의 이야기도 더 상세하게 풀어내고 싶었다. 그런데 심적으로나 체력적으로나 힘에 부쳐 그러질 못했다. 아쉬운 부분들은 독자들의 자유로운 상상에 힘입어 한결 풍성해지기를, 감히 기원해 본다.

세상 어딘가에 해묵은 상처를 따듯이 치유하는 힐링 공간, 또 다른 '오렌지 하모니카'가 있으리라 믿으며, 이 책을 다정하게 읽어 준 모든 이들에게 고마운 마음을 드린다.

—2018년 2월,
김지운.